돼지의 피

돼지의 피

나연만
장편소설

봄*

차례

1부

라텍스 장갑을 낀 손으로 안치호와 사준우를 차례로 방바닥에 끌어다 놓는다. 그러고는 주방용 고무장갑, 철사, 나이프, 커터, 비닐봉지를 한곳에 놔둔다. 숨을 고르면서 생각한다.

안치호는 목이 와이어에 졸린 채로 질식되어 꿈틀거린다. 무기력한 반항이다. 안치호의 움직임 탓에 주머니에 들어 있던 갤럭시노트와 녹색 지포라이터가 슬금슬금 빠져나온다. 마치 살겠다고 기어 나오는 것 같다.

안치호의 핸드폰은 잠겨 있다. 허우적대는 녀석의 팔을 붙잡아 엄지손가락을 갖다 대자 양귀비꽃 배경화면이 드러나면서 잠금이 풀린다. 통화 목록을 훑어보니 익숙한 번호 몇 개가 눈에 들어온다.

안치호는 결국 목을 조이는 와이어를 풀지 못한다. 그는 움찔하며 마지막 경련을 일으키더니 마침내 사지를 축 늘어뜨린다. 나는 안치호의 발목을 잡아 쥔다. 맥박이 느껴지지 않는다.

한쪽 종아리를 철사로 동여맨다. 안 그러면 동맥을 잘랐을 때 피가 쏟아져 나올 테니까.

안치호가 쓰던 나이프와 커터는 알코올 중독자가 쓰는 도구 치고는 지나치게 잘 버려져 있다. 나는 나이프를 안치호의 발목에 찔러 넣은 다음, 컴퍼스로 원을 그리듯 빙글 돌려 살과 근육을 잘라내고는 철근 절단용 커터로 뼈를 끊는다. 안치호의 발목에 채워져 있던 전자발찌가 툭 하고 떨어진다. 절단면 한가운데 흰 뼈가 박혀 있는 것이 흡사 만화에 등장하는 고기 같다. 종아리 위쪽으로 마미손 고무장갑을 씌우고 따로 노는 발목은 비닐봉지에 담는다.

다음은 사준우 쪽이다. 우의를 입은 채 엎어져 있는 녀석의 왼손에서 피가 새 나왔다. 나는 박한서의 다리에 씌우고 남은 마미손 한 짝을 피가 새는 손에 씌운다. 녀석의 손에 힘이 들어가는 것이 느껴진다. 정신이 돌아오는 모양이다. 나는 녀석의 등 뒤에 서서 머리를 덮은 우의 후드를 벗겨 머리카락을 잡아당긴다. 고개가 뒤로 젖혀지면서 입이 헤벌어진 녀석의 뺨을 두 대 때린 후 안치호의 전자발찌를 주워 들고 밖으로 나온다. 등 뒤로 녀석이 헐떡거리는 소리가 들린다.

안치호의 시체는 잘 처리하겠지. 사광욱의 아들이니까.

*

반려동물 장례식장 '피스리버'에는 늘 조용한 불길이 일렁였다. 피스리버는 붉은 벽돌로 지어진 3층짜리 건물이다. 피스리버라는 글자가 각인된 나무 간판만 빼면 평범한 전원주택과 다를 바 없었다. 현관 앞에는 바짝 다듬은 한국잔디가 고르게 깔려 있고, 뒤는 소나무로 뒤덮인 야트막한 산을 벽처럼 두르고 있다.

평화와 강을 뜻하는 영어 단어 두 개를 붙여 만든 이름인 피스리버에 어울리는 계절은 봄이었다. 바람은 잔잔했고 햇살은 따스했다. 모내기 철이 되면 논에 비친 피스리버는 흡사 강에 떠 있는 집처럼 보이기도 했다. 서너 주 정도 지나면 모내기를 시작할 터였다. 트랙터가 논을 갈아엎고 있었다. 대기를 울리는 것은 트랙터 엔진 소리와 간간이 지르는 농부의 고함뿐이었다. 준우는 피스리버 안에서 그 풍경을 지켜보고 있었다.

멀리서 승용차 한 대가 산허리를 둘러 오고 있었다. 승용차는 점점 커지더니 트랙터가 있는 논을 지나 피스리버 앞마당까지 한달음에 도착했다. 차 문이 열리고 운전자가 내리자 준우는 대문을 열고 마당으로 나섰다.

"어떻게……."

고객을 맞을 때는 어서 오세요, 라든지 안녕하세요, 같은 인사는 생략했다. 가족처럼 지냈던 동물을 떠나보낸 이들을 위해서는 그편이 나았다.

운전자에 이어 뒷좌석에서도 누군가 내렸다.

"아까 전화했었는데요. 우리 루키 때문에……."

그들은 햇살 때문인지 눈을 찡그리며 대답했다.

"아, 루키 가족들이시군요. 기다리고 있었습니다."

준우는 물 흐르듯 부드러운 동작으로 문을 열어 피스리버 안으로 그들을 들였다. 그들 중 한 사람이 뒷좌석에서 큰 타월로 감싼 덩어리를 안고 왔다. 아마 그것이 그들이 말한 루키일 터였다. 준우는 유족들을 염습실로 안내했다. 그리고 타월로 감싼 사체를 스테인리스 테이블 위에 올려놓았다. 타월을 헤치자, 비글 한 마리가 모습을 드러냈다. 외상은 보이지 않았다. 한 5킬로그램 정도 될까.

"고생이 많았겠습니다."

준우가 유족을 보며 말했다. 그저 의례적인 말은 아니었다. 비글 성견이 보통 10킬로그램 정도임을 비추어 보면, 이 개는 병을 앓으면서 급격히 체중이 준 듯했다. 실제로 저울에 올려보니 5.5킬로그램이 나왔다. 보통 시츄 성견의 무게다. 오래 앓다 보면 체중이 줄게 된다. 그것은 사람도 예외가 아니었다.

준우는 자신의 아버지, 사광욱의 모습을 떠올렸다.

"며칠 남지 않은 것 같다."

거죽만 남은 아버지가 준우에게 읊조렸다. 100킬로그램이 넘던 그의 체중이 이제는 70킬로그램도 채 되지 않았다. 그가 농구 선수를 할 정도로 건장했다는 흔적은 부상으로 인해 불룩 튀어나온 손가락 관절과 수술 자국, 그리고 190센티미터에 달하는 신장뿐이었다.

그는 중병을 앓고 있는 사람이라고는 믿을 수 없을 만큼 맑은 정신을 갖고 있었다. 사광욱은 자신의 남은 생을 의사보다도 정확히 알았다. 준우는 아버지의 정신이 온전하지 않길 바랐다. 맑은 정신으로 죽음의 고통을 감내하는 아버지를 지켜보기가 괴로웠던 까닭이었다. 폐암은 그런 병이었다.

아버지는 그 말을 한 후 이레 만에 숨을 거뒀다.

엄마 공예지가 죽은 지 10년 만이었다.

*

중학교 2학년 봄이었다.

"준우야, 이리 와."

준우가 학교에서 돌아왔을 때, 경찰복을 입은 사람 둘이 돼지

13

농장 앞에서 아버지와 대화를 나누고 있었다. 아니, 그것은 대화라기보다는 실랑이에 가까웠다. 그들 중 하나가 교복을 입은 준우를 흘깃 보더니 목소리를 낮췄다. 경찰들은 준우를 떼어낸 후 아버지에게만 말을 건네고 싶어 했다. 준우가 미성년자였던 까닭이었다. 그러나 준우의 아버지 사광욱은 그들의 의도를 알면서도 협조하지 않았다.

"아버님, 저희 이야기를 들어보신 후에 아이에게 따로 이야기하는 것이……."

"준우야, 이리 와. 경찰 아저씨들 말 좀 들어보자."

과장해서 큰 소리를 내는 아버지의 모습은 앞선 불행을 회피하거나 부정하려는 행동처럼 보였다. 축사 안에 있던 돼지들이 일제히 꿀렁거리며 일어나 울었다. 경찰은 준우의 나이를 묻고 열다섯이라는 답을 들었다. 그중 하나가 피우던 담배를 발로 짓이겨 끄고는 체념한 듯 숙였던 고개를 들어 준우를 바라보았다.

"키도 크고, 어른이네. 알겠습니다."

"우리 눈 보고 똑바로 얘기해."

사광욱은 그에게 윽박지르듯 명령했다. 아이 앞에서도 말할 수 있느냐는 듯.

사광욱의 기대는 산산이 부서졌다. 그가 기어이 입을 열었기 때문이다.

그가 말을 채 끝맺기도 전에 사광욱은 바닥에 털썩 주저앉았다. 준우는 경찰의 입에 초점을 맞추고 있었다. 어찌 된 일인지 그의 말이 준우의 귀에 들어오지 않았다. 그의 입은 접은 색종이로 동서남북 놀이를 하는 것처럼 아래위로, 그리고 옆으로 움직였다.

"어제 오후 공예지 씨가 흉기에 찔려 사망했습니다."

그는 기계적인 음성으로 사광욱의 아내이자, 준우의 엄마인 공예지의 죽음을 알렸다.

"왜요?"

준우가 반사적으로 되물었다.

준우가 열한 살 때, 엄마 공예지는 집을 나가 돌아오지 않았다. 준우가 기억하는 공예지는 밝은 사람이었다. 그녀가 웃으면 주변까지 환해지는 착각이 들 정도로 미소가 아름다웠다. 공예지는 그 미소를 자신에게 아낌없이 베풀었고, 야단을 친 적도 없었다.

그럼에도 준우는 공예지가 집을 나갔을 때, 그 어떤 부당함도 느끼지 않았다. 원래 있던 곳으로 가는 사람 같았기 때문이었다. 준우는 늘 공예지에게 일정한 거리감을 느꼈는데, 그것이 자신 때문인지 공예지 때문인지 알 수가 없었다.

경찰들은 지난밤, 펜션 주인인 공예지가 궁평항에 놀러 온 것으로 보이는 30대 남성 투숙객에게 살해당했다고 했다.

"용의자는 검거됐습니다."

자신을 떠나갔던 엄마는 주검이 되어 돌아왔다. 용의자에게 찔린 칼자국과 그보다 수십 배는 더 긴 메스 자국이 더해진 채였다.

어리다는 이유로 접촉을 꺼렸던 경찰은 대면을 거듭할수록 준우의 아버지보다는 준우와 이야기하는 것을 선호했다. 사광욱이 경찰의 말을 받아들일 의지를 보이지 않기 때문이었다. 사광욱은 자신이 감내해야 할 고통이 자식에게로 전가되도록 내버려 두었다. 준우는 아버지를 이해할 수 없었지만 그에 대해 묻지 않았다. 아버지는 그럴 여력이 없어 보였다. 아버지는 엄마의 상을 치르는 동안 음식을 거의 먹지 않았고, 피를 한 번 토했다. 타인들은 슬픔이 깊어 그런다고 했으나, 준우는 그것이 아버지의 오랜 지병일 뿐 슬픔과는 관계없는 현상이라 여겼다.

장례 첫날, 낮에는 조문객이 거의 없었다. 준우는 장례식장 입구에 늘어선 의자 중 하나에 앉아 바람을 쐬었다. 장례식장 주차장에 눈에 익은 차가 들어오고 있었다. 준우보다 1년 먼저 만들어진 97년식 랭글러. 분명히 엄마의 차였다.

랭글러 동호회에서 만난 엄마와 아버지는 각각 랭글러 한 대씩을 갖고 있었다고 했다. 준우의 얕은 기억 속 둘의 공통점은 같은 차를 좋아한다는 것 말고는 아무것도 없었다. 더군다나 사광욱이 준우가 태어나기도 전에 자신의 차를 처분했기 때문에 준우는 아버지의 랭글러를 본 적도 없었다.

"오랜만이네."

멍하니 앉아 있는 준우에게 차에서 내린 이가 말을 걸었다.

"어……."

몇 초 후에야 준우는 자신에게 말을 건 사람이 누나 준서라는 사실을 깨달았다. 길던 머리는 짧아지고 키는 훌쩍 자라 호리호리해진 모습이었다. 성큼성큼 걷는 걸음과 밝은 목소리는 그대로였다. 준서는 준우에게 있어 존대를 해야 할지 반말을 해야 할지 망설여질 정도로 낯선 사람이 되어 있었다. 엄마를 따라 떠났던 고등학생 준서는 이제 성인이 되었지만 자신은 여전히 기껏해야 중학생일 뿐이다. 무력감이 조금 느껴졌다. 둘 사이에 있었던 좋았던 기억을 매개로 말을 이어보려 했지만, 잡히는 것이 없었다. 누나에 대한 기억은 대체로 어딘가 붕 뜬 것처럼 흐릿했다.

"양복이 잘 어울린다."

준우가 우물쭈물하는 사이, 준서가 준우의 어깨 위에 손을 얹으며 말했다. 그러고는 준우를 이끌고 식장으로 들어갔다.

준서를 보는 사광욱의 눈에서 눈물이 흘러내렸다. 그것이 반가움의 눈물인지, 슬픔의 눈물인지는 알 길이 없었다.

"너는 다 컸구나."

사광욱이 나지막이 읊조렸다. 사광욱의 목소리는 모래가 사포 위를 굴러가는 것처럼 거칠게 변해 있었다

"네, 아픈 데는 없죠?"

준서가 밝은 목소리로 대답했다. 준우와 달리 준서는 사광욱에게 존대를 했다. 애초부터 그랬다. 준서는 사광욱의 친딸이 아니니, 준우가 그것을 이상하다 느낀 적은 없었다. 준서와 자신이 이부형제라는 사실은 누군가 알려주지 않아도 알 수 있었다.

"앉아."

사광욱이 준서와 준우를 장례식장 테이블에 앉히고는 소주 한 컵을 들이켰다. 그러고는 새삼스럽게 자신이 홀로 준서를 키우던 공예지와 결혼해서 준우를 낳았다고 했다. 거기까지는 알고 있었다.

"엄마가 개명하길 원했다. 나도 그랬고."

준서의 이름이 사준서인 이유는 공예지가 사광욱과 결혼하면서 자신과 딸 모두 개명을 했기 때문이라고 했다. 준우는 모르는 사실이었다. 사준서라는 누나의 이름은 새아버지 사광욱의 성과 돌림자 준을 더해 지었고, 예지라는 엄마의 이름은 당시 유행하는 이름 중에서 골랐다고 했다.

동네 이웃들을 빼면 아는 조문객은 별로 없었다. 아버지의 먼 친척들이나 동창들이 왔다 갔다. 모두 낯선 이들이었지만 유독 이질감이 드는 30대 남자가 있었다. 그는 장례 이틀째 낮에 갈색 야구 점퍼에 빈티지 청바지를 입고 나타났다. 아버지가 잠시 빈소를 비운 때였다.

"아버님 힘드실 텐데, 부르지 마십시오."

그의 목소리는 낮았지만 발음은 모호한 면이 전혀 없이 분명했다. 준우는 그것이 빈말이 아님을 직감했다. 목소리와는 달리 그의 행동은 절도가 없었다. 형식적으로 절을 두 번 하고는 준서와 준우를 바라보았다. 위로하기 위해 온 사람의 표정이 아니었다. 아니, 딱히 표정이랄 게 없었다. 문상은 남자의 목적이 아니었다. 그것을 알아챘는지 준서가 그에게 물었다.

"경찰이신가요?"

남자가 고개를 끄덕였다.

"네. 수원동부경찰서 박한서입니다. 아버님은 경황이 없으신 듯해서요."

"무슨 일인가요?"

이미 준우는 아버지와 함께 경찰서에서 엄마에 대한 질문을 받았었다. 아버지는 뭐 하나 제대로 대답한 게 없었다. 범인은 잡혔고 혐의가 확실하여 중형을 선고받을 것이라는 이야기들이 귓등을 타고 흘러갔다. 그 모든 상황이 남의 일 같았기 때문에 와닿지 않았다. 경찰서의 문을 등졌을 때 깨달은 점은 자신이 영혼 없이 살고 있다는 사실이었다. 자신이 엄마의 죽음에 슬퍼하는 행위조차, 슬픔을 느껴서인지 그럴 때는 슬퍼해야 한다고 배워서인지 알 수 없었다. 옆에 선 아버지는 뿌옇고 탁한 눈을 하고 있었다. 그것은 자신의 모습이었다. 아버지는 곧 자신이었다. 반은 아버지의 유전자로 이루어져 있었다.

"범인은 초범이 아닙니다. 여죄가 있을 수도 있어요."

그가 거칠고 두툼한 손으로 명함 두 장을 준우와 준서에게 내밀었다. 준우는 그 와중에도 두툼한 그의 손에 눈길이 갔다. 힘이 느껴졌다.

"그래서요?"

준우가 따지듯 물었다.

"전에 검거한 적이 있습니다. 도와드릴 일이나 궁금한 점이 있으면 연락 주십시오."

"그럴 일은 없습니다."

준우는 자신의 바람을 심어 대답했다.

"예. 알겠습니다."

형사가 명함 지갑을 주머니에 집어넣었다.

"아저씨, 경찰이 되려면 뭐부터 해야 돼요?"

준서가 그의 명함을 자기 앞으로 끌어당기며 물었다. 형사는 예상 밖의 질문에 놀란 듯 살짝 눈을 찡그리더니 되물었다.

"경찰?"

그가 준서를 물끄러미 바라보았다.

"네."

형사는 닫힌 이 사이로 숨을 마시면서 쓰읍 소리를 냈다. 그러더니 다시 무표정으로 돌아가 입을 열었다.

"인터넷에 많이 나와 있습니다."

이후 그의 목소리는 끝까지 일정한 톤을 유지했다. 문득, 준우는 박한서라는 이 사람을 경찰서에서 본 적이 없다는 사실을 깨달았다. 준우는 그가 준 명함을 보았다. 수원동부경찰서라고 인쇄되어 있었다.

"화성경찰서 소속이 아니시네요."

준서도 같은 생각을 하고 있었다. 그는 관할서가 아닌 다른 지역 경찰이었다.

"그렇긴 합니다만, 말씀드린 대로 저는 범인을 검거한 적이 있어서 잘 압니다. 범인의 여죄를 밝혀서 형량이 가중되도록 도와드리겠습니다. 지금의 범죄만으로는 어떤 판결이 내려져도 납득하지 못하실 테니까요. 범인은 잡혔지만 끝이 아니지요. 최소 열 번은 더 범인의 모습을 보게 될 겁니다. 재판이 남았으니까요. 힘든 시간이 될 겁니다. 지금보다 더.”

　대화는 그것이 끝이었다. 그는 곧바로 자리에서 일어났다. 야구 점퍼를 입은 그의 뒷모습은 형사라기보다는 그라운드를 향해 가는 운동선수처럼 느껴졌다. 그의 말이 전부 사실이었음을 깨달은 것은 몇 달 뒤였다.

　사광욱뿐만 아니라 사준서도 재판을 견디지 못했다. 준서는 재판에 한 번도 참석하지 않았다. 핏줄이 느꼈을 고통을 법정의 언어로 받아내며 느껴야 했기 때문일 터였다.

　공예지는 목을 칼에 찔렸다. 검사는 직접 사인이 출혈에 의한 저혈량 쇼크라고 말했다. 왜 목에 찔러 넣었느냐는 검사의 질문에 범인은 “고통 없이 보내기 위해서.”라고 짤막하게 대답했다. 공예지의 손바닥에 깊은 창상이 생긴 이유는 칼날을 손으로 쥐었기 때문이었다. 법정 스크린에 금속이 유기체를 찌르거나 찢은 사진들이 띄워져 있었다. 그런 모양이 된 이유를 검사가 범인에게 하나씩 물었다. 사광욱의 눈은 초점 없이 허공을 향해 있었다. 충격으로부터 자신을 보호하기 위한 방어기제가 작동한 것처럼 보였다. 재판 도중 쿵 소리가 났다. 사광욱이 통나무처럼 쓰러졌다. 재판은 잠시 중단되었고 사광욱은 응급실로 실려 갔다. 메모하는 기자들의 손놀림이 빨라졌다. 이 상황을 스케치하는 사람도 있었다. 준우의 눈은 범인의 뒷모습에 고정되어 있었다. 하늘색 죄수복에 30대치고는 많은 새치, 원처럼 동그란 얼굴. 피부는 검은 편이었지만 건강해 보였다. 범인은 서른여덟. 안치호라는 이름을 갖고 있었다. 준우는 안치호의 숨쉬는 모습까지 놓치지 않고 바라봤다. 귀로는 그의 대답 한마디 한마디를 모두 담아냈다.

"아니요."

안치호가 말했다. 피해자에게 성폭행을 시도했느냐는 질문에 대한 대답이었다. 투숙하고 있던 펜션의 주인인 피해자가 자신을 무시했다고 말했다. 단답만을 하던 범인은 예외적으로 길게 자신에 대한 변호를 이어 나갔다.

"아니요."

안치호가 다시 대답했다. 살인 후 펜션에 불을 질렀느냐는 질문에 대한 대답이었다. 공예지가 발견됐을 당시 펜션은 불타고 있었다. 안치호의 변호인은 펜션이 불에 탄 시각을 강조했다. 방화는 무기징역에 해당하는 중범죄였지만, 화재 발생 시각에 안치호는 경찰에 체포되는 중이었다. 알리바이가 있었다.

"우발적."

준우가 입술을 달싹이며 범인이 쓴 단어 중 하나를 따라 했다. 우발적이라는 단어는 전염성이 강했다. 그 단어를 범인의 변호사도 썼고, 마지막에는 판사의 입에서도 나왔다.

"징역 60년."

준우가 입술을 달싹이며 구형을 내렸다. 그러나 준우의 바람일 뿐이었다. 법은 그렇지 않았다. 판사는 여러 가지를 참작하는 사람이었다. 혐의를 인정해서 10년, 반성하고 있어서 10년, 우발적이어서 10년, 취중이라서 10년. 판사가 한마디 할 때마다 형량이 10년씩 깎여 나가는 것 같았다. 검찰의 구형은 징역 15년에 불과했다.

2012년 4월 11일. 공예지가 살해당한 날. 공판 때마다 검사와 변호사는 인사말처럼 그 날짜를 던지면서 다음 말을 이어 나갔다. 준우는 공판이 시작할 때부터 샌드백처럼 얻어맞는 기분이었다. 타성에 젖어야 했고 몰입하지 않아야 했다. 시간이 지날수록 생각은 얕아지고 의지는 희미해졌다. 유가족은 망연한 생각으로 있지 않으면 버틸 수 없는 자리였다.

결국, 선고 공판까지 지켜본 가족은 준우뿐이었다.

12년. 그렇게 남은 것은 징역 12년이었다.

*

"축사 소독은 했고?"

병상에 누운 아버지가 준우에게 한 말이었다. 엄마가 죽은 후부터 준우는 아버지 사광욱과 함께 돼지를 키웠다.

아버지와 둘뿐인 일상은 더없이 단조로웠다. 준우는 어렸지만 아버지를 돕지 않을 수 없었다. 돼지들이 그랬듯, 준우는 아버지에게 길들고 있었다.

돼지처럼 본능에 충실한 동물이 없다. 자다가도 바가지로 사료를 푸는 소리에 벌떡 일어난다. 정해진 시간에 밥을 먹고 정해진 시간에 잠을 잤다. 돼지는 하루가 다르게 자란다. 난 지 반년만 되면 육돈으로 쓰일 정도로 큰다. 돼지는 동족의 고기도 가리지 않고 먹을 정도로 먹성이 좋다. 그런 놈들이 용케 새끼를 낳아 젖을 먹인다.

돼지는 평소의 우악스러움과는 별개로 질병에 매우 취약했고 그것은 우환 대부분의 원인이었다. 어느 날, 돼지 한 마리가 무릎으로 걸어 다녔다. 준우와 아버지는 수돗가에서 그 돼지를 해체한 다음 냉장고에 넣었다. 약을 쓴 돼지고기의 빛이 검붉었다. 준우는 아버지와 함께 병든 돼지의 고기를 씹어 먹으며 침통함을 혀로 느껴야 했다. 백약이 무효였다. 그다음 날은 대여섯 마리가 쓰러졌다. 새끼 돼지들은 모두 죽었고, 임신한 돼지들은 죽은 새끼를 뱉어내듯 쏟아냈다. 병은 무섭게 전염됐다. 새벽이 되면 트랙터에 죽은 돼지들을 싣고 산으로 올라가 파묻었다. 발병을 숨긴 사실과 돼지 사체 매장은 중대한 범죄였다.

아버지에게는 처벌을 받는 것보다 키우던 돼지가 도살 처분되는 고통이 더 컸는지도 몰랐다. 아버지와 준우는 삽자루가 부러질 정도로 땅을 팠다. 나중엔 파묻을 장소를 찾는 게 일이었다. 축사는 비어 갔고 아버지의 시름은 깊어졌다. 나흘째 되던 날, 동네 진입로에 바리케이드가 설치되고 생석회가 뿌려졌다. 방역복을 입은 사람들이 축사로 들어왔다. 이제 아버지는 자신의 돼지를 건드릴 수도 없었다. 돼지들은 매몰지에 제 발로 걸어가 산 채로 묻혔다. 침출수 차단막을 주둥이로 뜯어낸 돼지 몇 마리가 땅에서 튀어나왔다. 그들은 멀리 도망가지 못하고 결국 굴착기나 사람이 휘두른 해머에 맞아 죽었다.

전국에 있는 수백만 마리의 돼지들이 땅에 묻혔다. 아버지의 얼굴에서는 쓴웃음조차 보이지 않았다. 방 안의 벽지가 그의 담배 연기에 그을리면서 노랗게 변했다.

기침할 때마다 피를 토하던 아버지는 대학병원에 다녀왔다. 이런저런 검사를 했다고 했다. 한참이 지난 어느 날이었다. 외래 예약이 잡혔다. 준우는 왜인지 이상한 예감이 들어 아버지와 같이 병원에 갔다. 진료실 앞에 길게 놓인 의자에 아버지와 나란히 앉아 있던 준우는 오줌이 마려워 자리에서 일어났다. 접수대를 지나치다가 어떤 종이에 시선이 멈췄다. 기록지인 듯 보였다. 카운터 아래에 놓인 차트의 깨알 같은 글자들 속에서도 'Lung Cancer'라는 단어는 마치 불이 들어온 간판처럼 한눈에 들어왔다. 그 위에는 필연처럼 아버지의 이름이 적혀 있었다. 준우는 접수대를 지나 화장실에서 소변을 보고는 흐르는 물에 손을 씻었다. 종이타월을 한 장 빼서 물기를 닦고 화장실을 나왔다. 아버지는 손을 무릎에 놓고 꼿꼿하게 앉아 있었다. 준우는 다시 아버지 옆에 앉으며 입을 열었다.

"아버지."

"어?"

아버지가 고개를 돌려 대답했다. 입에서는 약간의 미소가 느껴졌다. 좋은 소식이라도 들을 사람처럼.

"아버지 암이래."

            *

4월 10일. 유난히 공기가 맑았다.

손님은 딱 한 팀이 왔다. 오전에 한 일은 서울에서 온 사람들이 데려온 고양이 사체를 화장한 게 전부였다.

오후에는 사료 차가 넘어졌다는 옆 동네 돼지 농장 마 씨의 전화를 받고 그리로 갔다. 돼지 농장에 사료를 실은 차가 오는 날인 모양이었다. 미사일처럼 생긴 사료 사일로 옆에 벌크 트레일러의 바퀴가 빠져 있었다. 콘크리트로 된 농장 진입로가 좁다 보니 차가 빠지는 일이 왕왕 일어났다. 준우가 빠진 바퀴 아래에 나무를 괴었다. 농장 주인이 트랙터로 트레일러를 견인하여 어렵지 않게 빼냈다.

사일로 옆에는 사일로 반 정도 크기의 폐사체 처리기가 눈에 띄었다. 돼지 사체를 넣으면 250도의 증기로 찐 후 갈아져 나오는 기계였다.

"이거, 몇 번이나 돌려요?"

준우가 뜨거운 숨을 내뱉으며 물었다.

"일주일에 한 번? 네 아버지 때는 저거 없었지?"

마 씨가 거들먹거리며 대답했다. 마 씨는 사광욱의 오랜 경쟁 상대였다. 비자발적인 독신 생활을 하던 마 씨는 사광욱이 공예지와 결혼하는 것을 부러워하기도 했다. 이후 마 씨의 축사가 불타면서 한동안 돼지 사육을 접었다가 사광욱이 죽은 이후 다시 축사를 지었다. 결국 돼지 농사의 승자는 마 씨였다.

마 씨의 대답에 준우가 쓰읍 소리를 내며 고개를 끄덕였다. 사광욱은 결국 폐암을 이겨내지 못하고 죽었기 때문이었다.

준우는 마 씨의 돼지 농장에서 돌아온 후, 피스리버에 들어와 하루를 복기했다. 불을 끄고 누웠지만 눈은 뜬 채였다. 이틀째 잠을 못 이루고 있었다. 오늘은 어제의 기억을, 어제의 기억은 작년의 기억을, 작년의 기억은 그보다 더 먼 과거의 기억을 끄집어냈다.

아버지의 수명이 1년도 남지 않았을 무렵, 아버지는 돼지 농장과 운명을 같이한 사람처럼 보였다.

전염병이 휩쓴 축사에는 종돈은커녕 새끼 돼지 한 마리도 보이지 않았다. 농협에서 빌린 사료 대금은 고사하고 당장 다음 달을 먹고살 돈도 없었다. 곤경에서 빠져나갈 방법은 없는 것처럼 보였다.

"죽으면 좀 나을지도 모르지."

아버지는 마당에 있는 의자에 앉아 담배를 피우며 말했다. 풍성한 입김과 담배 연기 뒤에 가려진 아버지는 하회탈처럼 굵은 주름을 구부리며 만족스러운 표정을 짓고 있었다. 준우가 선명하게 기억하는 몇 안 되는 아버지의 모습 중 하나였다. 집에는 더 이상 죽을 동물이 없었다. 준우는 아버지가 죽고 나서야 그 말의 의미를 깨달았다.

준우는 축사 부지를 판 돈과 아버지의 사망보험금으로 집을 새로 짓기 시작했다. 터를 정리하는 과정이 순탄치 않았다. 축사가 있던 땅 아래에서는 돼지 뼈가 계속 나왔다. 축사 주변 어디에서 뼈가 나오더라도 이상할 것은 없었다. 폐사체 처리기가 있었다면 나왔을지도 몰랐다.

전염병으로 죽었던 돼지의 수는 헤아릴 수도 없었다. 축사 옆에는 드럼통을 잘라 만든 화로를 놓았다. 준우는 뼈를 그러모아 드럼통에 넣고 휘발유를 뿌려 태웠다. 집 안에 화로를 놓고 그걸로 돈을 벌겠다는 생각은 그때 생겼다. 동물을 화장하는 직업이 있다는 사실도 떠올렸다.

준우가 집을 짓기 위해 피스리버의 도면을 선택했을 때, 건축사무소 소장은 준우에게 사생활을 중요하게 여기는 모양이라고 했다. 중정 구조를 선택한 분은 다 그렇다는 말도 덧붙였다.

준우는 여태껏 자신의 사생활에 대해 생각해 본 적이 없었다. 사광욱이 죽고 피스리버를 운영한 지도 2년이 흘렀다.

*

습기를 머금은 공기가 무거웠다. 달무리는 원반처럼 머리 위에 떠 있었다. 준우는 집을 향해 걷고 있었다. 집으로 가까워질수록 공기의 밀도가 높아지는 듯했다. 비린내가 퍼져 나왔다. 마당으로 이어진 문을 열었다. 마당 한가운데 아버지가 서 있었다. 인기척에 아버지가 고개를 들었다. 아버지의 흰 러닝셔츠는 땀에 젖어 살에 들러붙어 있었다.

"왔으면 이것 좀 거들어라."

아버지가 삽으로 흙을 떠내며 말했다. 언제부터 땅을 파고 있던 걸까. 구덩이는 여느 때보다 넓고 깊었다. 흰색 요크셔 대여섯 마리가 아버지의 발아래에 죽은 채로 쓰러져 있었다. 어째서 산이 아닌 집 앞마당에 돼지를 파묻는 걸까. 그런 의문과는 별개로 준우는 습관적으로 삽자루를 쥐고 죽은 돼지들 위로 흙을 덮었다.

"왜 여기에 묻어?"

준우의 의문은 질문으로 변해 기어이 입 밖으로 흘러나왔다.

"금방 썩는다."

아버지는 다른 말을 했다. 아버지를 몰아붙여서는 안 된다는 직감이 말을 삼키게 했다. 다시 보니 돼지들의 사체는 부위별로 나누어져 있었다. 돼지들을 덮을 복토에는 부패를 촉진하는 톱밥과 흰 가루가 섞여 있었다. 아버지의 말대로 몇 달이면 금세 부패하여 퇴비가 될 터였다. 비린내가 진동하는 이유도 돼지들의 사체가 토막 나면서 돼지 혈액이 공기 중으로 노출됐기 때문이다. 땅은 물렀다. 겉은 다져져 단단해 보였으나 한 겹만 걷어내도 부드러운 황토가 드러났다.

준우가 삽을 바닥에 꽂았을 때 앞발을 받치던 바닥이 구덩이로 무너져 내렸다. 준우의 상체도 구덩이 안으로 기울어졌다. 황급히 팔을 뻗었지만, 잡을 데 없이 허공만 휘저을 뿐이었다. 준우의 왼쪽 어깨가 구덩이 속에 그대로 박혔다. 왼손에 미끈 거리는 무언가가 만져졌다. 눈을 질끈 감았다 떴다. 먹물을 칠 한 것처럼 윤기 하나 없는 돼지의 눈이 자신을 바라보고 있었 다. 소리를 지를 틈도 없이 준우의 몸이 돼지 대가리로부터 멀 어졌다. 겨드랑이를 붙잡고 아버지가 자신을 끌어 올리고 있었 다. 진흙 속의 어깨가 빠져나오면서 익숙한 감촉이 왼손의 손 바닥을 훑고 지나갔다. 준우의 눈동자는 자신의 왼손으로 향했 다. 돼지 사체가 아니었다. 사람의 손이 있었다. 자신의 손은 악 수가 끝난 것처럼 다른 손과 멀어지고 있었다. 아버지가 준우의 멱살을 쥐고 눈앞으로 끌어당겼다. 아버지를 보는 준우의 눈동 자가 흔들렸다.

"죽어야 끝난다."

꿈이었다.

"누가……."

준우는 누운 채로 중얼댔다. 흰자위가 벌게질 동안 준우의 눈 꺼풀은 닫히지 않은 채 열려 있었다. 늘 돼지와 함께 지냈음에 도 돼지가 나타나는 꿈은 한 번도 꾸어본 적이 없었다. 어디서

부터 꿈이고 어디까지가 망상인지 구분되지 않았다. 누가 죽어야 끝나는 걸까.

거실에 걸려 있는 벽시계의 초침이 움직이는 소리가 방 안까지 들어왔다. 초침 움직이는 소리가 들린 적은 이전에도 한 번 있었다. 아버지가 누워 있는 중환자실에서였다. 기다란 바늘은 짤깍거리며 1초에 한 번씩 움직였다. 그 소리는 심정지 알람이 길게 울리면서 묻혔다. 그러나 지금 준우의 방에는 초침 소리를 덮어줄 기계가 없었다. 몸을 뒤척여 베개로 귀를 막았지만 환각 같은 그 소리는 사라지지 않았다. 준우는 테이블에 손을 뻗어 핸드폰 시계를 보았다.

AM 01:02

준우가 보는 사이 숫자 2가 3으로 바뀌고 있었다.

4월 11일 목요일

액정에 뜬 글자들이 앞으로 달려오는 과녁처럼 커지는 것 같았다. 4월 11일. 엄마의 기일. 안치호의 구속이 끝나는 날이기도 했다. 안치호는 검거된 날인 2012년 4월 12일 이후로 단 하루도 철창 밖으로 나간 적이 없었다. 준우는 튀어 오르듯 자리에서 일어나 옷을 입고 차 키를 챙겼다. 안치호는 출소 시각인 오전 5시가 되면 교도소 정문에서 나와 자유인이 될 터였다. 연화교도소. 그가 수용되어 있는 곳이었다. 이감은 두 번 이루어

33

졌었다. 경상남도 고성군 연화리. 300킬로미터가 넘는 거리였지만 5시 안에 도착하기엔 충분했다. 지금 시간에 교통 체증이 발생할 리도 없었다.

집에서는 오지 않던 잠이 운전대를 잡은 지 한 시간 만에 쏟아지기 시작했다. 눈꺼풀이 무겁게 내려앉았다. 눈을 치켜떠도 몇 초뿐이었다. 급커브에 놀라 몇 번이고 브레이크를 밟으면서 핸들을 잡아 돌렸다. 그럼에도 준우는 휴게소 한 번 들르지 않고 교도소에 가장 근접한 나들목까지 한달음에 도착했다. 네 시간이 채 걸리지 않았다. 연화나들목 요금소에 설치된 부스가 등대처럼 밝게 빛났다. 수납원이 팔을 내밀며 입을 벙긋거렸다.

"네?"

준우는 깜짝 놀라 고개를 쳐들며 물었다. 준우는 귀를 의심했다. 그의 말이 "교도소 가시나 보네요."라고 들렸다.

"15,500원입니다."

수납원은 푸근한 인상이었지만 무표정했다. 준우가 만 원짜리 두 장을 건네며 다시 물었다.

"혹시…… 방금 교도소라고 하셨나요?"

"아, 이 시간 여기를 통과하는 차는 교도소 가는 차뿐입니다. 두부 안 가져오셨으면 첫 번째로 보이는 편의점에 들러보세요.

따뜻한 거 팝니다."

수납원은 미소를 지으며 설명했다.

"무슨 말씀하시는지 모르겠습니다."

준우는 정색하며 부인했다.

"2만 원 받았습니다. 거스름돈 4,500원 드립니다. 안녕히 가십시오."

준우의 반응에 그는 웃음기를 거두고는 자세를 고쳐 잡았다. 준우는 천천히 액셀을 밟았다. 요금소를 뒤로하자 다른 세계에 온 것처럼 사방이 어두워졌다. 차선은 2차선으로 좁아졌고 가로등 사이의 간격은 가늠할 수 없이 넓어졌다. 마주 오는 차는 한 대도 보이지 않았다. 내비게이션의 지도엔 2차선 도로를 나타내는 세로줄 하나 외에는 전부 푸른색뿐이었다. 몇 킬로미터를 지났을까. 가로등 불빛과 구별되는 백색 불빛이 눈에 들어왔다. 수납원이 편의점이 있다고 말한 것이 떠올랐다. 오른쪽으로 녹색 편의점 간판이 천천히 지나갔다. 출소자들의 가족이나 지인을 상대로 장사가 되긴 할까. 고개를 다시 앞으로 돌렸을 때였다. 준우는 급히 브레이크를 밟았다. 찢어지는 듯한 타이어의 마찰음이 사방으로 퍼져 나갔다. 준우는 비상등을 켠 채 차에서 내렸다. 고라니가 도로 가장자리에 쓰러져 있었다. 다 큰 중형견 크기였다. 녀석의 코에서 나오는 숨이 거칠었다. 어딘가에서 흘러나온 피가 희뿌연 김을 내뿜으며 경사면을 따라 퍼져 나갔다. 누군가 고라니를 치고 그대로 지나간 모양이었다. 타이어 브레이크 흔적은 고라니가 있던 자리 한참 뒤에 그어져 있었다.

고라니의 다리를 한번 들춰본 준우는 차의 트렁크에서 기어 렌치를 꺼내 고라니 머리를 향해 휘둘렀다. 단발의 파열음과 함께 고라니의 호흡도 멈췄다. 준우는 고라니의 목덜미를 잡아채 도롯가로 던졌다. 회복될 가망이 없는 동물은 가능한 한 빨리 숨을 끊어야 했다. 병에 걸리거나 몸을 가누지 못할 정도의 부상을 당한 돼지들은 숨이 붙은 시간만큼 괴로워했다. 때를 놓친 죽음은 남은 주변인 모두를 병들게 했다.

준우는 다시 운전석에 앉아 핸들을 붙잡고는 액셀을 밟았다.

서치라이트 같은 조명이 교도소 정문을 비추고 있었다. 멀리서도 그 모습이 눈에 들어왔다. 준우는 차의 속도를 줄이며 교도소 정문 주변을 살폈다. 정문 근처에서 한 남자가 서성이며 담배를 피우고 있었다. 출소자를 기다리는 사람일 터였다. 그가 고라니를 치었을까. 그렇다면 그가 타고 온 차에도 흔적이 남았을 터였다. 정문 옆으로 시선을 돌린 준우는 자기도 모르게 브레이크를 밟았다. 담벼락에 세워진 차 중에 유난히 눈에 익은 모델이 있었기 때문이다. 97년식 지프 랭글러. 20년이 훌쩍 넘은 지프는 너무 낡아 한눈에 알아볼 수 있었다. 엄마가 타던 지프와 같은 모델이었다.

누나도 여기 온 것일까. 머리털이 곤두섰다. 준우는 교도소 정문에서 보이지 않는 갓길로 차를 옮기고는 시동을 껐다. 교도소 앞에 서 있던 사람이 담배꽁초를 발로 비비는 소리가 준우의 차 안까지 흘러 들어왔다. 5시를 막 넘어서고 있었다.

무거운 쇳덩이끼리 부딪치는 소리가 적막을 깼다. 철로 된 정문이 열리더니, 사람이 걸어 나왔다. 안치호. 구치소를 나오는 그는 완전한 백발이 되어 있었다. 얼굴에는 주름이 깊게 패어 있었다. 12년 전, 검거될 때와 똑같은 옷차림이었다. 기다리고 있던 남자가 그에게 다가가 포옹을 했다. 준우는 멀리서 창을 내리고 그들을 주시했다. 그들이 몇 마디 나누기도 전에 귀에 익은 목소리가 그들을 갈랐다.

"죽은 듯 조용히 살아."

준서였다. 역시 지프는 엄마의 차가 맞았다.

준서가 안치호의 앞으로 다가갔다. 안치호는 준서를 보더니 호기심 어린 표정으로 대꾸했다.

"넌 뭐야."

순간 준우의 관자놀이에 핏줄이 불룩거렸다. 트렁크에 있을 기어렌치가 떠올랐다. 안치호는 자기 앞에 있는 여자가 자신이 살해한 사람의 딸임을 짐작조차 하지 못했다.

안치호가 준서를 보며 고개를 비스듬히 기울였다. 준서는 미동도 없이 안치호를 노려보고 있었다. 준서의 날 선 기운은 준우에게까지 와닿았다.

"경찰 같은데."

남자가 안치호의 귀에 대고 말했다. 안치호의 입에서 미소가 흘렀다. 남자가 안치호의 어깨를 잡아당겨 자신의 차가 세워진 방향으로 이끌었다.

준서가 안치호의 등에 대고 말했다.

"모르면 지금 알아둬. 다시 내 얼굴 보는 순간, 너는 다시 감옥에 들어가게 될 테니까."

안치호는 침을 탁 뱉고는 마중 나온 이가 타고 온 진주색 그랜저에 탔다. 그랜저의 앞부분은 깨끗했다. 고라니를 친 듯한 흔적은 보이지 않았다.

준서는 그들의 뒷모습을 바라보면서 담배를 꺼내 물었다. 안치호가 교도소를 벗어난 후에도 그의 비웃음이 잔광처럼 남아 떠도는 것 같았다.

준우는 시동을 걸었다. 준서와 마주치지 않으려면 지금 움직여야 한다는 직감이 들었다. 이쪽에는 가로등이 없었다. 정문에 서 있는 준서가 준우의 차를 보더라도 차종을 분간할 수는 없을 터였다.

　오는 길에 봤던 편의점은 여전히 불을 내뿜고 있었다. 그 앞에는 노란색 경광등을 켠 흰색 트럭이 서 있었다. 트럭에서 뻗어 나오는 불빛에 눈이 부셨다. 준우는 눈을 찡그리며 차의 속도를 줄였다. 사람은 둘이었다. 트럭의 문짝에는 고성군이라는 글자와 함께 군청 CI로 보이는 그림이 인쇄돼 있었다. 한 명이 도로 주변에 주황색 콘을 세워놓고 있었다. 준우가 고라니를 끌어다 놓은 자리였다. 다른 한 명은 포대 자루를 쥐고 고라니를 향해 허리를 숙였다. 그러다 준우가 운전하는 차의 엔진 소리를 들었는지 고개를 쳐들었다. 헤드라이트 빛을 정면으로 받은 그의 눈이 붉게 빛났다. 그것은 쓰러진 고라니의 눈처럼 보였다.

　준우는 안치호에게 판결이 내려졌던 날을 떠올렸다. 준우의 아래턱에서 끼긱대는 소리가 났다. 불같은 증오가 시간을 건너 뛰어 턱밑까지 치밀어 올랐다.

*

　봉안당이 있는 포천 추모공원은 윈도우 바탕화면 속 사진처럼 고르게 깔린 잔디밭이 거의 전부였다. 그 가운데 뿔처럼 쑥 올라온 거대한 본관이 단조로움을 깨는 유일한 구조물이었다.

준우가 도착했을 때 1,200평 넓이의 고객 주차장에 보이는 것은 지프 랭글러 하나뿐이었다. 준서의 차였다. 준우는 랭글러 옆에 자신의 티구안을 세웠다. 97년식 랭글러는 세월을 맞아선지 검은색 플라스틱 지붕이 잿빛으로 색이 바래 있었고, 누군가 망치로 때린 것처럼 문짝과 펜더 곳곳이 찌그러져 있었다. 수리하지 않고 그대로 방치한 이유가 부품을 구하기 어려워서인지 귀찮아서인지 알 수 없었다. 모든 것이 낡아 보이는 가운데 오직 휠과 타이어만큼은 새까만 광을 내며 반짝였다.

4월 11일 오후 2시. 포천 추모공원에 추모하러 온 사람은 없었다. 준우와 준서 외에는.

봉안당은 원기둥의 형태였다. 계단이 나선으로 기둥을 감고 있었다. 사람이 없는 만큼 움직이는 것은 주목받을 수밖에 없었다. 가구나 구조물 하나 없는 복도였다. 준우가 2층에 들어서자, 검은색 점퍼에 진을 입은 이가 엄마의 유골함이 든 벽을 보고 서 있었다.

"나 왔어."

준우는 한참 멀리서부터 인기척을 내며 준서를 불렀다. 얼굴부터 들이밀어 준서를 놀라게 하고 싶지 않았던 까닭이다.

"뭐 그리 두리번대면서 와."

준서가 준우에게로 고개를 돌리며 말했다. 준우의 발걸음이 잠시 멈췄다. 준우의 우려와는 달리 준서는 준우가 오는 모습을 위에서 지켜보고 있었던 모양이었다.

새벽엔 준우가 준서를 지켜봤지만 지금은 반대였다. 하지만 굳이 그 사실을 준서에게 말할 필요는 없었다.

"여태 이렇게 생긴 곳인지 몰랐거든."

준우는 거의 우물거리듯 말하고는 준서의 시선을 피해 유골함이 있는 선반으로 고개를 돌렸다. 선반에는 유골함과 함께 해안가에서 밝게 웃고 있는 엄마의 모습이 담긴 사진 하나가 들어 있었다.

"오늘 유난히 사람이 없어서 그럴 거야."

준서가 무심하게 대답했다.

서로가 매년 4월 11일마다 봉안당을 찾고 있다는 사실을 안 건 3년 전이었다. 우연히 마주친 이후로는 오후 2시에 찾아오기로 약속을 했었다.

준서의 머리는 짧아서 변함이 없었지만, 방아깨비처럼 앙상한 팔다리는 이제 찾아볼 수가 없었다.

"요즘 무슨 운동해?"

준우는 자신이 던져놓고도 적절한 질문인가 생각했다. 어색한 공기를 마시는 일은 늘 난처했다.

"스쿼트."

준서가 픽 웃으며 대답했다. 목에 걸린 경찰공무원증이 흔들거렸다.

"나도 경찰 할까? 정년 보장된다며."

말은 그렇게 했지만, 준우에게 그럴 생각은 추호도 없었다. 준서는 왜 경찰이 됐느냐는 준우의 질문에 정년이 보장돼서라고 대답했었다. 준우는 그 말을 곧이곧대로 믿지 않았다. 준서가 엄마의 장례식장에 찾아온 경찰의 명함을 잡아당기던 눈빛을 기억했다.

"아니, 해보니까 아니야. 정년 되기 전에 죽을지도 몰라."

준서가 웃으며 고개를 저었다.

준서는 엄마를 추모하러 왔으면서도 한 번도 엄마의 죽음을 입 밖으로 낸 적이 없었다. 준서가 엄마에 대해 하는 이야기는 엄마가 건강하고 즐거워했던 순간 한정이었다. 엄마와의 추억도 짤막하게만 말했다. 준우에게는 준서의 그런 모습이 엄마의 비극을 떠올리지 않으려 애쓰는 것처럼 보였다. 마치 그래야만 살 수 있는 사람처럼.

준서가 유골함을 보면서 입을 열었다.

"엄마는 늘 널 위해 기도했어. 엄마가 널 얼마나 그리워했는지 아니?"

준서에게 들었던 가장 기분 좋은 말이었다. 정말일까. 누군가 자신을 그리워한다는 생각은 해본 적이 없었다. 그리움이 어떤 감정인지 몰랐지만 말만 들어도 좋았다.

독수리 그림이 그려진 준서의 신분증은 거짓말을 하지 않는 사람의 증표처럼 보였다.

*

아라뱃길서 또…… 이번엔 남성 시신 발견

입력 : 2024-06-09 10:23

아라뱃길에서 몸통만 남은 시신이 발견돼 경찰이 수사에 나섰다. 인천북부경찰서에 따르면 7일 오후 6시쯤 서구 유호동 경인 아라뱃길 아라하교 인근 수로에서 물에 떠 있는 시신 한 구를 행인이 발견해 경찰에 신고했다. 시신은 토막이 난 상태였으며, 부패 상태로 보아 발견된 날로부터 열흘 이내에 사망한 것으로 추정하고 있다. 경찰은 국과수에 부검을 의뢰했지만 시신 훼손 상태가 심해 신원 파악에 어려움을 겪고 있다. 다만 시신의 조직으로 볼 때 20, 30대 남성의 시신일 것으로 판단하고 있다.

한편, 경인 아라뱃길 수로에서는 지난달에도 신원 미상의 훼손된 시신 일부가 발견돼 경찰이 대대적인 수사를 벌인 바 있다.

준서는 아라뱃길을 향해 액셀을 밟았다. 랭글러의 스피커에서도 어제 오후 아라뱃길 수로에서 발견된 시신에 대한 뉴스를 뱉어내고 있었다.

준서는 아라하교 아래 둔치에 랭글러를 세워둔 다음, 천천히 걸어서 아라하교로 향했다. 아라뱃길에 놓인 교량의 차선은 대부분 4차선이었지만, 아라하교의 도로는 2차선으로 설계되어 가장 폭이 좁았다. 완만하게 휘어진 케이블이 지탱하는 다른 다리들과는 달리 아라하교는 박스형거더교로 난간이나 가로등에 곡선으로 기교를 부린 장식조차 없어 공사 예산이 모자랐나 싶을 정도로 단출했다.

후텁지근한 공기가 준서의 몸을 훑으며 강을 따라 흘러갔다. 시신이 발견된 지점은 아라뱃길에서 갈라져 나온 용릉천과 아라천의 합류 지점이었다. 그곳에는 쓰레기를 거르기 위한 부유식 차단막과 노란 폴리스라인이 나란히 용릉천을 가로질러 설치되어 있었다. 준서의 시선은 폴리스라인 뒤로 향했다. 그 뒤에 눈에 익은 승용차가 세워져 있었다. 준서는 핸드폰을 꺼내 들고는 통화 버튼을 눌렀다. 끊어지나 싶도록 신호음이 길게 울리더니 이윽고 목소리가 들려왔다.

"왜 전화질이야."

상대는 숨을 가득 뿜어내며 말했다.

"뭐 좀 나왔어요?"

"신경 꺼."

"지문도 없어서 누군지도 모르죠?"

"야."

"용릉천에 직접 버리진 않았을 거예요. 상류에 버렸는데 그리로 떠밀려 온 거겠지."

"어디서 훈수질이야. 한가해?"

"바로 뒤에 물구덩이니까 발 조심하세요."

폴리스라인 옆에 서서 전화를 받던 상대가 고개를 번쩍 들어 두리번거렸다. 그때, 아라하교 가로등에 설치된 스피커에서 사람 목소리가 흘러나왔다.

"다리 위에 계신 분, 위험합니다. 서성대지 마시고 난간에서 떨어지세요."

CCTV로 아라하교를 관찰하던 관제탑 직원이 준서에게 경고했다. 흠칫 놀란 준서는 CCTV를 향해 손을 들어 난간 아래로 뛰어들 생각이 없음을 알렸다.

"너나 조심해라."

마침내 다리 난간 옆에 서 있는 준서를 발견한 그가 한심한 듯 혀를 찼다.

"밥이나 사줘요. 시계 고쳐 왔어요."

준서가 장난기 묻은 말투로 대꾸했다.

*

하늘은 부직포라도 깔린 것처럼 진회색으로 뒤덮여 있었다.

준우는 낮에 고슴도치 한 마리와 몰티즈 한 마리를 화장했다. 체구가 작은 동물들이었다. 수습한 유골이 종이컵 하나를 다 채우지 못했다. 일은 일찍, 그리고 간단히 끝났다. 셔터를 내린 준우는 회색 우의를 입은 채로 차고에 있는 티구안을 타고 피스리버를 나섰다.

화성시 호각리. 준우가 사는 피스리버에서 차로 한 시간도 채 걸리지 않는 곳이었다. 그리고 엄마 공예지의 펜션이 있던 곳에서는 불과 5킬로미터 정도 떨어져 있을 뿐이었다. 놈은 왜 그곳에 살고 있을까. 멀지 않은 곳에 산다는 사실 하나만으로도 기분이 좋지 않았다. 아니, 살고 있다는 자체로 좋지 않았다. 준우는 마지막까지 자신의 그 생각이 변하지 않기만을 바랐다.

호각리에 찾아간 횟수만 스무 번, 호각리 지형은 지도처럼 머리에 각인되어 있었다. 호각호는 반달처럼 긴 호수였다. 호수 가운데엔 운동장 크기의 태양광 패널이 떠 있었고 호숫가에는 호수의 한쪽 면을 따라 느티나무가 심어진 언덕이 이어져 있었다. 언덕 아래에는 호각호에 낚싯대를 드리우고 앉은 사람들이 종종 눈에 띄었다. 준우도 올 때마다 낚시꾼 차림이었다. 누군가의 눈에 띄어서 좋을 게 없었다.

이제는 눈을 감고도 걸어 다닐 수 있을 것 같았다. 그만큼 익숙했다.

느티나무 언덕 위에는 억새와 띠가 병풍처럼 둘려 있었다. 준우는 그 느티나무 아래 벤치에 앉았다. 페인트가 벗겨져 부식된 알루미늄 다리를 드러낸 벤치는 준우가 다리를 바꿔 꼴 때마다 삐걱거렸다.

준우의 시선은 잡초 틈새를 뚫고 나가 언덕 아래의 한 평지에 머물러 있었다. 평지는 붉은 황토가 드러난 산의 절개면에 붙어 있었다. 그곳에는 컨테이너 두 개를 붙여 만든 하우스가 있었고, 그 앞에 쇠말뚝에 이어진 체인을 목에 걸고 있는 도사 한 마리가 늘어지듯 엎드려 있었다.

해가 지평선 아래로 내려가려면 30분은 더 기다려야 했지만, 하늘은 이미 밤이 온 것처럼 어두웠다. 습한 공기 속에서 짙은 풀 내음이 코를 찔렀다.

준우는 핸드폰 날씨 앱을 열었다. 액정에는 사선 세 개를 달고 있는 구름 이모티콘 다섯 개가 구슬처럼 이어져 있었다. 6월의 첫 비 예보였다. 초여름에 드물게 시간당 30밀리미터 안팎의 강한 비가 내릴 것이라는 아나운서의 메시지가 자막이 되어 가로로 흘러갔다.

컨테이너 하우스에서 수백 미터 떨어진 지점에 세워진 가로등 하나에 불이 들어왔다. 컨테이너 하우스까지 이어진 길의 초입이었다. 이윽고 움직임을 감지한 센서등이 줄줄이 불을 밝혔다. 그 아래로 사람이 지나가고 있었다. 안치호.

안치호는 비틀거리나 싶더니 시야에서 사라졌다. 잠시 후 가로등이 모두 꺼지면서 다시 어둠이 깔렸다. 어둠은 계속 이어졌고 어떤 움직임도 느껴지지 않았다. 어디로 사라진 걸까.

준우는 입술을 혀로 핥으며 손을 쥐었다 펴기를 반복했다. 시선은 가로등이 꺼진 부분에 꽂혀 있었다.

눈앞에 있는 토란 이파리가 툭 소리와 함께 얻어맞은 듯 바닥으로 고개를 떨궜다. 이윽고 후드득 소리가 나는가 싶더니 풀잎들이 한꺼번에 휘청댔다. 느티나무의 수관 아래를 제외한 모든 곳이 젖어 들었다. 그때, 개의 목에 이어진 체인이 팽팽해지면서 찔그렁댔다. 철문 여닫는 소리가 들리면서 컨테이너 하우스에 불이 켜졌다. 창문에 사람 실루엣이 촛불 속의 심지처럼 움직이고 있었다.

준우는 모자를 눌러쓰고는 벤치에서 일어났다.

가로등에 비친 준우의 우의가 비에 젖어 번들거렸다. 아까와는 다르게 가로등은 점멸하지 않고 계속 켜져 있었다. 쏟아지는 빗줄기와 비에 맞아 튀는 모래알들이 쉬지 않고 센서를 자극했기 때문이다. 준우가 걸음을 옮길 때마다 엷게 깔린 진흙 위로 발자국이 찍혔다. 그 위로 떨어진 빗줄기들이 흙 알갱이를 파내면서 발자국을 흩뜨렸다. 준우는 그가 지나갔던 길을 따라 올라갔다.

준우는 이 순간을 두 번 이상 상상하지 않았다. 망설이지도 않아야 했다. 돼지를 살처분했던 시기를 떠올렸다. 자신의 행동에 과도하게 몰입하거나 머뭇거렸을 때, 돼지의 숨을 끊기 위해 휘둘렀던 망치는 여지없이 정수리를 빗나갔다. 준우의 기척을 느낀 개가 미친 듯 짖어댔다. 준우를 향해 돌진하던 개는 목에 걸린 체인이 팽팽해지자 괴성을 뱉어냈다.

준우는 문 옆에 바짝 붙었다. 손은 문손잡이를 잡았다. 문은 샌드위치패널을 오려서 붙여놓은 듯 얇았다.

"개새끼가 짖어……."

안치호가 중얼대는 소리가 들렸다. 그가 라이터를 켜는 소리까지 그대로 전해졌다. 창문 귀퉁이로 안치호가 쥐고 있는 녹색 지포라이터가 보였다. 잠시 후 비엔나 심포니 오케스트라의 음악과 함께 디제이의 오프닝 멘트가 흘러나왔다. 라디오가 켜져 있는 모양이었다.

49

비 때문에 계획을 망친 일이 있으신가요? 오늘이 그런 날이 될 수 있습니다. 어차피 뜻대로 되지 않는 계획이라면 여태 하지 않았던 일을 해보는 건 어떨까요? 6월 9일 일요일, 음악캠프 출발합니다.

준우는 우의의 오른쪽 주머니에서 스테인리스 와이어를 꺼내 쥐고 문을 두드렸다. "누구요?" 하는 목소리가 건물이 내는 말처럼 울렸다.

"비가 와서 이 집 축대가 허물어졌어요."

준우는 다시 한번 문을 두드리며 목소리를 높였다. 안치호가 밖으로 나오면 고맙겠지만, 안에서 문만 열더라도 상관없었다. 안쪽에서 나는 발소리가 점점 커졌다. 준우는 문손잡이를 천천히 감아쥐었다. 딸깍 소리와 함께 문틈이 벌어졌다. 준우는 문손잡이를 강하게 잡아당기면서 그의 목을 향해 오른손을 뻗었다. 안치호는 예기치 못한 상황에서도 동물적인 감각으로 고개를 숙여 준우의 손을 피하고는 바깥으로 몸을 날렸다. 그러나 준우의 손에 뒷덜미를 잡혀 지붕 아래를 벗어나지 못했다. 멈칫하는 사이, 준우는 안치호의 턱에 빠르게 스테인리스 와이어를 걸었다.

준우의 팔에 안치호의 체중이 그대로 전해졌다. 사람 숨을 멈추는 일이 돼지 살처분보다 간단하다는 생각이 스쳐 지나갔다.

순간, 왼손에 힘이 빠지는가 싶더니 곧바로 시큰한 통증이 이어졌다. 준우의 왼 손등에 무언가가 반짝였다. 등산용 나이프였다. 나이프는 준우의 왼손에서 빠져나와 허벅지 쪽으로 향했다. 안치호가 준우를 등지고 있었기 때문에 나이프는 준우의 허벅지를 따라잡지 못하고 허공을 휘저었다.

찰나의 순간에 몇 가지 생각이 빠르게 스쳐 지나갔다. 나이프를 쥔 안치호와 마주 보게 되면 승산이 없었다. 준우는 와이어를 놓고는 나이프를 든 안치호의 팔을 뒤로 잡아 돌렸다. 그의 어깨에서 뚝 소리가 나면서 팔이 축 늘어졌다.

어깨가 부러진 안치호가 신음하며 고꾸라졌다. 이윽고 나이프가 콘크리트 바닥에 떨어지면서 쨍한 소리가 울렸다.

"너 누구야?"

얼굴을 바닥에 대고 엎어진 안치호가 거친 숨을 내뿜으며 물었다. 준우의 왼팔에서는 빗물과 피가 한줄기가 되어 땅으로 흘러내렸다. 준우는 나이프를 주우려고 고개를 숙였다. 나이프에 손이 닿았을 때, 관자놀이에 강한 충격이 느껴졌다. 안치호의 몸은 어느새 준우 쪽으로 돌아가 있었다. 그의 오른손에 들린 벽돌이 눈에 들어왔다. 다리를 내디디려 했지만 무릎이 꺾이면서 힘이 들어가지 않았다.

"어, 이런……"

준우의 입에서 나온 말은 끝을 맺지 못했다. 안치호의 얼굴이 흐릿해지기 시작했다.

*

"8천 원짜리 기사식당이 맛집이에요?"

남자를 따라 뷔페식당에 들어온 준서가 밥과 국을 담은 식판을 식탁에 놓으며 물었다. 김포공항에서 이륙한 비행기가 굉음을 내며 머리 위로 스치듯 날아갔다. 비행기가 떠오를 때는 대화도 힘들 정도였다.

"어, 여기 맛집이야. 네이버 후기 찾아보든가."

남자는 준서를 쳐다보는 둥 마는 둥 젓가락으로 식판에 담긴 콩나물부터 집어 입으로 넣었다.

"그런데 왜 혼자 다녀요?"

"넌 왜 혼잔데?"

준서가 물었으나 대답 대신 같은 질문이 돌아왔다.

"비번이에요."

"다들 바쁘지. 김남기는 국과수 갔고."

준서가 대답하자 그도 뼈다귀해장국에서 뼈를 건져내며 대답했다. 준서는 김남기가 누구인지 몰랐지만 굳이 묻지 않았다.

준서는 핵심에 다가가기로 했다.

"용릉천에 쓸 만한 지천이 다섯 개 정도 되더라고요."

"쓸 만하다니, 뭐로?"

그는 돼지등뼈의 골수를 빨아들이다가 눈을 치켜떴다.

"시체 몸통이 아라하교 합수부 그물까지 도달할 정도로 수량이 풍부하고 장애물이 없는 하천이요."

옆 테이블에서 식사하던 사람들이 준서에게 요요처럼 시선들을 던졌다가 재빨리 거둬갔다. 남자는 숟가락을 내려놓았다.

"시신은 차로 옮겨야겠지? 이미 네가 말한 지천 개골천, 가천, 노암천, 그리고 이름 없는 콘크리트 수로까지 차 한 대라도 들어갈 만한 자리, CCTV 다 뒤져보고 있어. 하지만 별 기대는 안 돼. 됐어?"

말을 마친 그는 마치 하루는 굶은 사람처럼 밥을 입에 쑤셔넣는 데 열중했다.

광역수사대가 사건을 맡고 있었지만 수사에 진척이 없었다. 게다가 인천광수대 일부 수사관들이 마약 조직과 유착된 사실이 드러나면서 아라뱃길 연쇄살인사건은 그가 소속된 북인천 경찰 손에 떨어지게 되었다. 준서는 그의 태도를 통해 이번에도 피해자의 신원조차 밝혀내지 못했다는 사실을 알았다. 그것은 피해자의 손가락이 없거나 얼굴이 훼손된 채 발견되었다는 뜻이었다. 벌써 다섯 번째 같은 일이 벌어지고 있었다.

수색 결과에 별 기대가 안 된다고 말했지만 밥을 먹는 그의 얼굴에는 생기가 돌았다.

"기다렸어요?"

준서가 물었다. 질문 앞에 '시체가 발견되길'이라는 말은 빠져 있었다.

"응. 신나 보여?"

"네, 아주."

사람이 죽기만을 바라며 사는 사람으로 보느냐고 화낼 수도 있었지만 그는 부인하지 않았다. 준서는 자신도 모르게 쓴웃음을 짓고 있었다.

"지난번에 연화교도소 갔었지?"

그가 아무렇지 않게 질문을 던졌다. 이제 자신의 차례라는 듯.

"네?"

가볍게 던진 질문이 준서에게는 머리통을 울릴 정도로 묵직하게 들어왔다.

"넌 내 손바닥 안이야. 거긴 뭐 하러 가. 몸조심하라고 경고하면 개가 '아, 예.' 하면서 굽실거릴 거 같아?"

그는 안치호와 자신이 만난 것뿐 아니라 무슨 말을 했는지까지 알고 있는 듯했다. 준서는 해장국에 빠뜨린 밥에 숟가락을 푹푹 찔러 넣었다.

"무슨 상관인데요."

"안치호는……."

그의 말끝은 90데시벨의 엔진음으로 덮여 들리지 않았다. 김포공항에서 이륙한 보잉777이 랜딩 기어를 넣으면서 식당의 지붕 위를 날아갔다.

"안치호는, 뭐요?"

준서가 뒷말을 확인하려 했다.

"신경 쓰지 말라고. 그건 그렇고, 왜 온 거야."

"시계 고쳐 왔다고 했잖아요. 사람 말을 귓등으로도 안 듣네."

"그 싸구려를? 고장 나서 버린 거야."

준서가 주머니에서 무언가를 꺼내더니 테이블 위에 소리 나게 놓았다. 'seiko pulse meter'이라고 각인된 전자시계였다.

"싸구려니까 고쳤죠. 비싸면 내가 가졌지. 그래도 나름 스마트시계던데요. 80년에 만들어진 주제에 맥박 측정도 되고."

"너 수원역 지하상가 금은방 털이범은 안 잡아?"

그는 전자시계를 들어 올리며 화제를 돌렸다. 남자는 준서가 수사하던 일에 대해 묻고 있었다.

"외국으로 튄 거 같아요."

"노숙자들 훑어보랬잖아."

"노숙자들 중엔 없어요."

사준서는 엄지를 거꾸로 세우고 새끼손가락을 이마에 대면서 말했다.

"절도사건은 우스워?"

"왜 자꾸 시비실까, 이제 팀장님 일도 아니잖아요. 아 참, 지난번에 팀장님이 잡아넣었다는 채정복이 출소했는데……."

"너 말 돌리는 거 누구한테 배웠냐?"

"그러니까, 그 살인범 채정복이 2주 만에 다시 잡혀 왔어요."

국에 만 밥을 입속에 넣은 준서가 그의 질문에 아랑곳하지 않고 말을 계속 이었다.

"그냥 경범이잖아. 사준서 형사, 없는 죄라도 만들어 씌우려고?"

그가 숟가락을 놓으며 경고했다. 그가 짜증을 냈을 때, 테이블에 잔진동과 함께 소리가 울렸다. 그의 핸드폰이었다. 액정에는 '김남기'라고 표시되었다.

"어떻게 됐어? 알았어."

그는 전화를 끊더니, 차고 있던 시계를 풀고는 세이코 전자시계를 자신의 손목에 채웠다.

"나 가봐야 된다."

"시계 수리비는요?"

그는 풀어놓은 시계를 준서에게 내밀었다.

"이거 가져. 007이 차던 거야."

그가 냅킨으로 입을 닦으며 자리에서 일어났다. 그가 내민 것역시 세이코의 평범한 전자시계였다. 준서는 시계를 쓱 훑어보았다. 액정 위에 'MEMORY-BANK'라는 글자가 인쇄되어 있었다.

"007이 오메가를 차지, 무슨 전자시계를 차요."

한마디도 지지 않았다.

"너, 괜한 오지랖 부리지 말고 규칙대로 일해."

준서가 "팀장님이나 잘하시죠!"라고 외쳤으나 그는 이미 퇴식구에 식판을 밀어 넣는 중이었다.

준서는 문밖으로 나가는 그의 뒷모습을 멀거니 바라보다가, 그의 옆으로 들어오는 손님들에게로 시선을 옮겼다. 덩치가 큰 20대 운동선수 무리였다. 개중에 상대적으로 키가 작은 남자가 눈에 띄었다. 180센티미터쯤 될까. 구찌 반팔 티에 검은색 야구모자를 쓰고 굽이 높은 운동화를 신었는데, 그것들이 모조리 명품인 탓에 조연이 없는 드라마처럼 이상해 보였다. 하지만 준서가 그를 살펴본 이유는 옷차림 때문이 아니라 낯이 익어서였다. 왜 익숙할까. 야구모자는 준서를 지나쳐 뒤로 갔다.

"사장님, 이곳까지 웬일이세요?"

야구모자가 아는 사람을 만났는지 누군가에게 물었다.

"공항 가다 들렀습니다. 정효 씨야말로 웬일이신가요."

이름을 들은 준서는 그제야 야구모자가 누구인지 기억을 해 냈다. 오정효. 프로 야구선수였다. 유격수였던가. 오정효는 흥 분한 듯 큰 목소리로 질문했다.

"요 근처에 사설 야구장 있거든요. 거기서 학교 후배들 경기 구경하고 밥 좀 먹으러 왔어요."

"벌써부터 후배들 챙기고 좋은 일 하시네요."

오정효와 대화하는 이의 목소리는 차분하고 낮아 이지적으로 느껴졌다.

"저도 어렸을 때 도움받았으니까요."

"그럼 천천히 드세요."

드르륵, 의자 끄는 소리가 났다. 오정효와 대화를 나누던 이 가 일어나는 모양이었다.

"잠깐 사진 좀 같이……."

"네. 그런데 인스타에 올리시면 안 됩니다."

오정효의 부탁과 상대의 무미건조한 대답 후에 찰칵하는 셔 터 소리가 들렸다.

"언제 동네에서 커피 한잔하시지요."

그 말을 끝으로 호리호리한 체구의 남자가 준서를 지나쳐 식당 밖으로 나갔다. 그는 속이 비칠 정도로 얇은 러닝용 바람막이에 발목이 좁은 바지를 입어 러너처럼 보이기도 했다. 유명인인 오정효가 먼저 사진을 찍자고 한 것으로 보아 그는 오정효보다 더 유명한 사람인지도 몰랐다.

준서는 박한서가 준 시계를 주머니에 넣은 다음 자리에서 일어났다. 비가 오기 시작했는지 식당 밖으로 나간 손님들이 우왕좌왕 자신들이 주차해 놓은 차로 뛰어가고 있었다. 호리호리한 남자도 바람막이에 달린 후드를 뒤집어쓰고는 BMW 운전석으로 들어갔다.

*

머리가 불타는 것 같았다. 화끈대는 고통에 눈이 떠졌다. 천장에 켜진 형광등이 눈에 들어왔다. 빗소리가 방 안까지 들렸다. 아직은 살아 있었다. 왼손에서 시작되는 고통이 심장박동에 맞춰 머리통을 울렸다. 준우는 눈알을 굴렸다. 흰색 플라스틱 새시가 익숙했다. 창을 통해서 밖을 보려 했지만 온통 검은색으로 뒤덮여 아무것도 보이지 않았다. 다만, 빗방울들이 방 안의 형광등 불빛에 반사돼 거칠게 번쩍거렸다.

현재 중부지방을 중심으로 폭우가 쏟아지고 있는데요, 이 비는 자정을 전후해 전국으로 확대되겠습니다. 특히 서해안과 인천 부근에는 시간당 최고 50밀리미터의 강한 비가 예상되니 주의하셔야겠습니다. 이 지역에는 호우특보와 강풍특보가 내려져 있습니다.

라디오에서 익숙한 목소리가 일기예보를 전했다. 그제야 준우는 자신이 안치호의 집 안에 누워 있다는 사실을 깨달았다. 안치호에게 잡힌 것일까. 목이 탔다. 상상한 것보다는 방이 넓었다. 고개를 좌우로 돌렸다. 왼쪽에 출입문과 창문이 보였고 오른쪽에는 소주병 수십 개가 세워져 있었다. 녀석은 어디에 있을까. 고개를 위로 쳐들자 찌르는 듯한 두통과 함께 사람 하나가 눈에 들어왔다.

안치호였다. 준우는 몸을 벌떡 일으켰다. 그는 누워서 움직이지 않았다. 준우는 눈으로 가만히 그를 훑었다. 숨을 쉬면서 움직여야 할 가슴은 멈춰 있었다. 안치호는 시체가 되어 있었다. 어떻게 죽었을까. 준우의 시선은 그의 왼 다리에서 멈췄다. 왼발에 빨간 고무장갑이 덧씌워져 있었다. 고무장갑의 윗부분은 철사로 동여매 웬만해서는 벗겨지지 않을 것처럼 보였다. 준우는 손을 그리로 갖다 댔다. 고무장갑을 누르자 그대로 푹 꺼졌다. 발이 만져지지 않았다. 준우는 자신도 모르게 움찔거렸다.

그러자 찌르는 고통이 왼손에서 타고 올라왔다. 팔을 들어보니 자신의 왼손에도 고무장갑이 씌워져 있었다. 준우의 입에서 비명이 터져 나왔다. 순식간에 심장박동이 거세지면서 호흡이 가빠졌다. 손가락에 힘을 주니 장갑이 움직였다. 불안한 상상과는 달리 자신의 팔에 씌워진 고무장갑 속은 비어 있지 않았다. 진정하기 위해 의식적으로 숨을 내쉬고 들이마셨다.

"괜찮다, 괜찮아. 아직."

입 밖으로 중얼대면서 흥분을 가라앉히려 애썼다. 어째서 안치호의 다리와 내 팔에 고무장갑이 씌워져 있는 걸까. 정신을 잃은 사이 어떤 일이 벌어진 걸까. 준우는 자신의 사지가 멀쩡한 걸 확인하고 나서야 이성이 돌아왔다. 누군가 다녀갔다. 그 누군가가 안치호로부터 죽기 직전의 자신을 구한 건 확실해 보였다.

왼손은 제대로 붙어 있었다. 다만 칼에 찔린 부위를 확인할 수는 없었다. 고무장갑을 벗는 순간 피가 뿜어져 나올 것이다. 시체의 발에 고무장갑이 씌워진 이유를 깨달았다. 피가 바닥에 쏟아지는 것을 막기 위함이었다.

준우는 손을 바닥에 짚고 천천히 일어나 방을 한 바퀴 휘둘러보았다. 안치호의 발밑에 놓여 있는 검은 봉지가 보였다. 그 위로 얼굴을 갖다 댔더니 익숙한 공기가 코를 찔렀다. 피 냄새. 입구를 들췄다. 그 안에는 발목이 들어 있었다. 안치호의 발. 절단면은 커다란 펜치로 끊은 것처럼 간결했다.

다시금 머리가 복잡해졌다. 다만 한 가지는 단정할 수 있었다. 이 장면을 경찰이 본다면 현행범으로 체포될 사람은 분명 준우 자신이었다. 살인 현장인 이 집에서 벗어나야 했다. 그리고 자신의 흔적을 남겨서는 안 된다. 이곳을 뜨기에 앞서 현장을 정리하는 게 우선이었다. 애초 지문을 남기지 않기 위해 라텍스 장갑을 끼고 있던 것이 다행이라면 다행이었다. 라디오에서는 아까와 같은 디제이가 아직도 자리를 지키고 있었다. 중간 광고가 흘러나왔다. 여기 온 지 30분이 채 되지 않았다는 사실이 안도감을 불러왔다. 머무는 시간이 길수록 위험했다.

준우는 창문의 블라인드를 내리고는 다시 한번 방을 살폈다.

안치호의 목은 자신이 가져온 와이어로 묶여 있었다.

왜 자신을 구해줬을까. 안치호의 피뿐 아니라 자신의 핏자국까지 없앤 걸 보면 확실히 그런 목적인 것 같았다. 그는 누구일까. 그 질문의 답을 구하는 일은 후순위였지만 준우의 의지와는 상관없이 계속해서 머릿속에 맴돌았다.

그때, 익숙한 벨 소리가 시체 아래에서 울렸다. 준우는 시체를 들춰 자신의 핸드폰을 집어 들었다. 액정을 보는 준우의 얼굴이 고무처럼 뻣뻣하게 변했다.

설정한 적 없는 알람과 함께 메시지가 떴다.

오후 08:30
잡혀 들어가기 싫으면 시체 치우기

준우는 핸드폰 전원을 끄고는 곧바로 문밖을 나섰다. 개 짖는 소리는 들리지 않았다. 개가 묶여 있던 자리에는 금속 체인만 덩그러니 놓여 있었다. 자신을 구해준 이는 맹견까지 풀어준 모양이었다. 도사쯤은 위협이 되지 않았을까? 아니면 묶여 있는 개의 모습이 안쓰러웠을까? 긴박한 순간에도 그런 생각이 머리를 스쳐 지나갔다.

준우는 호각리를 벗어나기 위해 차를 몰았다. 비포장도로를 빠져나오자 칼에 찔린 왼손의 통증도 잦아들었다.

안치호를 죽인 이는 누구일까. 경찰이라면 누굴 용의자로 지목할까. 준우는 곧바로 핸드폰 주소록에서 준서를 찾아 통화 버튼을 눌렀다.

"오랜만이네. 무슨 일이야."

준서의 목소리는 지친 듯했지만 밝아 보였다. 많지 않은 표본이긴 하지만 준서는 한 번도 준우의 전화를 받지 않은 적이 없었다. '오랜만'이라는 말에 약간의 죄책감이 들어 당황스러웠다.

일단 누나의 목소리를 들어야겠다는 생각이 우선이었던 터라 왜 전화했느냐는 질문에 대답할 준비는 아직 되어 있지 않았다.

"아니, 그냥. 신기한 꿈을 꿨어."

먼저 잡히는 생각으로 둘러댔다. 꿈을 꾼 건 사실이었다. 두 달 전에.

"무슨?"

"돼지꿈."

"웬일이야. 넌 돼지꿈 한 번도 꾸어본 적이 없다며?"

준서도 알고 있었다. 태어났을 때부터 돼지들과 살아왔지만 돼지가 꿈에 나온 적은 단 한 번도 없었다. 한 번쯤 나올 법도 한데 그런 적도 없었다는 이야기를 푸념처럼 한 적이 있었다. "하느님도 내가 잘 되는 걸 좋아하지 않는가 봐."라는 말을 덧붙였었다.

"그러게, 이번이 처음이야."

길몽이라 하면서도 그 내용까지 말할 수는 없었다. 돼지가 나왔을 뿐, 그 내용은 누가 봐도 불길하기 짝이 없던 까닭이었다.

"잘 됐다. 일은 좀 어때?"

"잘돼. 동물보호법 개정된 이후로 좋아."

동물 사체를 유기하는 행위가 불법이 된 것이 곧바로 반려동물 장례식장의 매출 증대로 이어졌다. 그렇게까지 앞을 내다본 것은 아니었다. 예기치 않게 장사가 잘 되는 이유가 돼지꿈의 영향인 것처럼 이야기가 흘러갔다.

"그럼 맞네. 그 꿈 덕분이네."

"누나는 어때?"

준우는 말을 끊고는 갑자기 물었다. 말을 자연스럽게 돌리는 재주가 없기도 했지만, 마음이 조급했기 때문에 어쩔 수 없었다.

"뭘?"

"일은 할 만해?"

"응. 공무원 일이 그렇지 뭐."

"지금 경찰서야?"

자신도 모르게 튀어나왔다. 준서에게 전화한 이유는 이 질문을 던지기 위해서였다.

"그럼 어디겠니."

준서가 당연하다는 듯 대답했다. 그 말을 듣자마자 준우는 창문을 내렸다. 차 밖의 풍절음이 핸드폰 속으로 들어찼다.

"너무 과로하는 거 아니야?"

"너 운전하면서 전화하는 거니?"

"아, 아니야, 누나. 또 전화할게."

자신이 생각해도 어설픈 연기였지만 상관없었다. 전화가 길어지면 더욱 어색해질 터였다. 준서는 정말 사무실에 있는 것일까. 누나에게 분명한 알리바이가 있어야 용의선상에서 빠질 터였다. 준우는 다시 핸드폰을 들어 경찰서 번호를 검색했다. 수원동부경찰서 형사과.

잠시 고민하던 준우는 들었던 핸드폰을 내려놓았다. 경찰서에 전화해서 누나가 근무하는지 확인해 달라고 할 건가? 불현듯 자신이 한심하다는 생각이 스쳤다. 이 와중에도 누나를 생각하는 자신이 낯설게 느껴졌다.

잊고 있던 왼손의 통증이 다시 느껴졌다. 고무장갑을 낀 왼손은 핸들을 제대로 잡지 못하고 누르고 있을 뿐이었다. 빗줄기는 줄어들 기미를 보이지 않았다. 상향등을 켰지만 시야는 100미터도 확보되지 않았다. 노란색과 흰색 사선들이 옆에서 끼어드는 동물처럼 갑자기 나타났다. 과속방지턱이었다. 속도를 줄이지 못하고 방지턱을 타 넘은 탓에 차가 크게 출렁대면서 트렁크 속 화물이 들썩거렸다.

끝없이 쏟아지는 빗방울을 와이퍼가 최대속력으로 걷어냈다. 피스리버로 향하는 길이 유난히 길게 느껴졌다.

*

박한서는 북인천경찰서 사무실로 들어오자마자, 팀원들에게 아라하고 CCTV 영상에 대해 물었다. 영상을 분석한 형사 중 한 명은 시신 발견 지점에서 외지인으로 보이는 사람 몇이 오갔다고, 지금 그들을 수배하고 있다고 보고했다.

이윽고 김남기가 비에 반쯤 젖은 채로 사무실 문을 열고 들어왔다. 박한서가 커피메이커에서 갓 뽑아낸 커피를 잔에 따라 김남기에게 건네며 뭐 좀 나왔느냐고 물었다. 커피를 받아 쥔 김남기는 가빴던 숨을 몇 초 정도 골랐다.

"뭐가 없습니다. 손가락하고 얼굴이 훼손돼서 신원 파악도 안 되고요."

"언제 죽었는지도 모르고……."

"아직까지는요. 물속에서 발견된 걸 고려해도 피가 유난히 없대요."

박한서는 현장에서 유난히 새하얗던 사체를 떠올리며 말했다.

"그 전에 피를 다 뺐으니까."

그 말을 들은 김남기는 식초라도 마신 듯 얼굴을 찡그리며 커피 잔에서 입을 뗐다.

"지난번 한강에서 발견된 시신도 이 정도는 아니었습니다."

"지난번 그때는 흉터하고 시반도 있었다며?"

박한서는 김남기를 빤히 쳐다보았다.

"네."

그의 질문은 시신에서 아무것도 나오지 않은 것이 자신의 잘 못인 것처럼 김남기를 위축시켰다.

"발전하는 거지."

김남기는 마흔이 채 되지 않았지만 북인천경찰서에서 가장 많은 수사 경험이 있는 실무자였다. 그럼에도 박한서의 알 수 없는 눈빛은 늘 김남기를 긴장하게 만들었다.

국내 최대 마약밀수조직 수뇌부가 부산에서 검거되었다. 조 직원 100여 명이 구속되는 과정에서 인천광수대가 이 조직 간 부들로부터 금품을 받아왔다는 사실이 드러난 이후, 인천광수 대의 업무는 중지된 것과 다름없었다. 인천광수대가 맡은 강력 사건 대부분은 북인천경찰 형사과로 이관되었고 북인천경찰 형사과도 팀장이 바뀌고 인력이 보충되는 개편이 진행되었다.

수원동부경찰서의 20년 차 형사 박한서가 북인천으로, 김남 기의 동료형사였던 북인천서의 신입형사가 수원동부로 갔다. 맞교환이라고 하기엔 신입형사는 박한서의 보상선수에 불과 했다.

박한서가 북인천경찰서로 온 날, 김남기는 자신의 목에 목줄 이라도 채워진 것 같았다. 그가 북인천경찰서 형사과 강력팀 팀장으로 임명되었던 까닭이었다. 박한서는 출근 첫날부터 갈 데가 있다며 김남기를 그의 차 운전석에 앉혔다.

"어디로 가십니까?"

김남기는 사무적인 말투로 물었다. 박한서에 대한 소문은 오기 전부터 대략 들어 알고 있었다. 서론이 없는 사람.

"내비 찍어봐. 계양구 온화로 187길 12."

새 팀장이 불러주는 주소를 입력하니 익숙한 상호가 나왔다. '마구간'. 생고기가 주 메뉴인 식당으로 허름하지만 오래된 곳이었다.

"아, 여기요."

"아는 데지?"

"인천에서만 20년 넘게 살았는데 모를 수가 없지요."

김남기는 굳었던 표정을 조금 누그러뜨렸다.

"그렇다면서? 밥이나 먹자고."

목적지에서 500미터를 남겨두고 우회전을 했을 때, 박한서가 운전자에게 명령했다.

"차 세워."

"네?"

"잠깐 들를 데가 있어."

"여기요?"

김남기는 굳은 얼굴로 되물었다.

"어. 여기 룸살롱."

박한서가 김남기가 잡은 핸들의 가운데를 꾸욱 눌렀다. 인천에서 세 손가락 안에 드는 룸살롱 '인터크루'의 입구는 닫혀 있었다. 차에서 발사된 경적이 룸살롱의 철문을 길게 때렸다.

이윽고 4미터 높이의 철문이 열렸다. 철문 사이로 문 높이의 반쯤 되는 사람이 뭐라고 지껄이며 빠져나왔다. 소리는 들리지 않았지만 독순술을 배운 적이 없는 사람이라도 알아들을 수 있는 입 모양이었다.

어떤 씨발 새끼야.

굳은 얼굴의 남자가 김남기의 차를 보더니 무전기를 들었다. 그는 무전기로 누군가와 이야기를 나누고는 불만 가득한 얼굴을 누그러뜨렸다. 10초 정도 후에 그의 뒤에서 한 남자가 걸어 나왔다. 남자는 중키에 마른 체형으로 위아래로 흐느적거리는 원단의 옷을 걸치고 있었다. 그는 프라다 뮬을 신은 발로 운전석 옆으로 빠르게 다가왔다.

"처음 뵙겠습니다, 박 팀장님."

인터크루 사장 차운석이었다. 차운석은 가까이에 있는 김남기에게는 눈길도 주지 않은 채 조수석에 앉은 박한서에게 인사했다. 김남기는 차운석이 자신을 무시한 이유보다, 몇 시간 전에 부임한 박한서가 팀장인 줄은 어찌 알았는지가 더 궁금했다.

"우리 밥 먹으러 갈 건데, 같이 가시든지요."

박한서가 대답했다. 그러자 차운석의 코에서 안도하듯 한숨이 빠져나오며 훅 소리가 났다.

"아유, 방금 밥을 먹어서……. 형님은 오랜만이시네요."

그제야 그가 김남기를 보며 아는 체를 했다.

"둘이 친해?"

박한서가 물었다.

"아뇨."

김남기는 굳은 얼굴로 대답했다. 박한서는 김남기의 대답에는 반응하지 않고 공중에서 손가락을 돌렸다.

마구간으로 핸들을 돌리는 짧은 시간 동안 김남기는 빠르게 머리를 굴렸다. 차운석은 박한서를 어떻게 알았을까. 경찰은 유흥업계 사장들과 사적으로 연락하지 않는다. 아니, 할 수가 없다. 혹여 그들이 구속돼 통화 기록이 드러나기라도 하면 경찰도 무사하지 못하기 때문이다. 게다가 룸살롱 대표가 경찰을 순순히 맞아주는 경우는 별로 없다. 박한서는 갑자기 룸살롱에 왜 들른 것일까. 이유를 종잡을 수 없었다. 머리가 복잡했다. 박한서가 보는 앞에서 차운석이 자신을 굳이 형님이라고 부른 것도 신경 쓰였다.

마구간 안에는 스테인리스로 된 원형 테이블 네 개가 놓여 있었다. 김남기와 박한서가 자리에 앉자 나이 든 주인이 불붙은 연탄을 테이블 가운데 놓았다.

"차운석하고 전에 만나신 적이 있나요?"

김남기가 생고기를 시키고는 박한서에게 물었다.

"아니. 근데 알게 됐어."

박한서가 물을 들이켰을 때, 갈색 알루미늄 새시로 된 문 아래로 프라다 뮬이 쑥 들어왔다. 입구를 돌아본 김남기의 표정은 다시 한번 굳어졌다. 차운석이었다.

"사장님 진로……. 아니다. 됐어요."

차운석은 주인이 고기를 썰고 있는 걸 보고는 냉장고에서 소주 두 병을 한 손으로 빼 들고 박한서의 맞은편에 앉았다. 다른 한 손에는 컨디션 한 박스가 든 비닐봉지가 들려 있었다.

"식사하셨다면서?"

박한서가 엷은 미소를 지으며 차운석을 맞았다.

"인사는 드려야죠."

차운석이 비굴한 웃음을 지으며 비닐봉지 속 박스에서 컨디션을 꺼내 박한서와 김남기에게 건넸다. 김남기는 박스 속을 유심히 보았다. 열 개들이 컨디션 박스 속에 컨디션은 1열에 세워진 다섯 개가 전부였다. 2열에 노란 지폐 뭉치가 녹색병 대신

72

세워져 있는 것이 보였다. 김남기는 표정 관리를 하며 최대한 말을 아꼈다. 박한서가 식당 이름을 말하지 않았음에도 차운석이 찾아온 걸 보면 둘이 어떤 식으로든 이야기를 나눈 것은 확실했다. 둘 사이에 따로 채널이 있다는 뜻이었다. 마치 자신처럼.

"얼마나 마시려고 한 박스를 가져왔나?"

박한서가 테이블에 놓인 맥주잔 세 개에 소주를 각각 반 컵씩 따라 차운석과 김남기에게 건넨 다음 자신의 잔을 들었다. 김남기가 소주를 들이켰다. 차운석도 단숨에 소주를 입안에 털어 넣더니 컨디션 박스를 박한서 옆자리에 놓으며 말했다.

"속 챙기셔야죠. 그러면 저는 이만 가보겠습니다."

박한서가 봉지를 슬쩍 들췄다. 김남기는 컨디션을 따서 입으로 넘겼다. 꿀꺽 소리가 유난히 크게 들렸다. 여기서 박한서가 박스를 받으면 앞으로도 편해질 터였다. 차운석이 자리에서 일어났다.

"어딜 가. 뇌물공여 현행범으로 체포야."

박한서가 옆구리에서 수갑을 꺼내 차운석의 팔에 채웠다.

"장난이시죠? 이러시면 곤란한데요."

차운석이 수갑과 박한서를 번갈아 보며 어색한 웃음을 지었다. 박한서는 대꾸하지 않은 채 차운석을 끌고 나갔다.

박한서는 술을 마신 김남기로부터 차 키를 받아 운전석에 앉았다. 덫에 걸린 차운석의 눈 옆으로 살기가 새 나왔지만, 그는 저항은커녕 욕 한마디 하지 않은 채 순순히 김남기와 함께 차 뒷자리에 탔다. 박한서는 그대로 차를 몰아 경찰서로 돌아왔다.

"조서 쓴 다음 퇴근해. 밥은 내일 먹지."

차운석을 유치장에 넣은 박한서가 자리를 뜨며 김남기에게 지시했다. 김남기는 출입문 밖까지 박한서를 따라 나왔다.

"그런데, 차운석하고는 어떻게 연락을 하신 겁니까?"

다른 경찰이 없음을 확인한 김남기가 조심스럽게 물었다. 박한서는 걸음을 멈추고 바지 주머니에 양손을 쑥 찔러 넣었다.

"그러게……. 나 대신 수원경찰서 가는 신입형사 녀석이 인사차 왔어. 그런데 우연히, 아주 우연히 녀석이 대포폰을 내 앞에 떨군 거야. 나는 또 우연히 그 폰을 주워서 연락을 해봤는데, 우연히 차운석이 나온 거고. 혹시 다른 경찰도 그놈하고 연락하고 있었을 수도 있지. 차운석이 대포폰을 경찰에게 주고 연락을 많이 하는 것 같더라고. 근데 다른 경찰 몇은 차운석이 자기하고만 연락하는 줄 알 수도 있어. 멍청한 거지. 하지만 차운석이는 머리가 좋은 놈이라 그런 걸 다 불진 않을 거야. 그러면 차운석이는 집행유예 정도 나오겠지. 그치?"

박한서가 김남기의 어깨를 툭 쳤다.

"네⋯⋯."

대답을 하는 김남기의 눈은 초점이 없이 흔들렸다.

"네가 차운석하고 어떤 관계든 관심이 없어, 알아서 정리해. 그거랑 상관없이 내가 아라뱃길 연쇄살인범을 올해 안에 못 잡으면 넌 파면이야. 그러면 수원에 있는 네 후배도 같이 가는 거야."

박한서가 김남기의 얼굴 옆에 입을 바짝 댄 채 속삭이고는 발길을 돌렸다. 김남기는 그가 시야에서 사라질 때까지 비석처럼 서 있었다.

*

피스리버의 중정 위로 번개가 걸쳐지자 안치호의 얼굴이 푸르게 빛났다. 눈은 감겨 있었다. 준우는 안치호가 누워 있는 대차를 화로 속으로 밀어 넣었다. 건들대는 그의 표정을 이제는 볼 필요가 없었다.

화로 문을 닫고는 다이얼을 끝까지 돌렸다. 준우의 시선은 화로를 관통하는 석영으로 만들어진 창에 꽂혀 있었다. 불꽃이 송장에 닿자, 세포가 품고 있던 수분이 끓으면서 지글거렸다. 온도계가 섭씨 1,092도를 나타냈다.

화로 바깥의 20밀리미터 회색 철판 중앙에 동전만 한 크기의 붉은 점이 생겼다. 그것은 곧 주변으로 퍼지면서 화로 전체가 붉게 달아올랐다. 화로 속 불꽃은 기를 쓰고 빠져나와 굴뚝 위로 솟구쳐 올랐다. 준우의 얼굴에 이글대는 화염이 비쳐 붉게 물들었다. 어깨에 걸쳐진 우의가 오그라들었다. 화상을 입을 뻔한 준우는 조작 패널에 다시 손을 얹어 온도를 낮췄다. 화로가 작동하는 100분간, 준우는 영화에 몰두하는 관객처럼 창을 들여다보았다.

가동이 끝난 화로 바닥에는 유골이 하얗게 늘어져 있었다. 수분과 유기물이 모두 날아갔지만 뼈의 형체는 그대로 남아 있었다. 준우는 절구를 들어 화장로 입구 아래에 가져다 놓은 다음 스테인리스 주걱으로 유골을 그러모아 절구에 담았다. 핸드볼공만 한 머리뼈가 금속 절구에 담기면서 덜그렁거렸다. 해골에 뚫린 시커먼 구멍 두 개가 준우를 바라보고 있었다. 준우는 쇠공이를 들어 절구 속을 향해 내리쳤다. 두개골이 몇 개로 나뉘었다. 핸드폰 크기의 뼛조각이 절구를 벗어나 등 뒤로 튀어 나갔다. 준우의 고개가 그것의 궤적을 따라 뒤로 돌아갔다.

뼛조각은 거실로 통하는 입구에 놓인 슬리퍼 위에 떨어져 있었다. 두 번째 번개가 치면서 중정이 다시 환해졌다. 두개골 조각과 화로 옆 선반에 놓인 핸드폰이 눈에 들어왔다. 안치호의 갤럭시노트였다. 잠시 후, 번개를 쫓아온 우레가 지축과 준우의 머리를 동시에 흔들고 지나갔다.

억눌러 온 고민들이 실타래처럼 점점 뒤엉키기 시작했다. 안치호를 태우기 전에 지문을 찍어 핸드폰을 열어봤어야 했다는 생각이 들었다. 핸드폰 속에 안치호를 살해한 자의 흔적이 있을 수도 있었다. 생각은 상상으로, 상상은 불안으로 바뀌어 온몸을 휘감았다. 정말 시체를 태워 없애는 것으로 모든 게 끝날까.

준우는 안치호의 핸드폰 전원을 켰다. 핸드폰은 잠겨 있었다. 잠금 패턴을 그려봤으나 열리지 않았다. 두 번째 시도를 위해 손가락을 댔을 때, 손에 쥔 핸드폰이 울렸다.

부재중 전화
곰

끝자리가 7789인 핸드폰 번호와 함께 팝업창이 내려왔다. 누구일까. 동물의 이름으로 저장된 것으로 보아 안치호가 아는 사람일 터였다. 안치호와 어떤 관계일까.

"부재중 전화……."

문득, 자신을 찾기 위한 전화일지도 모른다는 생각에 등골이 서늘해졌다.

"정신 차려."

준우는 마음을 다잡기 위해 굳이 소리를 내어 자신에게 말했다. 안치호의 핸드폰을 갖고 있을수록 위험하다는 사실에 생각이 미쳤다. 켜놓고 있을수록 위치가 추적될 확률이 높아질 터였다. 준우는 핸드폰 전원을 끄고는 소각로 속으로 던져 넣었다.

안치호의 시신을 화장한 지금은 9부 능선을 넘은 셈이다. 시신이 없다면 살인 의심을 받더라도 정황에 그칠 뿐이었다. 900도가 넘는 고열에서 산화된 무기물에서는 DNA도 검출되지 않을 것이다. 계속되는 빗줄기도 흔적을 지우는 데 일조할 것이다. 더 이상 할 수 있는 일은 없었다.

그것은 준우를 구해준 사람을 찾아낼 수 있는 방법도 소각로 속으로 사라졌다는 사실을 의미했다.

하늘은 지난밤 무슨 일이 있었냐는 듯 청명했다.

준우는 한 손에 안치호의 유골을 들고는 차고로 들어섰다. 운전석의 문을 열자, 차 안에서 비린내가 터지듯 쏟아져 나왔다. 고개를 뒷좌석 쪽으로 돌렸다. 송곳 같은 악취가 코를 찔렀다. 그때, 주머니에서 핸드폰이 울렸다. 미간을 찌푸리며 뒷좌석을 보던 준우는 핸드폰을 들어 통화 버튼을 눌렀다.

"어, 누나."

"어젠 제대로 통화를 못 했네. 일하는 중이라 정신이 없었어."

준서의 목소리는 어제보다 더 무거웠다. 준우는 곧바로 어젯밤 준서와의 통화를 복기했다. 전화를 먼저 끊은 건 준우였다.

"아니야. 그냥 돼지꿈 꿨는데 누나가 생각났던 것뿐이야. 이번에는 누나가 용건이 있는 듯한데?"

정적.

준서의 목에서 마른침을 삼키는 소리가 제법 크게 울렸다.

"그래. 준우야, 안치호가 두 달 전에 출소했어. 혹시 알고 있었니?"

준서의 질문은 안치호가 출소한 그날로 준우를 끌고 들어갔다. 구치소의 철문 앞에서 안치호를 노려보는 준서의 눈빛이 아직도 생생했다. 하지만 자신이 그 모습을 지켜보고 있었다는 말을 할 수는 없었다.

"알고 있어. 누나는 잊으라고 했지만 그걸 어떻게 잊겠어."

준우는 애써 태연함을 가장하며 대답했다.

"아는구나. 그런데 안치호가 거주지를 이탈한 것 같아."

준우는 준서의 직업이 경찰이라는 사실을 다시금 떠올렸다. 준서야말로 안치호의 행방을 예의 주시하고 있었다.

"무슨 말이야?"

"전화를 받지 않아. 안치호 정도 되는 범죄자는 경찰이 동선을 알 수 있거든."

준서는 살인범, 강간범이라는 단어를 사용하지 않았다. 최대한 에둘러 표현했다. 준우는 그런 준서의 모습이 자신을 위한 배려라고 여겼지만 확신할 수는 없었다. 다만, 준서의 목소리가 피로에 젖은 이유는 알 수 있었다. 준서는 안치호를 찾는 데 혈안이 된 듯했다.

"핸드폰 배터리가 다 된 걸 수도 있지."

"집에 가봤는데 없었어."

집에 가봤다는 준서의 말에 머리털이 곤두섰다. 그것은 준서가 살인 현장을 이미 확인했다는 뜻이었다. 결과적으로 안치호의 시신을 소각한 것이 현명했다. 준서를 포함한 경찰들은 그 자리에서 범죄가 일어났다는 가정은 하지 않고 있었다. 만약 시체를 두고 왔다면 대대적인 감식이 이루어졌을 터였다.

"잠시 이탈했다가 돌아올 수도 있잖아?"

"그런 경우도 많아. 하지만 전화도 안 되고 전자발찌 위치도 오락가락한 걸 보면 작정하고 도망쳤을 확률이 더 높지."

"아……."

준우는 어떤 대답을 해야 할지 몰라 멍하니 입을 벌리며 머리를 굴리고 있었다.

"그러니까……."

"조심하라고, 그 얘기 하려고 전화한 거구나."

준우는 준서의 말을 가로채며 말했다.

"알고는 있으라고. 도망친 게 확실하다면 내가 반드시 잡을 테니까. 걱정하지 마."

안치호는 죽었으니 누나야말로 걱정하지 말라는 말이 준우의 목구멍까지 차올랐다.

"그래."

"또 전화할게."

준서는 준우를 걱정하는 한편, 불안해하는 듯 느껴졌다. 누나가 그날 안치호에게 느꼈던 감정은 무엇이었을까. 안치호의 도발에서 이미 안치호가 추가 범죄를 저지를 거라 확신했을 수도 있었다. 특히 안치호 같은 중범죄자의 재범률이 압도적으로 높다는 것은 경찰만 아는 사실도 아니었다.

"나는 누나가 가장 걱정돼."

전화가 끊어진 후, 준우가 중얼거렸다. 퀭한 얼굴의 준서가 상상되었다. 준우가 어찌할 수 없는 일이었다.

준서가 그토록 찾는 안치호는 유골이 되어 준우의 손에 들려 있었다. 누나에게 안치호의 유골을 갖다준다 해도 안치호가 죽었다는 사실을 믿지 않겠지. 준우는 입술을 핥고는 마른침을 삼켰다. 입맛이 썼다.

핸드폰을 주머니에 집어넣은 준우는 차의 문을 다시 열었다. 좀 전의 악취가 차 밖으로 다시 퍼져 나왔다. 그제야 지난밤 자신이 놓친 것이 있음을 깨달았다. 안치호의 발목이 든 검은 봉지가 뒷좌석에 있었다. 그걸 그대로 둔 것은 분명한 실수였다.

안치호를 살해한 이는 완전히 달랐다. 이런 실수를 저지르는 자신과 모든 면에서 차원이 다른 실력자였다. 자신은 안치호를 제거하기 위해 한 달 이상 안치호의 주변을 관찰했다. 흔적이 남지 않을 날을 선택하여 안치호를 덮쳤지만 결국 실패하고 말았다. 반면, 그는 안치호의 숨통을 끊는 것에서부터 사후 처리까지 짧은 시간에 끝냈다. 그는 준우처럼 당황하지 않았다. 전자발찌를 빼내기 위해 안치호의 발목을 자른 것이나, 핸드폰에 준우를 향한 메시지를 심어놓는 일은 평정심을 잃으면 할 수 없는 작업일 것이다. 준우는 치밀하지 못한 자신의 행동에 다시 한번 어금니를 깨물었다.

그가 그 자리에 없었다면 준우는 지금 이 세상 사람이 아닐 터였다. 누구일까.

안치호에 대한 복수심이 물러난 자리는 이제 불안감으로 채워지고 있었다. 그런 불안은 언제 꺼질지 알 수 없었다. 좌절감과 불안감이 곤죽처럼 뒤섞인 기분이었다. 어쩌면 영원히 안고 살아야 하는 기분일 수도 있었다.

차고에 BMW가 들어왔다. 차가 정지하자 차를 얻어 탄 빗방울들이 철판을 타고 구슬처럼 바닥으로 쏟아졌다. 운전석 문이 열리면서 바람막이를 입은 남자가 내렸다. 남자는 차고 셔터가 닫힐 때까지 기다렸다가 차고 뒷문을 열었다. 그곳은 오디오룸으로 이어졌다.

20평 크기의 오디오룸 바닥과 벽면은 나무로 시공되어 있었다. 정면엔 스크린이 설치되어 있고 그 양쪽으로 높이 80인치짜리 탄노이 스피커가 세워져 있었다. 남자가 오른쪽 스피커 옆에 놓인 턴테이블의 레버를 당겼다. 테일러 스위프트의 사진이 인쇄된 LP판이 돌아가고 바늘이 달린 막대기가 그 위에 내려앉자 탄노이가 진동하며 노래를 뱉어냈다.

"Look what you made me do……."

남자는 반복되는 후렴구를 중얼대며 오디오룸 안에 위치한 욕실로 들어갔다.

욕실에는 빨간 물이 가득 담긴 욕조가 있었고 욕조 옆에는 흰 종이 포대와 업소에서 국통으로 주로 쓰이는 스테인리스 통이 놓여 있었다. 국통 안에는 업소용 뜰채와 기다란 정육 갈고리가 들어 있었는데 둘 다 스테인리스 재질임에도 연마를 한 탓에 크롬도금을 입힌 것처럼 반짝였다. 남자는 갈고리를 꺼내 욕조 물속에 잠겨 있는 것에 꽂아 넣었다. 그러고는 갈고리를 욕조 가장자리에 대고 지렛대를 만들어 물 위로 들어 올린 채로 5초 정도 기다렸다가 스테인리스 통에 집어넣었다. 이 작업을 일고여덟 번 반복했더니 통 안에는 손가락과 발가락이 없는 사람의 팔과 다리, 얼굴 가죽이 없는 머리 등으로 가득 찼다. 핏물이 다 빠진 사체 토막의 피부는 종이처럼 하얗고, 절단면에서는 피 한 방울 비치지 않았다. 갈고리를 내려놓은 남자가 뜰채를 잡고 남아 있는 유기물을 건져내 국통에 마저 담았다. 그다음, 종이 포대를 뜯어 포대 속 내용물을 욕조에 쏟아부었다. 하얀 가루가 붉은 물속으로 들어가 용해되기 시작했다.

그가 스테인리스 통을 끌고 욕실 밖으로 나왔을 때, 레코드판 위에 올라간 바늘은 마지막 트랙을 돌고 있었다.

*

유골을 버리고 안치호의 핸드폰을 태워 없앤 후에도 준우의 일상은 변하지 않았다. 왼손 상처를 꿰매기 위해 병원에 다녀온 날에도 일을 했다. 이웃에게 화장장을 놀리는 이유에 대한 질문을 받기 싫은 것도 있었지만, 평정심을 잃지 않기 위함이 컸다.

일을 멈추는 순간 한꺼번에 들이닥칠 감정들을 맞을 준비가 되어 있지 않았다.

"아유, 서울에는 아예 없어요. 그래서 경기도 장례식장 검색해 봤는데 대형견을 화장해 준다는 곳은 많지 않더라고요."

손님이 리트리버 사체를 테이블에 내려놓으며 말했다. 자신은 서핑을 즐기는데, 어떤 바다든 같이 다녔던 친구 같은 개라고 했다. 말이 많은 만큼 호기심도 많은 사람 같았다. 마치 새끼 리트리버들처럼.

"네. 정식 화장장으로 등록된 곳이 많지 않습니다."

준우는 으레 하던 말로 그의 말에 맞장구를 쳤다. 준우는 비교적 이른 시기에 화장장과 장묘업체 등록을 마쳤었다. 어떤 조사를 받더라도 문제가 없어야 한다는 생각 때문이었다.

의도한 일은 아니지만 그 등록증 두 개가 큰 효과를 보았다. 나중에 안 사실로는 이 두 가지 허가를 받은 장례업체는 손에 꼽을 정도였다. 20가구 이상 밀집한 지역에서는 반려동물 화장터의 운영이 불가하다는 규정이 있기도 했지만, 조건이 충족되더라도 주민 반발을 우려해 허가를 내주지 않는 경우가 허다했다. 하지만 준우가 사는 곳의 사람들은 준우가 지역 토박이이며 가정사가 기구한 것에 대한 동정심으로, 그 누구도 문제를 제기하지 않았다. 20년간 분뇨와 소독약을 배출했던 돼지 축사를 허문 것만 해도 주민들에게는 큰 짐이 사라진 것과 다름없었다.

리트리버는 20킬로그램이 조금 넘었다. 개를 삼베로 싸는 손에 힘이 제대로 들어가질 않았다. 아직은 시간이 필요했다.

"손을 다치셨나 봐요."

리트리버의 주인이 준우의 손에 감긴 붕대를 보고 말했다.

"아, 예. 유리를 짚어서……."

준우의 대답에 그는 짧은 탄식과 함께 미간을 찡그렸다.

피가 터져 나올 거라는 예상과는 달리 자신의 왼손에 씌워진 고무장갑을 찢었을 때의 출혈량은 많지 않았다. 고무장갑 팔목 부분이 강하게 묶여 있어 피가 돌지 않았던 까닭이었다. 등산용 나이프는 준우의 손바닥 아래쪽을 뚫고 나갔다. 안치호가 칼을 비틀었다면 손가락 두 개쯤은 쓰지 못하게 됐을 터였다. 칼이 뼈 바깥으로 지나갔기에 봉합이 어렵지는 않아, 의사는 다행이라는 말을 했다.

준우가 파란 스위치를 누르자, 화로 속에서 가스가 뿜어져 나왔다. 가스에 불이 붙으면서 화로 주변으로 아지랑이가 피어올랐다.

"바람 소리가 나네요."

리트리버의 주인은 준우가 화로를 작동하는 모습을 신기한 듯 바라보고 있었다. 준우는 그를 위해 중정과 대기실 사이에 있는 블라인드를 내리지 않았다. 그러나 그의 호기심 어린 눈이 오래 유지되지는 않았다. 집중력은 약한 듯했다. 5분도 안 되어 뒷짐을 진 채 서성댔다.

"한 시간쯤 걸릴 겁니다. 책이라도 보면서 기다리시지요."

준우가 손바닥으로 소파를 가리켰다. 대기실 탁자에는 개와 고양이 도감이 놓여 있었다. 신문이나 잡지도 갖다 놓았지만 유족 대부분은 동물도감만 보았다. 지금은 다 치우고 동물 관련 책들만 비치해 놓았다. 그는 동물도감을 대충 넘겨보다가 덮고는, TV가 걸려 있는 쪽으로 고개를 들었다.

"TV 봐도 되나요?"

"그럼요."

준우는 고개를 끄덕이며 리모컨을 그에게 건넸다. 그가 리모컨을 누르자 TV에서는 뉴스가 흘러나왔다.

전자발찌를 벗고 달아난 50대 남성이 공개 수배됐습니다.

"지금 아스널 경기 재방 할 텐데……."

채널을 돌리려는 남자를 향해 준우가 손바닥을 내밀었다.

"잠깐만요."

전과 5범인 안 씨는 살인죄로 징역 12년을 살고 지난 4월 출소했습니다. 경찰은 며칠 전 안 씨가 자신의 주거지인 화성시를 떠나 휴전선 인근으로 이동하고 있는 것을 확인하고 추적에 나섰는데 전자발찌만 발견된 것입니다. 안 씨의 전자발찌는 멧돼지의 다리에 부착된 상태였습니다. 더군다나 전자발찌와 함께 충전용 배터리까지 발견되어 경찰은 계획적인 도주로 보고 있습니다. 전자발찌가 방전되거나 훼손되면 경찰에게 연락이 가게 되지만 배터리를 이용해 전자발찌에 전원을 지속적으로 공급함으로써 경찰의 감시를 피한 것입니다. 훼손 없이 전자발찌를 벗은 방법도 의문입니다.

준우는 뉴스 화면을 뚫어지게 바라보고 있었다.

"저게 말이 됩니까?"

남자가 준우를 향해 중얼거렸다. 인상을 찌푸리는 남자와 달리 방금 전까지 직선이었던 준우의 입꼬리가 올라가고 있었다.

"전자발찌를 빼내다니, 범인 발이 작은 편인가 보네요."

준우는 콧바람을 내뱉으며 아무렇게나 대답했다. 반가움을 감출 수 없었다. 하마터면 웃음이 터질 뻔했다. 안치호의 살인범이 자신을 해치지 않으리라는 확신이 생겼다.

준우를 제거하고 싶었다면 전자발찌를 준우의 집 근처에 던져놓았을 것이다. 굳이 전자발찌의 전원이 유지되는 상태로 야생동물의 몸에 붙여놓는 수고를 할 리가 없었다.

준우는 경찰의 시선에서 완전히 벗어난 듯했다. 안치호의 계획적인 도주라고 판단한 경찰은 비상 태세를 취했을지도 몰랐다. 전자발찌를 찬 멧돼지를 발견하고는 허탈해했을 경찰들의 모습이 떠올랐다.

불현듯 개중에 준서도 포함되어 있다는 생각이 들었다. 준서는 결코 멈추지 않을 것이다. 준서가 언제까지고 안치호를 쫓게끔 놔둘 수는 없었다.

리트리버를 화장한 날로부터 사흘이 지난 후, 준우는 냉동고에 넣어둔 안치호의 발목을 꺼냈다.

안치호의 발목은 자신이 살인자로 몰릴 수 있는 마지막 증거였다. 그럼에도 태워 없애지 않은 이유는 준서에게서 온 전화 때문이었다. 그때의 대화로 알았다. 준서가 안치호를 찾을 때까지 추적을 멈추지 않을 거란 사실을. 준서에게 안치호의 죽음을 알려야 했다. 너무 빨리 알려도, 너무 늦게 알려도 위험했다. 직감은 지금이 기회라고 말하고 있었다. 준우는 안치호의 발목을 들고 밖으로 나섰다.

"너도 뉴스 봤지?"

준서에게서 전화가 온 것은 안치호의 발목이 아라뱃길에서 발견되었다는 뉴스가 나온 직후였다.

"응. 안치호 뉴스 말이지? 어떻게 된 거야."

준우는 태연히 되물었다. 경찰의 시각은 어떤지도 궁금했다.

"누군가 안치호를 죽인 것 같아."

"살아 있을 확률은 없는 거야?"

"없어. 죽은 후에 발목이 잘렸어. 잘린 후에 맥박이 뛴 흔적이 없어."

준우는 속으로 가슴을 쓸어내렸다. 안치호가 이 세상 사람이 아니라고 준서에게 알리는 데 성공한 것이다.

"그나마 다행이네……."

준우가 한숨을 푹 쉬며 말했다. 그 뒤에는 '안치호가 죽었다는 사실을 누나가 알게 돼서.'라는 말이 생략돼 있었다.

"뭐가?"

"죽었다며. 이제 정말 모든 게 끝났잖아. 나는 안치호가 죽었으면 좋겠다고 생각했거든. 이제 그놈에게 신경 안 써도 되니까. 누나도 그렇지 않아?"

실제로 죽이려 들었지만, 죽인 게 아니어서일까. 남의 일처럼 쉽게 말이 나왔다.

"내가 경찰인데 어떻게 신경을 안 쓰겠어. 피해자가 선량한 사람이든 살인범이든 범인을 못 잡으면 경찰이 뭐 하러 존재하겠니?"

준서가 화를 내고 있었다. 준서가 이렇게 목소리를 높이는 건 본 적이 없었다.

"……."

당황한 준우는 입술만 달싹였다. 구치소에 왜 갔느냐고, 가서 안치호에게 그런 소릴 듣고도 선비 행세나 할 생각이었냐는 말을 하려다가 가까스로 삼켰다.

"아니다. 내가 알아서 할 테니까 너는 신경 쓰지 말고 마음 편히 가지라고. 그 말 하려고 전화한 거야."

"미안해. 그리고 전화해 줘서 고마워."

준우는 더 이상 토를 달지 않았다. 고맙다는 말은 진심이었다.

"알았어."

준서가 전화를 끊으려 했다.

"잠깐만 누나."

"왜."

"안치호를 해친 사람이 누굴까?"

준우는 준서, 아니 경찰의 생각이 궁금했다.

"모르겠어."

"아라뱃길 거기, 요즘 시끄러운 곳 아니야?"

준우는 준서가 답을 유보하지 않길 바라며 재차 물었다. 준우가 알기로 아라뱃길에서 잇따라 일어난 시신유기사건의 범인, 혹은 범인들은 잡히지 않았다. 이제 그 '범인들'에 자신이 포함된 것이다.

준우가 안치호의 발목을 버린 곳은 인천 구교산 계곡의 하류였다. 구교산 계곡의 물줄기는 아라뱃길로 흘러 들어간다. 구교산 중턱은 인적이 드물기도 했지만 CCTV가 많지 않은 곳이었다. 준우의 의도대로 안치호의 발목은 아라뱃길의 아라하교 아래에서 인근 주민들에게 발견되었다.

준우는 안치호의 발목을 자신의 집 냉동고로 들이는 순간부터 유기할 장소를 물색했다. 사람이 많은 곳은 준우 자신이 드러날 우려가 있어서 위험했고, 사람이 없는 곳은 발목이 발견되지 않을 수도 있기에 의미가 없었다. 준우가 발목을 유기하는 모습을 누구도 볼 수 없지만, 유기한 발목은 반드시 누군가 볼 수 있는 장소여야 했다. 야산에 버리면 발견되지 않을 수도 있었고 쓰레기통이나 공중화장실 등은 역추적 당하기 좋았다.

아라뱃길. 준우는 최근 아라뱃길에서 시신이 발견된다는 점에 주목했다. 연일 뉴스에 나오고 있던 터라 아무런 관련이 없는 일반인이라도 한 번쯤은 생각하지 않을 수 없는 장소였다. 준우는 아라뱃길 답사를 다녀온 즉시 깨달았다. 이곳만큼 시신 유기에 적합한 곳이 드물었다. 시신이 발견된 장소와 시신을 유기한 장소가 일치하지 않는다는 점이 그랬다.

요즘 경찰들이 전력을 다해 찾고 있다는, 시신을 유기한 살인 범의 의도가 느껴져 소름이 돋을 정도였다.

"짧은 시간에 많은 시신이 나오긴 했지만, 범인이 한 명은 아닐 거야. 일단 다섯 구의 시신과 안치호의 발목은 공통점이 없어. 시신의 나이, 성별 다 다르기도 하고……. 시신의 절단면도 달라. 안치호를 죽인 범인은 아라뱃길에 시신을 유기한 범인하고는 다른 사람인 듯해. 일부러 헷갈리길 바라고 버렸겠지. 수사를 맡은 북인천경찰도 같은 생각일 거야."

준서의 추리는 준우가 움찔할 정도로 예리했다. 준우가 아라뱃길에 안치호의 발목을 유기한 것은 준우 자신을 다른 범인으로 오인하게 만들려는 이유도 있었다. 하지만 준서에게 간단히 간파당한 셈이었다.

"그럼 누구란 말이야?"

"안치호에게 원한을 가진 사람은 많아. 이전에 안치호에게 맞아 장애를 갖게 된 사람도 있어. 교도소에서 시비가 붙었던 경우도 적지 않고……."

준서가 아는 안치호의 정보는 구체적이었다. 경찰만이 알 수 있는 정보가 있을 터였다.

"안치호에게 원한을 가질 만한 사람들, 명단 갖고 있어?"

준우는 입 밖으로 질문을 뱉어 놓고도 아차 싶었다. 안치호를 죽이고 자신을 구해준 사람을 찾고픈 충동은 억누를 수 없었다.

"네가 그걸 왜 찾아."

어떻게든 둘러대야 했다. 준우는 침을 크게 삼키고 나서 가까스로 입을 열었다.

"조심해야지. 안치호, 아니 그보다 더 위험한 사람이라는 얘기잖아."

"괜한 생각을 하네. 혹시 우리랑도 관계가 있는 사람이면 말할게."

"하지만 경찰은 여태 뭐 하나 한 게 없잖아."

"뭐라고?"

"시신 다섯 구나 유기한 범인을 아직도 못 잡았다며? 안치호는 또 어떻고?"

핸드폰 저쪽에서 준서의 한숨 소리가 들렸다. 경찰인 준서를 다시 한번 자극했다는 사실을 깨닫고 자책했지만 이미 뱉어진 말이었다.

"나도 너처럼 생각할 때가 있어. 경찰이 무능해 보이지. 한편으로는 나도 화가 나. 나도 누구보다 이 사건 수사하고 싶어. 하지만 우리 관할이 아니야. 그래도 북인천경찰서 강력반, 그렇게 만만한 팀이 아니야. 그 전엔 어땠는지 모르겠지만 적어도 올해부터는. 그리고 혹여 우리 관할이라 해도 난 이 사건을 수사할 수 없을걸. 안치호가 살해한 사람이 우리 엄마니까."

준서가 안치호와 살해, 그리고 엄마라는 말을 다 꺼낸 건 처음이었다.

"개인적인 원한이 있을 수 있으니까?"

"그래. 안치호에게 원한을 가질 만한 사람 명단이 있다면 우리 이름도 거기에 포함되겠지. 그 말은 경찰이 너와 나를 용의자로 검토할 수 있다는 뜻이야. 네가 별말이 없는 것 보니 아직 연락을 받지 않은 것 같네. 아마 인천 경찰이 연락할 거야. 낯선 전화가 오더라도 놀라지 마."

*

"북인천경찰서 김남기 형사라고 합니다."

준서의 말대로였다. 준서와 통화를 마친 후 두 시간 만에 경찰에서 전화가 왔다. 마치 준서가 북인천경찰서에 준우를 신고라도 한 것처럼 느껴질 정도였다. 그들은 "사준우 선생님 맞으시지요?"라는 질문에 답을 하자마자 본론을 꺼냈다.

"시간이 언제 되시나요? 아, 마침 선생님 댁 주변인데 잠깐 괜찮으시죠?"

그들의 질문은 통보에 가까웠다. 준우가 괜찮다고 말하자, 30분 후에 보자는 대답이 돌아왔다.

진녹색 소나타가 피스리버의 앞마당으로 들어왔다. 차 안에 40대로 보이는 남자 둘이 타고 있었다. 운전자는 얼굴이 희었고 다른 하나는 검었다. 그들 중 한 명은 어딘가 익숙한 느낌을 주었다.

상대적으로 얼굴이 흰 남자가 자신의 신분증을 들어 보이며 이름을 밝혔다. 김남기. 통화 속 목소리였다. 검은 얼굴의 남자도 명함을 내밀며 말했다.

"박한서입니다."

"……예."

준우는 잠시 머뭇거렸다. 어서 오세요, 혹은 반갑습니다, 라는 대답은 상황에 맞지 않을 것 같아서였다.

그가 준 명함이 기시감을 불러왔다.

"12년 만이네요."

"네?"

준우가 놀라며 되물었다.

"전에 어머님 장례식장에서 뵌 적이 있죠?"

기시감이 어디서 왔는지 깨달았다. 안치호를 검거했던 적이 있다던 형사. 그의 두툼한 손가락과 짧은 머리는 십수 년이 지나도 변함없었다.

"아, 예. 이제야 기억이 나네요. 혹시, 그때도 인천에서 근무하셨나요?"

준우는 명함을 확인한 뒤, 다시 형사를 바라봤다.

"아니요. 근무지가 인천으로 바뀌었습니다."

박한서도 준우를 쳐다보고 있었다. 그의 새까만 눈이 준우를 12년 전의 장례식장으로 끌고 들어갔다. 장례식장에 청바지를 입고 온 이는 한 사람. 단 한 번의 짧은 만남이었지만 기억에 남는 이유는 그 때문일 터였다. 그는 지금도 청바지를 입고 있었다. 번질거릴 정도로 햇볕에 그을린 팔에 얇은 세이코 전자시계가 채워져 있었다. 덩치는 당시보다 더 커진 것처럼 느껴졌다.

준우는 손바닥을 위로 펴고는 소파를 가리켰지만 박한서는 고개를 저었다.

"괜찮습니다. 금방 갈 겁니다. 서서 이야기하지요."

소파를 외면한 박한서는 뒷짐을 진 채 중정 쪽으로 시선을 향했다. 반짝이는 그의 눈빛 탓인지 금방 간다는 그의 말이 곧이곧대로 들리지 않았다. 김남기는 허리춤에서 핸드폰을 뽑아 귀에 대더니 밖으로 나가 피스리버의 뒤편으로 향했다. 형사 둘의 동선이 약속한 것처럼 일사불란했다. 박한서는 안을, 김남기는 바깥을 조사하기로 한 것처럼.

준우는 안치호가 죽었다는 소식을 알고 있느냐는 질문을 기다렸지만 그는 딴소리를 했다.

"저거는 화장로인가요?"

박한서가 화장로 입구에 시선을 맞추느라 허리를 굽히며 물었다.

"네."

"생각보다 크네요."

"큰 동물들도 오니까요."

그는 준우의 대답에 입술을 동그랗게 모아 휘파람을 불었다. 휘유.

"여기는 몇 시부터 몇 시까지 운영하나요?"

박한서는 화장로에 시선을 고정한 채 질문을 던졌다.

"10시부터 6시까지요."

"6월 18일에도 여기 계셨나요?"

18일은 안치호의 발목이 발견되기 하루 전날이었다. 둘러 말하는 박한서의 질문이 준우의 반발심을 자극했다.

"안치호를 죽였느냐고 물어보시는 게 형사님 시간을 절약할 수 있지 않을까요?"

준우가 미간을 좁히며 물었다. 말은 그렇게 했지만 시간을 줄이고픈 사람은 준우였다. 박한서는 눈이 작았다. 그래선지 흰자위가 거의 보이지 않았다. 산짐승들이 그런 눈을 하고 산다. 박한서는 천천히 화장로에서 몸을 돌려 준우를 보았다.

"아, 의례적인 조사입니다."

박한서가 입꼬리를 올리며 대답했다. 눈을 움직이지 않아서 그것이 미소인지는 단정할 수 없었다.

"조사를 원래 이렇게 하시나요?"

"그렇습니다."

"그러면 안치호가 출소했고 이후에 죽었다는 이야기를 먼저 해주시는 게 순서라고 생각하는데요."

"다 알고 계신 거 아니었나요? 사준서 형사가 이미 준우 씨께 설명했다던데."

"네?"

"사 형사가 선생님께 안치호의 상태에 관해 설명했다고 했습니다. 굳이 처음부터 설명하며 시간 낭비할 필요가 없어서요. 다시 말씀드리지만 의례적인 조사입니다."

"……"

눈앞의 박한서라는 형사가 나를 만나러 간다고 누나에게 통보를 했단 말인가. 아니, 누나와 상의를 했단 말인가. 준우가 대답 없이 서 있자, 박한서가 다시 말을 이었다.

"사준서는 제 후배입니다."

"그 이전에 누나도 피해자의 자식인데요."

준우는 곧바로 받아쳤다.

"무슨 말씀인지 알겠습니다. 이미 사 형사도 알리바이를 확인했습니다."

"그래도요."

준우의 대답엔 적의가 담겨 있었다. 박한서가 누나의 동료라면 그 사실을 왜 내게 말하지 않았을까. 직업적 윤리라는 것 때문일까. 누나가 자신과 나눈 이야기를 남에게 했다는 사실은 배신감을 불러왔다.

"제 생각이 짧았나 봅니다. 간단히라도 설명해 드렸어야 했는데……. 안치호가 죽은 건 아시고, 궁금한 게 있으면 먼저 물어보시죠."

준우는 그의 생각이 궁금해졌다.

"6월 18일에 제가 여기 없었다고 하면 어떻게 되는 겁니까."

준서의 질문에 박한서가 코웃음을 쳤다. 그것은 진짜 웃음이라는 걸 알 수 있었다.

"동네 초입에서 만난 주민 중 하나가 이미 그날 여기에 있는 선생님을 봤다고 했습니다."

북인천경찰이―아니, 박한서일 테지만― 만만하지 않다고 한 준서의 말은 사실이었다. 자신에게 전화하자마자 곧바로 온 것도 이미 이 동네 주변을 수사 중이었기 때문일 터였다. 안치호의 발목은 19일에 발견되었지만, 준우가 아라뱃길 상류로 향한 날은 14일이었다. 박한서쯤 되면 18일의 알리바이가 큰 의미가 없다는 사실을 알 것 같았다. 그러면서도 18일의 행적에 대해 묻는 이유는 무엇일까. 다 의도가 있는 것은 아닐까.

"그러면 여기 안 오셔도 됐겠네요."

"결과적으로는 그렇습니다만, 확실히 해둘 필요는 있는 거니까요. 여기서 볼일은 이제 끝난 것 같네요."

박한서는 현관 쪽으로 발을 옮겼다. 금방 가겠다고 한 그의 말은 거짓이 아니었다.

"왜 제가 안치호를 죽이지 않았다고 생각하시지요? 제가 안치호를 죽이고 18일보다 더 이전에 발목을 잘라서 버렸을 수도 있지 않을까요?"

준우는 순간적으로 쏟아낸 자신의 말에 스스로 놀랐다. 충동을 억제하지 못한 것을 자책했지만 이미 늦은 후였다. 준우의 질문을 등으로 받은 박한서는 기다렸다는 듯 몸을 돌렸다. 그러고는 조금 전처럼 미소를 지었다. 진짜 미소.

"발목을 굳이 계곡에 갖다 버릴 필요가 있을까요? 여기 화로가 이렇게 있는데. 그렇다면 살인자 입장에서는 정말 쓸데없는 짓을 수고스럽게 한 거지요."

'쓸데없는 짓'이라는 말에 배를 얻어맞은 것처럼 숨이 멎어 말이 나오지 않았다.

"……네."

준우가 쥐어짜 내듯 겨우 대답을 내뱉었다. 박한서가 "그럼, 수고하세요." 하더니 현관문을 열었다. 김남기가 문밖에 서 있었다. 피스리버의 주변을 다 둘러보고 박한서가 나오길 기다리고 있는 듯했다. 준우는 박한서에게 이끌리듯 그를 따라 나가 마중했다. 그러고는 박한서와 김남기가 탄 차가 언덕 아래로 사라질 때까지 서 있었다.

쓸데없이, 수고스럽게, 살인자 입장에서는.

박한서가 떠난 지 한참 뒤에도 그가 했던 말이 토막 난 채 준우의 머릿속을 휘저었다. 준우는 고객용 소파에 몸을 파묻은 채로 손에 든 명함 한 장을 멀거니 들여다봤다.

강력범죄수사팀

형사 박한서

박한서의 명함에는 한쪽 면에만 글자가 인쇄되어 있었다. 다른 한쪽 면은 아무 글자도 없이 파란색뿐이어서 가짜처럼 보이기도 했다. 12년 전에도 박한서에게 명함을 받았지만 그때 받은 명함은 어디로 갔는지 알 길이 없었다.

"살인자 입장에서는."

박한서가 했던 말이 계속 맴돌았다. 그의 말대로 자신이 안치호를 태워버린 건 사실이었다. 다만 발목만 남겼을 뿐. 그의 말이 자신을 꿰뚫고 있는 것처럼 느껴져 불안했다. 준우는 박한서의 전화번호를 핸드폰에 넣어 검색했다. 그와 통화한 적은 한 번도 없었다. 그럼에도 박한서의 전화번호는 이상하게 낯이 익었다. 어디에서 본 적이 있을까. 끝 번호가 7789였다.

잠시 후, 엄청난 충격이 머리를 울리고 지나갔다.

"곰……."

준우는 자신도 모르게 입 밖으로 육성을 내뱉었다.

7789는 안치호의 핸드폰을 울렸던 부재중 전화의 끝 번호였다. 그저 우연일까? 박한서의 핸드폰 끝 번호와 똑같은 다른 사람을 안치호가 알고 있다는 것이? 그보다는 안치호에게 전화한 사람은 박한서일 가능성이 훨씬 클 것이다. 안치호에게 박한서는 곰이었을까.

곰, 그러니까 박한서는 왜 안치호에게 전화를 걸었을까? 경찰이 이전에 자신이 검거했던 범인과 연락할 수는 있을 것이다. 그러나 박한서가 안치호를 검거한 건 10여 년이 훨씬 지난 일이었다. 안치호의 안부가 궁금했을까, 하필 그 시간에?

순간, 왜? 라는 의문들은 어떤 가정으로 변해 선로를 벗어난 기차처럼 준우를 들이받았다. 박한서는 안치호가 아니라 자신에게 전화한 것은 아닐까? 그가 바로 안치호를 죽이고 날 구해준 사람은 아닐까? 준우는 안치호를 죽이고 자신을 구한 사람을 박한서라고 가정해 보았다.

안치호를 태우던 날, 박한서는 내게 어떤 말을 하고 싶었던 걸까. 안치호의 시신을 잘 처리했느냐고? 안치호의 핸드폰은 폐기하라고? 어쨌든 준우는 안치호의 시체를 처리했으며 핸드폰을 폐기했다.

꼬리에 꼬리를 물던 의문이 번호 네 개로 바람 앞의 연기처럼 사라지는 느낌이었다.

박한서는 다른 경찰의 시선을 돌리기 위해 안치호의 전자발찌를 안치호의 집에서 수십 킬로미터 떨어진 지역에 서식하는 야생동물의 몸에 부착했을 것이다. 서로 말 한마디 나누지 않았지만, 박한서와 준우의 손발은 계획범죄자들 이상으로 잘 맞은 셈이었다. 그렇게 안치호는 수많은 실종자 중 하나가 되었다.

준우가 안치호의 발목을 버리기 전까지는.

쓸데없는 짓.

이제야 박한서가 한 말을 모두 이해할 수 있었다. 그 쓸데없는 짓이 박한서를 자극했다. 그가 내게 찾아온 이유는 '쓸데없는 짓'을 하지 말라고 경고하기 위함이 아니었을까. 이게 과한 상상이면 좋겠지만 그 상상은 너무 구체적이고 선명하게 머릿속에 펼쳐졌다.

화장로를 보고 미묘해진 박한서의 표정이 떠올랐다. 그의 휘파람은 의문이 해소되면서 나왔을지도 몰랐다. 그리고 준우에게 묻고 싶었을 것이다.

'왜 쓸데없는 짓을 했어?'라고.

하지만 그는 물을 수 없었다. 안치호를 죽인 사람만이 할 수 있는 질문이기 때문이다.

박한서는 모든 걸 알고 있는 것처럼 보였다.

준우가 자신의 정체를 알고 있다는 사실만 빼고.

*

피해자들의 DNA로 알 수 있는 것은 그들의 성별과 대략적인 연령뿐이었다. DNA를 확보해도 대조군이 없다 보니 아무런 가치가 없었다. 성인의 실종은 가출로 분류되어 정보 수집에 제

한이 있었다.

　최근 1년간 아라뱃길을 포함해 한강과 그 인근에서 발견된 시신들 중, 동일범이 유기했을 것으로 의심되는 시신은 총 다섯 구였다. 개중 하나가 가장 최근인 6월 9일, 아라하교 인근 수로에서 발견된 시신이었다. 그 시신이 발견되기 전, 사흘 동안 시신 유기 장소로 이어진 도로를 왕복했던 차량만 수십만 대였다. 광수대는 CCTV에 찍힌 도로 영상에 나오는 모든 차량을 분석했다. 그 결과 다섯 구의 시신이 유기된 장소로 이어진 도로를 모두 이용한 차량은 50여 대에 불과하다는 사실을 밝혀냈다.

　광수대는 그 차량 소유자들의 신원을 확보하고 잠복과 미행을 이어왔다. 전과자 몇의 수상한 행동을 발견하면서 잡아들이기도 했다. 광수대의 '있을 것이다' 라는 추측은 수사 진행 상황이 뉴스로 보도된 후에는 '있어야 한다'는 신념으로 바뀌었다. 하지만 비위 사건이 터지면서 광수대는 사건을 해결하지 못한 채 파국을 맞았다.

　북인천경찰서에 부임한 박한서는 원점에서 사건을 재검토했다. 시신의 상태부터 다시 들여다보았다.

　북인천서 강력반 사무실 한쪽 벽에는 한강과 아라뱃길에서 발견된 시신 다섯 구의 사진 수십 장이 촬영된 순서대로 붙어 있었다. 모두 얼굴 가죽과 지문이 제거된 채 사지가 절단된 상태였다.

"다섯 구 모두 똑같은 형태입니다."

부검보고서를 검토하던 박한서에게 김남기가 설명했다.

"절단면은 조금씩 다르다며?"

"네. 1번은 칼로 살 부분을 썰어낸 다음 뼈는 둔기로 부러뜨렸는데, 4번은 처음부터 끝까지 칼 하나를 썼고 5번, 6번, 7번 시신은 전기톱을 사용한 것 같습니다."

피살자의 신원이 확인되지 않았기 때문에 발견된 순으로 숫자를 붙였다. 범행 수법이 다르거나, 신원이 확인됐거나, 북한에서 떠내려온 시신 등은 이 사건에 포함하지 않았다. 신체가 여섯 개로 토막 나 발견된 시신은 1, 4, 5, 6, 7이었다. 안치호는 처음에 8번으로 불렸으나, 신원이 확인되고 훼손 수법이 확연히 다르다는 이유로 제외되었다.

"7번은 피를 빼서 시반이 없고……."

"절단면이 점점 간결해지고 있습니다."

중얼대는 박한서의 말끝에 김남기가 설명을 덧붙였다. 7번은 박한서 자신이 현장에서 직접 목도한 시신이었다.

"아파트나 빌라에서 사는 인간은 아니겠지. 전기톱을 썼으니까. 시신을 토막 내면서도 서두른 흔적이 없어. 시체를 앞에 두고 연구할 여유가 있는 사람이야. 공간은 부동산이고 부동산은

돈이라며?"

"그렇습니다."

김남기에겐 박한서의 말이 학창시절 담임의 잔소리처럼 와 닿았다. 속으로 그 정도는 나도 안다고 되뇌이며 고개를 끄덕일 뿐이었다.

"그러면 차도 여러 대 갖고 있을 수 있지. 이제 차량 미행 그만한다."

"전과자도 놔두나요?"

김남기는 광수대의 기존 방침에 동의했다. 아니라 한들 딱히 다른 방법도 없었다.

"광수대가 픽한 차들은 올림픽대로로 택배나 화물 배달하는 사람들인데 공무원 아닌 이상 전과자 당연히 있겠지. 아니면 네가 다 미행하든지."

김남기의 입은 지퍼를 채운 것처럼 닫혔다.

"4번 왼손 손등은 뭐야. 들개가 뜯어 먹기라도 했나."

두툼한 손가락이 4번 시신의 손을 가리켰다.

"지문 제거를 위해 손가락을 자르다가 손등 피부가 벗겨진 것 같습니다."

팀장이 원래 있어야 할 시신 조각에 대해 묻자, 팀원들은 그것이 자신들의 탓이기라도 한 듯 말꼬리를 숨겼다.

"7번은 옆구리 피부가 뜯겨 있고, 왼쪽 어깨 끄트머리도 없어. 그래서 팔 한쪽이 조금 짧아."

벽면에 붙은 토막 시신들이 직소 퍼즐처럼 맞춰지고 있었다.

"정말로 들개가 뜯어 먹었거나 유실됐을 가능성이 있습니다. 절단면이 동물 이빨에 뜯긴 듯 거칩니다."

"됐고, 문신업자 인스타 뒤지든지 해서 손등, 어깨하고 옆구리 문신한 고객 신원 확보해. 그리고 어깨하고 옆구리 둘 다 문신 있는 사람은 따로 보고하고. 몇 명 안 될 거야."

박한서는 팀원의 의견을 묵살하고는 시계를 보더니 자리에서 일어났다. 김남기도 박한서를 따라 일어났다.

"아, 팀장님. 이전에 출소했던 전과 8범 채정복이 경찰서에서 조사받은 다음 날 갑자기 죽었답니다. 실족해서."

뒤따르던 김남기가 박한서의 귀에 대고 말했다.

"잘됐네. 근데 그게 우리와 상관있나?"

고개를 돌려 김남기를 마주 본 박한서가 물었다.

"아, 아뇨. 근데 채정복에 관심 많으셨다고 해서……"

예상 밖의 반응에 당황한 김남기가 급하게 둘러대면서 눈을 내렸다.

*

    오전 5시가 채 되기도 전에 읍사무소 근처에서 키우는 닭의 이른 울음소리와 블루베리 농장의 110마력짜리 트랙터 엔진 소리가 들판에 울려 퍼졌다. 그 시각에 준우도 이미 깨어 있었다. 멀리서 들려오는 소리만으로도 어디서 누가 무엇을 하는지 파악이 되었다.

    준우도 화장로를 점검하면서 하루를 시작했다. 오전 10시면 어김없이 화로 속이 화염으로 들어찼다. 안치호가 화로 속에서 재로 변해 사라진 지도 보름이 지났다.

    준우의 일상은 안치호가 사망한 이후에도 변화 없이 이어졌다. 군이 변화를 찾자면 피스리버에 걸려 오는 전화의 수가 늘어난 것이다. 포털 검색창에 피스리버라는 네 글자를 입력하면 인터넷 카페나 블로그에서 피스리버를 이용한 사람들의 리뷰를 찾아볼 수 있었다. 화장 허가를 제대로 받았고 장례용품 강매를 하지 않는다는 점 등을 쓴 포스팅들이 예약률을 높이는 데 도움이 되기도 했다. 그러나 지난주 왔다 간 고객이 SNS에 올린. 피스리버라는 글씨가 각인된 관 속에 누워 있는 몰티즈 사진 한 장과 글 한 줄이 가장 큰 영향력을 발휘했다.

    —덕분에 차분하게 우리 아이를 보낼 수 있었습니다.

그 후 하루에 적게는 수십 통, 많게는 100통 넘는 전화가 걸려 왔다.

"거기 와프 왔다 갔었나요?"

전화를 받은 후에야 그 게시물을 찾아보게 되었다. 와프라는 사람은 아이돌 가수였다. 준우는 연예인에 관심 없었다. 그 가수를 모른 척한 게 아니라 정말 몰랐다. 의도하지는 않았지만 그런 태도가 그 가수에게 좋은 인상을 남긴 셈이 되었다.

수요가 많다 해도 하루에 화장할 수 있는 횟수는 정해져 있었다. 무리하게 예약을 받을 수도 없었다. 시행착오 끝에 준우는 화장용 화로를 하루 다섯 번만 가동하기로 했다. 그 정도가 무리 없이 지속할 수 있는 최선이었다. 그 이상 가동하게 되면 먼저 온 고객의 사체 화장이 끝나기 전에 다음 고객이 들이닥칠 수도 있었다. 사체가 크면 클수록 화장 시간이 길어진다. 가스 같은 연료나 동물 수의 등의 소모품 수급 계획도 수정해야 했다. 동물용 관, 동물용 수의를 주문하는 날과 장식용 꽃을 사는 날도 따로 정하면서 나름의 루틴을 만들기 시작했다.

이러한 결정도 최근에야 내리게 된 것이다. 이전에는 하루에 많아야 세 팀이었고, 예약이 없어 쉬는 날도 많았기에 딱히 계획 같은 걸 세울 필요가 없었다.

화로는 하루도 꺼지는 날이 없었다. 기계처럼 맞물려 돌아가는 나날이 이어졌다.

화장이 끝나면 화장로 안에 있는 유골을 수습하여 빻은 후 유골함에 담았다. 분골에는 절구와 공이가 쓰였다. 중정의 처마 아래에는 각기 다른 크기의 강철 절구 네 개가 나란히 놓여 있었다. 가장 작은 절구는 냉면 그릇만 했고 가장 큰 절구는 식당에서 쓰는 밥솥만 했다. 가장 큰 절구는 한 번도 쓴 적이 없어 흠집 하나 없이 깨끗했다. 리트리버보다 큰 동물이 찾아올 거라 막연히 생각하고 주문했던 것이다.

2부

밤인데도 하늘은 검은색이 아닌 회색으로 보인다. 비가 커튼처럼 내려 한 치 앞도 보이지 않는다. 집 밖에 달린 보안 카메라는 제대로 작동되고 있었지만, 폭우 탓에 사물의 윤곽을 잡지 못한다. 가시거리는 50미터도 안 될 것 같다. 하지만 익숙한 길이니 잘 통과할 수 있다.

차고에서 빠져나오자마자 빗줄기가 차의 철판을 뚫을 듯한 기세로 꽂히기 시작한다. 와이퍼가 부러질 것처럼 움직였지만 역부족이다. 뿌옇게 퍼진 가로등 불빛은 가로등이 거기 있다고 알려주는 것 말고는 아무런 역할도 하지 못한다.

이제는 눈 감고도 갈 수 있잖아. 여긴 우리 동네야.

나는 스스로를 다그친다. 내리막길을 몇백 미터만 내려가면 강변북로에 진입할 수 있다. 조금만 더.

가로등이 없는 구간에 진입한다.

무리하지 말자. 안전하게. 액셀을 밟을 생각은 하지도 마. 넌 할 수 있어.

앞 유리창이 순식간에 하얘진다. 놀란 나는 반사적으로 브레이크를 밟는다. 바로 앞에 태양이라도 있는 것처럼 눈이 부시다. 손바닥으로 클랙슨을 누른다. 마침내 유리창이 본래의 모습으로 돌아오나 싶더니 사람의 모습이 나타난다. 나는 라이트를 상향등으로 바꾼다. 위장무늬 정글모에 그럴싸한 카키색 우의를 입은 남자가 서 있다. 그는 마치 사냥꾼 같다. 그의 입 주변으로는 수염이 타이어처럼 둥글게 돋아나 있다. 수염 가운데 있는 입이 움직이고 있었으나 무슨 말인지 들리지 않는다.

"무슨 일인가요."

나는 차창을 내리고 묻는다. 그는 자신의 차 바퀴가 빠졌으니 도와달라고 말한다. 그의 키는 나보다 5센티미터는 더 클 것 같다. 나는 그와 눈이 마주치기 싫어 그의 손을 본다. 그의 손에 홍두깨 같은 은색 손전등이 쥐어져 있다. 내 눈이 멀 정도의 빛을 쏘아대던 물건이다.

"그 플래시, 어디 건가요?"

내 질문을 무시하고 그는 급하다고만 말한다. 우악스럽다. 나는 들리지 않는 듯 가만히 있었다. 참지 못한 그가 대답한다.

"밀워키 제품입니다. 도와주시면 그냥 드릴게요."

"어떻게 된 거예요?"

이제야 말이 좀 통한다. 세상에 공짜는 없다.

그는 앞으로 걸었고 나는 내 차를 운전하며 천천히 그를 뒤따랐다. 그의 말은 사실이었다. 그의 차는 이미 반쯤 허공에 들려 있다. 와이어는 그의 차 꽁무니와 소나무에 감겨 있다. 내가 차에서 내리자, 그가 재빨리 소나무에 묶여 있는 와이어를 풀어 한쪽 끝을 내게 건넨다. 나는 그에게서 받아 쥔 와이어를 내 차의 견인고리에 걸기 위해 허리를 숙인다. 그때 갑자기 트렁크가 열린다. 내 눈 바로 앞에 그가 신고 있는 워커가 보인다. 그의 발은 트렁크의 센서 아래에 놓여 있었다.

"풋센서가 오작동을 하네요."

나는 허리를 펴면서 그를 바라본다. 그는 대답 없이 내 눈을 외면하고 있다.

"왜요, 무슨 이상이라도 있나요?"

나는 다시 묻는다. 문제가 생긴 것 같았다.

"트렁크에 이상한 게 있어요."

나는 트렁크 속에 손을 넣으며 솔직하게 대답했다.

"윤대수의 친구예요."

백상은 2층 서재에서 책상 서랍을 열었다. 서랍이 열리면서 안에 들어 있는 핸드폰들이 드러났다. 백상은 손에 쥐고 있는 핸드폰도 다른 핸드폰들 옆에 놓은 다음 서랍을 닫았다. 책상 앞 의자에 앉은 백상은 주머니에서 또 다른 핸드폰을 들고 통화 버튼을 눌렀다.

"아, 선생님. 백상입니다. 외벽 AS 때문에 전화드렸는데요."

백상은 어디론가 전화를 걸고는 벽에 걸린 액자들을 바라보았다. 서재에는 백상의 집을 찍은 사진들이 액자에 담겨 걸려 있었다. 하늘과 집의 벽 일부가 찍힌 사진들이었다. 어떤 것은 사진의 가로로 난 직선을 경계로 위는 파란색, 아래에는 회색뿐이어서 얼핏 보면 수평선을 찍은 것처럼 보이기도 했다. 크기와 구도를 달리한 집 사진 여섯 개가 걸려 있었다. 그것들을 붙여 놓으면 집의 전체적인 모습이 나왔다.

"정문 왼쪽에 보면 벽돌 하나가 빠져 있어요. 네, 수리 부탁드립니다."

백상은 건물 1층 외벽을 찍은 사진의 한 부분을 손가락을 대고 빙빙 돌리며 말을 이었다. 실제로 백상이 손가락을 댄 부위에 박혀 있던 벽돌은 며칠 전부터 빠진 채로 방치되어 있었다.

작은 하자였다.

백상의 집은 반구 형태를 띠고 있었다. 창문 앞으로 구멍 뚫린 회색 벽돌이 30센티미터 정도 간격을 유지하며 감싸고 있어, 마치 건물이 이누이트족의 선글라스를 쓴 것과 같았다. 건물 안에서는 밖이 보였지만 밖에서는 백상의 집 안을 들여다보는 것이 불가능했다. 밖으로는 그물망 같은 벽돌만 보일 뿐 창이 드러나지 않았기 때문이다. 건물은 밖에서 보면 한 가지 물성으로 만들어진 것처럼 보였다. 마치 돌멩이처럼.

백상은 이 집을 지어줄 사람을 오래전부터 정해 뒀었다.

"아, 삼우화학 대표님이시군요. 신문에서 기사 봤습니다."

백상의 집을 설계한 건축가는 전화를 받기 전부터 백상이 누구인지 알고 있었다. 하지만 건축가는 백상과는 비교도 되지 않을 정도의 유명인이었다. 그는 일산에 있는 독특한 구조의 소방서를 설계한 건축가로도 유명했다. 그 소방서는 비탈진 도롯가에 세워진 3층짜리 건물이었는데 아름다운 외관을 가진 데다, 기능적으로도 훌륭해 화제가 되었다. 1층에 소방차 차고, 2층에 사무실과 소방관 대기실 등이 위치한 기존의 소방서와는 달리 차고가 2층에 배치되었다. 소방서가 경사진 위치에 있어, 1층은 반지하에 가까웠기에 2층에 차고를 둘 수밖에 없었다. 그러한 지형을 이용해 소방 차량과 일반 차량, 그리고 소방관들의 보행

동선을 이상적으로 분리했다는 평가를 받아 건축문화대상을 수상했다.

"언제라도 밖으로 나갈 수 있게 차고가 길을 향해 나 있어야 해요. 그리고 그 아래 제 음악감상실을 두고 싶습니다. 건축가님이 설계하신 소방서 차고 아래 사무실이 있는 것처럼요."

백상이 그에게 요구했다.

"그러시군요. 어떤 음악을 주로 들으시는지요."

건축가가 물었다. 그는 백상의 음악적 취미를 궁금해했다.

"어떤 음악을 들을지 생각해 보겠습니다."

백상은 테일러 스위프트라고 생각했으나 입으로는 다른 말을 했다.

"어떤 음악이든 좋겠죠."

생각해 보겠다는 백상의 대답 덕분에 음악 이야기는 더 이상 진전이 없었다.

"제 집 대지가 그 소방서 자리와 비슷한 형상 아닙니까. 그런 모양이면 좋겠습니다."

백상은 본론만 말했다. 백상의 말대로 산비탈에 경사진 대지는 건축가가 설계한 소방서의 터와 비슷한 형상을 하고 있기도 했다. 백상은 그에게 집 설계를 맡긴 이유가 그 때문이라고 했다. 방음장치가 제대로 된 음악감상실도 포함해서.

"음악감상실에서는 뭘 해도 밖으로 드러나지 않을 수 있습니다. 혹시 모르니 비상벨도 달아드리겠습니다."

논의 중에 건축가가 말했다. 백상은 "그래야죠."라고 답했지만, 그 벨은 완공과 동시에 철거되었다.

그즈음에 사나래마을은 마을이 아니었다. 택지 조성만 된 상태로, 사나래마을 전체가 공사판과 다름없었다. 독특한 형태의 집이 한두 채가 아니었기 때문에 시선들은 백상의 집에 모이는 일 없이 분산되었다. 차고 옆의 은밀해 보이는 공간에 대해 간혹 묻는 이들이 있었으나, 그 용도에 의문을 품는 이는 없었다.

백상의 집은 설계와 시공 기간을 합해 15개월에 걸쳐 완공되었다. 백상은 집의 완성에 많은 시간과 에너지를 썼다. 집이 완성된 후, 백상은 자신의 이야기를 할 사람이 필요했다. 백상은 자신의 집에서 그 이야기를 하고 싶었다. 자신의 경험에 대해.

충분히 신뢰를 쌓았다고 여겼던 이가 있었다.

*

6월 1일은 토요일이었다. 백상은 자신의 집에 그를 초대했다. 윤대수. 애인이었다. 백상이 윤대수를 애인이라고 여긴 이유는 그가 백상을 종종 애인이라고 불렀기 때문이었다. 그러나 그렇게 부르는 모습을 타인이 본 적은 한 번도 없었다.

"당신의 모든 걸 알고 싶어."

윤대수가 두 번쯤 백상에게 했던 말이었다.

백상은 윤대수를 위해, 아니 윤대수가 자신의 말을 자연스럽게 받아들일 상태를 만들기 위해 손수 저녁을 만들면서 공을 들였다. 백상은 그의 자리에 음식을 놓고 와인을 따랐다. 저녁을 먹는 도중 애인은 백상을 젖은 눈으로 계속 쳐다보았다. 둘은 저녁을 먹다 말고 거실에 놓인 장방형의 소파로 자리를 옮겨 몸을 섞었다. 섹스를 마친 백상은 몸을 일으켜 조리대에 놓여 있던 새 와인을 테이블로 들고 온 다음 코르크에 와인 따개를 박아 넣었다. 코르크 위를 덮고 있어야 할 알루미늄 포일은 보이지 않았다. 코르크에 와인 따개의 금속 스크류가 파고들면서 끼긱 소리가 났다.

"샤또 페트루스? 술도 안 마시면서 이건 어떻게 알았어?"

윤대수가 물었다.

"네가 마시고 싶다고 했던 술이라서."

백상이 잔에 와인을 따라 그에게 내밀며 대답했다.

"맞아. 궁금했어. 근데 비싸잖아."

"그러니까 마셔."

"마시자는 게 아니고? 너는?"

"괜찮아. 이거나 따라줘."

백상이 와인 옆에 놓인 알파벳 네 개가 각인된 유리 생수병을 가리켰다.

"오늘 같은 날은 좀 마셔도 되잖아."

"그 와인만큼은 아니지만 이것도 좋은 물이야."

백상이 고개를 저으며 다시 입을 뗐다.

"나도 술을 마셔서 기분이 좋아졌다면 매일 마셨을 거야."

둘은 노곤해진 채로 침대에 나란히 누웠다. 와인이 들어간 윤대수의 몸은 불 위에 놓인 양초처럼 흐물거렸다. 백상은 윤대수의 어깨와 옆구리에 새겨진 손바닥만 한 스마일 이모티콘을 차례대로 쓰다듬었다. 그러고는 나지막이, 그동안 참아왔던 자신의 이야기를 들려주었다.

사람을 죽였다고.

"웃기지 마."

백상의 말을 들은 윤대수가 소파 위에서 크게 웃었다. 그가 경련을 일으키듯 몸을 펄떡대며 웃었기에 실오라기 하나 걸치지 않은 맨몸과 덜렁대는 성기가 조명을 받아 반짝거렸다. 무엇이든 믿겠다던 그조차 처음에는 믿지 않았다.

"난 사람을 죽였어. 그것도 많이."

백상은 그의 눈을 빤히 바라보며 다시 한번 말했다.

"와, 진짜 웃기다. 그럼 처음에 죽인 사람은 누구였는데?"

윤대수는 여전히 흥미로운 눈으로 물었다.

"우리 집 가정부."

"뭐라고? 하는 일 없이 밥이나 축낸다던 그 가정부?"

백상은 그에게 그 가사도우미에 대해 이야기한 적이 있었다. 자신이 죽였다는 사실만 빼고. 백상은 이 집에 오기 전에 아버지, 그리고 가사도우미와 함께 살고 있었다. 아버지가 중병으로 병원에 입원하게 된 이후, 그와 둘이 있는 시간이 늘어났다.

"그래. 그 가정부."

"왜 죽였는데?"

잠시 적막이 일었다. 애인의 반응은 백상의 예상과 달랐다.

"그 아줌마가 날 보고 패륜아라고 했어."

"그게 죽을 이유가 돼?"

"그건 중요한 게 아니야. 중요한 건 내가 이런 사실을 네게 말할 수 있을 정도로 널 특별하게 생각한다는 거야."

그는 어느새 속옷을 입고 있었다. 백상은 물끄러미 그 모습을 눈에 담으면서도 그의 질문에는 충실히 대답했다.

하지만 가사도우미가 백상을 보고 패륜아라고 했다는 말은 사실이 아니었다. 가사도우미가 "패륜아가 되고 싶으냐."라고 말했을 때, 집에 있는 사람은 백상과 가사도우미 단둘뿐이었다.

백상의 아버지는 병원 중환자실에 누워 있었고 회복될 기미는 보이지 않았다. 백상은 자신의 아버지를 걱정하는 말을 한 번도 하지 않았다. 가사도우미는 그런 백상을 걱정했지만, 백상은 연변에서 온 가사도우미가 한 말의 맥락에는 의미를 두지 않았다.

사람을 믿지 말라고 했던 아버지의 말이 떠올랐다. 부리는 사람의 약점을 눈감아 주는 척하라는 말도 했었다. 그래야 충성을 다한다고. 백상은 아버지가 왜 외국인 노동자를 가사도우미로 썼는지 잠시 생각했다. 그리고 그의 여권 유효기간이 만료됐다는 사실을 떠올렸다. 백상은 창문을 바라보았다. 커튼이 쳐 있었다.

패륜.

그 단어는 백상에게 어떤 버튼처럼 작동했다.

가사도우미의 목은 어느새 백상의 손아귀에 잡혀 있었다. 평생 고양이의 목도 잡아본 적이 없었지만, 연습이라도 한 듯 능숙했다. 백상은 부여잡은 양손을 두 개의 렌치처럼 서로 반대 방향으로 비틀었다. 가사도우미의 입에서는 어떤 소리도 나지 않았지만, 경추의 연결 부위에서는 포장용 에어캡이 터질 때와 같은 소리가 났다.

백상은 말을 이었다.

"나는 세상의 모든 기분을 느껴보고 싶었어. 그게 그중 하나였을 거야."

"그래서 만족했니?"

윤대수는 굳은 표정으로 입을 겨우 놀려 물었다. 그의 얼굴은 턱만 가동할 수 있는 실리콘 인형처럼 뻣뻣해지고 있었다.

"구름 위를 걸으면 그런 기분이 들까."

"쾌감을 느꼈단 말이야?"

"빠져나오기 힘든 감각이야. 너도 좋아할 거야."

"내가?"

"어."

"뭘?"

"나는 이 말을 네게 하려고 많은 준비를 했어."

"어떤 준비?"

시간이 30초 정도 더 흘렀다. 그사이 윤대수는 곁눈질로 베드 테이블을 바라보았다. 테이블 위에는 자신의 핸드폰이 놓여 있었다. 그립톡의 스마일 이모티콘이 자신을 보며 웃고 있었다. 윤대수는 소리 없이 테이블로 손을 뻗어 자신의 핸드폰을 감아 쥐었다. 백상이 쓰읍 소리를 내며 입을 뗐을 때, 그는 소파를 박차고 튀어 나갔다. 하지만 발이 바닥을 헛디디면서 꺾여졌고 몸은 엎어졌다. 다시 일어나 비틀거리며 현관 방향으로 달렸다.

백상은 소파에 걸터앉은 채 그 모습을 바라보고 있었다.

윤대수는 현관에 도착해 문손잡이를 움켜쥐었으나, 걸쇠나 래치가 움직이면서 내는 떨꺽 소리가 나지 않았다. 철문은 조금도 열리지 않았다. 거실의 안쪽에서 백상이 자신을 향해 걸어오는 모습이 눈에 들어왔다. 당황한 윤대수는 핸드폰을 놓쳤다. 다시 핸드폰을 주우려고 허리를 굽힌 순간, 다리가 풀려 그대로 주저앉고 말았다.

"비밀번호를 눌러야 열려."

백상이 어느새 그의 눈앞에 서 있었다. 윤대수는 입을 열었으나, 아무 소리도 내지 못하고 붕어처럼 입만 뻐끔거렸다.

"말이 잘 안 나와? 경찰에 전화를 걸려고 했던 거야?"

백상은 쪼그려 앉아 떨어진 핸드폰을 집어 들어 그의 눈앞에 갖다 댔다. 핸드폰의 액정엔 112라는 숫자 세 개가 떠 있었다.

"번호도 눌러줬어. 이제 네가 통화 버튼만 누르면 돼."

시간이 흐를수록 윤대수의 골격근이 제 역할을 하지 못하고 이완되고 있었다. 백상의 말대로 할 수가 없었다. 필사적으로 팔을 들어 올리려 했지만, 움찔대는 게 고작이었다. 눈의 흰자에 붉은 핏줄이 나뭇가지처럼 퍼졌다. 샤또 페트루스 안에는 알코올 말고도 다른 물질이 섞여 있었다.

백상의 윤대수의 턱을 손가락으로 받쳐 얼굴을 자신에게 향하도록 만들었다.

"너는 내 모든 걸 이해할 수 있다고 했지. 하지만 아니었어. 나는 내 세계로 기꺼이 들어오게 문을 열어줬어. 하지만 네가 선택한 길을 보라고."

윤대수는 떨리는 눈동자로 백상을 바라보다 눈을 감았다. 고였던 눈물이 바닥에 닿으면서 투둑 소리가 났다. 백상이 턱을 놓자, 그의 머리는 줄에 매달린 공처럼 어깨 아래로 떨어졌다.

백상은 늘어진 애인의 다리를 잡아 복도를 향해 질질 끌었다. 발목을 잡은 손에 힘이 들어갔다. 백상은 굵은 숨을 내쉬며 읊조렸다.

"이제 음악감상실을 보여줄게."

윤대수는 백상의 음악감상실에 들어간 다섯 번째 손님이었다.

*

아침부터 박한서와 김남기는 안치호의 집으로 향했다. 그들이 화성시 호각리의 컨테이너 하우스에 도착했을 때, 순찰차 한 대가 먼저 와 있었다. 뒷부분에는 '화성'이라는 글자가 래핑되어 있었다. 안치호가 살던 집 문은 열려 있었고 개 목줄은 개집 앞에 늘어져 있었다.

"개는 누가 데려갔나요?"

박한서가 먼저 와 있던 제복 경찰들에게 다가갔다.

"박 팀장님 오랜만이시네요. 개요? 처음부터 없었는데요."

박한서를 본 화성경찰서 소속 경찰 중 한 명이 박한서에게 아는 척을 했다. 김남기는 다른 경찰에게 설명을 들었고 박한서는 상체를 기울여 컨테이너 안을 들여다보았다.

"이제 우리가 할게요."

김남기가 제복 경찰들에게 말했을 때 박한서는 이미 컨테이너 하우스 안으로 들어간 후였다. 박한서가 컨테이너 밖으로 나왔을 때, 화성 경찰은 돌아가고 없었다.

"화성서에서 그러는데 동수원경찰서에서도 왔다 갔대요."

창고 사진을 찍던 김남기가 박한서에게 말했다.

"사준서겠지."

"네."

"제정신인가."

박한서가 인상을 쓰며 쓰읍 소리를 냈다.

"엄청 꼼꼼하게 훑어봤답니다."

박한서가 컨테이너 안에 들어갔을 때, 벽면에는 비말 얼룩이 남아 있었다. 액체는 무색투명했지만 흔적까지 사라지진 않았다. 사준서의 짓이었다.

"루미놀도 뿌렸던데."

"안치호가 원래 정리를 안 하고 사는 건지, 누가 헤집어 놓은 건지 모르겠어요."

"이게 정돈된 거야."

"핏자국은 안 보이는데요."

"배수관 같은 데 파면 혈흔 정도는 나올 수 있지. 그래 봐야 안치호 거겠지만."

김남기의 핸드폰이 울렸다. 액정에 뜬 발신번호를 보고는 박한서가 낚아채듯 핸드폰을 가져가 귀에 댔다.

"다른 사람한테까지 전화하고, 이제 눈깔 뒤집혀서 공사도 구분 못 해?"

박한서는 종료 버튼을 누르고 김남기에게 핸드폰을 건넸다. 사준서에게 온 전화였다.

"동수원서에 전화해서 사준서, 안치호 사건에 얼씬도 하지 못하게 해. 그리고……."

"네."

"안치호에 대해서는 뭐 물어봐도 애한테 알려주지 마."

박한서는 밖을 훑어보더니 차를 세워둔 쪽으로 향했다.

"전자발찌 GPS를 보면 집을 떠난 후에 죽은 것 같은데, 경로

130

를 훑어볼까요?"

김남기가 박한서의 생각을 물었다.

"그보다 사준서 동생 전화번호랑 주소 조회 좀 해봐."

"사 형사한테 동생이 있어요?"

김남기는 사준서와 안면만 있었다. 그것도 최근의 일이었다.

"어. 한 번도 말은 안 했지만 있어."

*

"웬일이야, 경찰서를 다 찾아오고? 그러고 보니 나 일하는 데
는 처음이지?"

준서가 경찰서 안 휴게실 입구에서 준우를 보며 말했다.

준우가 경찰서에 온 것은 10여 년 만이었다. 이전에 엄마 일
로 몇 번 조사받으러 가본 것이 전부였다. 좋은 기억일 리 없었
다. 지금은 그때 느꼈던 경찰서 분위기와 전혀 달랐다. 수원동
부경찰서. 그때 방문했던 화성경찰서보다 세 배쯤 더 크고 환했
다. 직원들은 밝고 활기차 보였다. 10년이면 모든 것이 변하기
에 충분한 시간이었다. 준서의 눈은 조금 충혈된 것 같지만
표정엔 생기가 돌았다.

"누나가 늘 바쁘니까 내가 왔지."

누나라는 말에 먼저 와서 쉬고 있던 제복 차림의 경찰 두 명이 호기심 어린 시선으로 준우를 바라보았다. 준서가 준우로 향한 그들의 시선을 가로채 눈인사를 보내자 그들도 고개를 끄덕이고는 고개를 돌렸다.

"그래. 무슨 일이야."

준서가 입구 옆에 있는 자판기에 지폐를 쑤셔 넣으며 물었다. 낡은 지폐여서일까, 자판기가 두 번 연속 뱉어냈다. 옆에 서 있던 준우가 보다 못해 준서의 천 원짜리를 빼내고는 주머니에서 동전 두 개를 꺼내 자판기에 집어넣었다. 액정으로 된 잔액 알림판에 숫자가 표시되었다. 준서가 중얼댔다.

"난 믹스커피."

준서가 언제부터 믹스커피를 좋아하게 되었을까 하는 의문이 잠깐 들었다. 이제 준서는 천직이 경찰 아닐까 싶을 정도로 경찰서에 잘 녹아든 것처럼 보였다. 경찰 시험을 봤다고 했을 때 생소했던 기억과는 달리 지금은 오히려 준서가 다른 일을 하는 것은 상상하기가 어려웠다.

"누나 말대로 경찰이 찾아왔어."

준우가 믹스커피 버튼을 누르면서 말했다.

"웬 시커먼 아저씨가 왔지?"

"맞아. 그 사람 엄마 장례식장에도 왔었던 사람이잖아. 누나랑 친해?"

준서가 장례식장에서 박한서의 명함을 집던 모습이 다시금 떠올랐다. 준서는 자판기에서 기계적으로 커피를 빼내 들더니 의자에 몸을 떨구듯 주저앉았다.

"친하지, 끔찍하게. 여기서 같이 일했었거든."

준우도 자판기에서 커피를 꺼내 준서 앞에 앉았다. 준서가 종이컵 가장자리를 질겅 씹으며 다시 입을 열었다.

"강력계에 와보니 아저씨, 아니 박한서 경위가 여기서 근무하고 있었던 거야. 혹시나 했는데, 맞아. 엄마 장례식 때 왔던 그 경찰. 나보다 엄마 사건에 대해 더 잘 알고 있었지. 그리고 나에 대해서도."

"그걸 왜 지금 말하는 거야?"

"너한테 말할 일이 아니잖아."

준서가 어깨를 으쓱 올렸다.

"하지만 누나는 그 경찰에게 나에 대한 이야기를 했잖아. 그 경찰은 안치호가 죽었다는 이야기도 내게 해주지 않았어. 누나가 그걸 내게 이미 말했을 테니 따로 설명할 필요를 못 느꼈다는 식으로 말하더라고."

"박 팀장이 그렇게 말해? 그분 여전하네."

준서의 대답이 준서와 박한서가 떨어져 일한 지 얼마 되지 않은 것 같다는 느낌을 주었다.

"누나한테나 여전하겠지. 내가 그런 걸 양해해 줘야 해?"

"미안해. 내 잘못이야. 궁금한 게 있으면 전부 물어봐."

박한서 이전에, 누나인 준서에 대해 아는 게 별로 없다는 사실이 준우에게 깨달음처럼 와닿았다. 준서는 준우보다 박한서라는 사람을 더 신뢰하는 걸 수도 있었다. 그 경찰과 더 오래 지냈을 테니 무리도 아니다.

어쨌든 준서는 준우의 기분 따위 아랑곳하지 않는 것처럼 보였다. 그 모습이 꼭 피스리버를 방문했던 박한서를 빼다 박은 듯 비슷했다.

"그 경찰은 원래 그리 무례해? 그래 갖고 수사는 잘하겠냐고."

박한서의 범인 검거 실적은 어떤지, 물리력은 어느 정도인지, 사람을 죽일 배짱은 있는지 모두 알고 싶었다. 그러나 한 말은 고작 무례하다는 푸념이었다.

"무례? 어찌 보면 맞네. 인사치레 따위 귀찮아하는 사람이지. 하지만 뭐든 잘할 수는 없는 일이니까. 잘해, 수사. 범인만 잘 잡는다면야 예의 정도는 없어도 괜찮지 않을까 싶을 정도로. 나도 많이 배웠지. 오래 같이 있다 보니 별로 닮고 싶지 않은 것까지 닮아지더라고."

준서가 믹스커피를 들이켜면서 셔츠 소매가 내려가자 손목에 채워져 있던 시계가 드러났다. 납작한 세이코 전자시계. 색은 달랐지만 박한서의 것과 비슷한 모양을 하고 있었다. 닮아지더라는 말이 끝나자마자 눈에 띈 것이 공교로웠다.

"얼마나 특출나길래."

준우는 준서가 말을 더 하길 바라며 조심스럽게 호응했다. 마음 같아서는 박한서를 조심하라고 말하고 싶었지만 최대한 말을 아꼈다. 준우 자신이나 걱정해야 할 처지였다. 박한서가 준서를 해하지는 않을 터였다.

"박 팀장은 수사를 감으로 하는 것처럼 보였어. 당연히 그래서는 안 되는데……. 그런데 그의 감이 틀린 적이 거의, 아니 내가 알기론 없었어. 같이 일하면서 알았지. 즉흥적으로 움직이는 것 같지만 다 계산된 행동이라는 걸. 이제는 그냥 그 양반이 이상한 행동을 해도 다 이유가 있겠거니 해."

계산된 행동. 준우는 자신에게 만나자고 전화한 뒤 한 시간도 채 되지 않아 집으로 찾아온 박한서를 떠올렸다. 미리 동네 주민에게 자신의 근황과 며칠 사이의 알리바이를 확인한 후의 방문이었다. 급하게 이루어진 일 같았지만 모두 계획적이었다.

"이제 그냥 믿고 의지한다는 거야? 그런 게 어딨어."

준우는 납득하면서도 입으로는 다른 말을 내뱉었다. 준우의 말을 들은 준서의 눈이 교도소 앞 안치호를 기다릴 때처럼 진지

해졌다.

"너, 여기 온 게 그 사람 때문이네, 박 팀장. 나 보러 왔다는 건 핑계고. 무슨 일이 있었구나."

준서가 윗도리 주머니에 손을 넣으며 말했다. 주머니 속에 있는 네모난 담뱃갑의 실루엣이 툭 불거졌다. 실내라서 담배를 피울 수는 없었을 테지만, 준서는 담배를 만지작댔다. 긴장할 때의 습관처럼 보였다.

"별일은 없었어. 그런데 출소한 안치호가 죽었다는 이야기는 꺼내지도 않더라고. 그러더니 6월 18일에 집에 있었냐고 물었어."

"그래서 넌 뭐라고 대답했는데?"

준서의 얼굴에 살짝 어려 있던 웃음기가 가셨다. 아니, 가신 정도가 아니었다. 피부가 장판처럼 뻣뻣해 보였다. 준우는 그 표정이 의미하는 바를 직감했다. 박한서가 혹여라도 준우을 범인으로 의심했을까 우려하고 있었다. 그렇게 감이 정확하다는 박한서가 자신을 용의자로 지목한다면 누나인 준서도 그 말에 동의할지 문득 궁금해졌다. 누나는 자신과 박한서 중 누구의 말을 믿을까?

"집에 없었다고 하면 어떻게 되느냐고 되물었어."

"그랬더니?"

"이미 내가 그날 집에 있었다고 동네 사람에게 들었대. 알면서도 물어본 거지."

"그래. 그런 사람이야."

준서는 흥 하고 콧바람을 내쉬며 대답했다. 아울러 굳었던 표정도 일순에 풀어졌다.

"그런데 탐문 수사할 땐 오해가 없도록 해야 한다는 규칙 정도는 있지 않아? 나는 처음에 그 사람이 날 이미 범인으로 여긴 줄 알았어. 참고만 한다는 소리는 곧이곧대로 들리지도 않더라고. 민원이라도 넣고 깽판이라도 쳐야겠다."

준우는 분이 풀리지 않는 사람처럼 언성을 높였다. 반대편에 앉아 쉬고 있던 제복 경찰 둘이 준우 쪽으로 고개를 돌렸다. 날카로운 시선들은 민원이라는 두 글자에 예민하게 반응했다.

"어림도 없어. 그런 것에 눈 하나 깜빡 안 해, 그 사람은. 서장 말도 잘 안 들어."

그럴 사람이라는 것은 준서가 딱히 설명하지 않아도 알 듯한 기분이 들었다.

"민원도 소용없고, 상사 말도 안 듣고. 그런 사람이 경찰이 되면 안 되잖아."

"그럴지도 모르지."

이미 박한서는 위험인물로 준우의 뇌리에 각인되고 있었다.

"하지만 그 사람은 경찰이 될 수밖에 없는 사람이야."

준서는 손은 다시 담배로 향했다. 박한서는 어떤 사람일까, 아니, 박한서는 준서에게 어떤 사람일까 하는 의문이 물밀 듯이 머릿속으로 흘러 들어왔다.

"밖에 나갈까?"

준우가 문을 가리켰다. 경찰에 대한 이야기를 하기에 경찰서 휴게실은 맞지 않는 장소라는 생각이 들어서였다. 준서가 기다렸다는 듯 옅은 미소를 지으며 자리에서 일어섰다.

"그 사람은 5천 원짜리 복권도 한 장 못 맞추지만, 누가 살인을 할지 같은 건 잘 맞췄어."

경찰서 앞에서 준서가 말과 함께 담배 연기를 내뱉었다. 담배 연기는 야구공처럼 둥그렇게 모였다가 퍼져 나갔다. 준서가 담배를 피우는 모습은 볼 때마다 낯설었다.

"〈마이너리티 리포트〉에 나오는 예언자라도 된다는 거야?"

"몇 달 전이었어. 싸우다가 경찰서에 잡혀 온 30대 둘이 있었거든. 박 팀장이 개들 풀어주면 안 되겠다고 하고는 퇴근했었어. 하지만 풀어줬지. 왜냐하면 둘 다 잘못했다고 했고, 신원도 확보됐거든. 잡아둘 명분이 없었어."

"그런데 풀어준 후에 그 둘 중 하나가 다른 하나를 죽였고?"

138

준우도 아는 사건이었다.

"맞아."

"그렇다고 그게……."

준서가 준우의 말을 끊었다.

"네가 무슨 소리를 할지 아는데, 날 사이비 종교에 빠진 친척 보듯 하진 말아."

"우연이겠지. 누나가 너무 그 사람에게 동화되어 있는 거 아닐까?"

눈을 가늘게 뜨면서 묻긴 했지만, 준서의 말은 흥미롭게 와닿았다.

"몇 건 더 있어. 스토커를 체포했을 때, 절대 풀어주지 말라는 걸 어쩔 수 없이 풀어줬더니 스토킹 상대를 살해한 케이스도 있고, 훔친 차로 사람을 쳤는데 형사처벌을 면한 촉법소년이 두 달 만에 살인미수로 다시 잡혀 들어온 적도 있어. 그때도 박 팀장이 그 아이는 사회에 내보내면 안 된다고 유난히 화를 냈었지. 처음에는 나도 왜 저러나 했거든. 그런데 박 팀장의 경고는 모두 현실이 됐어. 그건 좀 생각해 볼 만하지."

"그 사람이 그렇게 판단한 근거가 뭔데?"

"나도 그게 궁금해서 박 팀장에게 물어봤어. 범인들 각자 이력이 다 달라. 처음부터 자수한 케이스도 있지만, 도망치다 붙잡힌 케이스도 있어. 범인의 연령, 수법, 성향 모두 제각각이야. 하지만 단 하나의 공통점이 있어. 재범 이전에 박 팀장이 만나 봤던 사람이라는 점이지. 개중에 풀어주면 안 된다고 했던 범인은 반드시 살인이나 살인미수로 다시 검거됐어."

"범인들 각자의 공통점이면 모를까 박한서라는 사람이 그 범인들과 구면이라는 게 무슨 근거가 돼?"

"박 팀장이 수집한 데이터를 보면 근거가 생기지. 〈마이너리티 리포트〉의 시스템도 그런 식으로 작동하는 거 아니었어?"

준서는 그들의 가정사가 평탄하지 않았고, 자아도취가 심하고, 모욕받는 걸 참지 못하는 성격이었다는 등의 공통점을 나열했으나, 그런 특징은 신문을 뒤져봐도 나오는 뻔한 내용이었다. 다만, 박한서는 사건이 터지기 전에 그런 말을 했다는 점이 달랐다.

"말이 안 돼. 자신의 말에 확신이 있었다면 온몸을 던져서라도 범행을 막았겠지."

"온몸을 던진다라……. 그게 일반인의 상식인가? 하지만 그건 영화에서나 나오는 이야기겠지. 한 가지 확실한 건 그래서는 경찰을 오래 할 수 없다는 거야. 그랬다간 범인보다 먼저 철창 속에 갇히겠지. 법이 그렇기도 하고."

"누나가 그 사람을 너무 과대평가하고 있는 것처럼 보이는 거 알아?"

준우는 준서의 말을 속에 새기면서도 다른 말이 나왔다. 준우가 짐작하는 바가 맞다면, 박한서에 대한 준서의 생각은 절대 과대평가가 아니었다. 살인을 저지른다는 미래를 안다는 건 어떤 기분일까. 슬픔과 희열 둘 중 어느 것인지 확실하진 않았지만 전자일 가능성에 무게를 두었다. 준우가 확신한 건 박한서가 어떤 순간 선을 넘어 스스로 처단자가 되기로 했다는 것이다. 그는 감정에 치우치지 않았다. 안치호를 제거하는 과정이 그걸 증명했다. 분노와 두려움에 젖은 이는 평정심을 유지하지 못할 거라는 판단이 섰다.

"그래. 네 말이 맞는지도 모르겠다. 감으로 뱉은 말이 우연히 현실이 됐을 수도 있고. 그래도 나는 그 양반이 초인적인 능력이 있다고 믿고 싶어. 그런 사람 하나쯤 있어도 되잖아. 믿는다고 손해 보는 것도 아니니까."

준우는 그때 깨달았다. 준서에게 박한서 능력의 진위는 중요하지 않았다. 박한서를 믿고 있다는 자체가 중요했다. 엄마가 죽은 후, 준서가 박한서의 명함에 적힌 전화번호로 전화를 했고, 경찰이 되었고, 그 이후에도 같이 근무했다는 사실이 떠올랐다. 준서가 박한서에게 의지하는 것은 어찌 보면 물 흐르듯 자연스러운 일인지도 몰랐다.

박한서가 준서가 있는 수원동부경찰서를 떠나 인천에서 근무한다는 사실이 준우에게 뒤늦게 안도감을 가져다주었다. 그리고 박한서가 준서와 자신의 적이 아니라는 점도 확신할 수 있었다.

준우는 마지막으로 궁금했던 질문을 던졌다.

"그런데 그 사람 인천으로 근무지를 옮긴 이유는 뭐야?"

박한서에 대해 준서에게 캐물을 기회는 지금 딱 한 번뿐이었다. 이번에는 박한서가 자신을 찾아온 이유를 알아보겠다는 명분이 있었지만 다음에도 묻는다면 의심을 살 것이 분명했다.

"이사를 가서?"

준서의 대답에 긴장이 풀린 준우가 헛웃음을 지었다.

"그렇겠지. 알았어. 또 올게."

"그래 또 와."

"다음엔 커피 사."

준우는 손을 흔든 다음, 주차장으로 향했다.

"아, 준우야."

준서가 돌아가는 준우의 어깨를 잡아 돌렸다.

"응?"

"네가 알 필요는 없지만 그 사람 아라뱃길 연쇄살인사건 때문에 인천북부경찰서로 간 거야. 콕 집어 그리 말한 적은 없지만

자기 관할도 아닌 그 사건에 관심이 많았어. 그런데 마침 북인
천서에서 형사과장이 온 적이 있어. 그 사람이 반 농담으로 박
팀장에게 인천 가자고 했는데, '그러죠, 뭐.' 하고 대답했거든.
그렇게 일사천리로 근무지가 변경된 거야. 전에도 그런 식으로
근무지 변경한 적이 있어서 그런지 다들 그리 놀라지도 않더라.
사실 박 팀장은 다른 팀원들하고 친한 편도 아니었어. 말했듯
제멋대로이기도 했고. 혼자 있는 거 좋아하고."

"아, 아라뱃길……. 그거 진짜 연쇄살인이야?"

준서의 설명에 안도감이 든 준우는 아라뱃길이라는 말에 모
르는 척 준서를 떠보았다.

"아마도."

"나도 사건사고 커뮤니티에서 그 사진 봤어. 토막 난 시신이
장기도 없이 물에 떠다니는 사진이 돌아다니더라."

준우는 최근 인터넷에 돌아다니는 토막 시신 사진을 막연하
게 떠올리고는 준서의 말에 맞장구쳤다.

"아냐, 장기는 다 있대."

준서가 바로잡았다.

"그럼 뭐야?"

"그건 그쪽에서 수사하니까 네가 알 거 없고, 어쨌든 박 팀장
이 인천에서 근무하자마자 안치호가 관할지에서 발견됐으니

주변 인물에 대한 탐문은 당연하지. 이제 좀 안심이 돼?"

10여 년 전에 장례식장에 찾아온 박한서의 모습이 다시금 떠올랐다. 안치호 사건은 당시 박한서가 속한 경찰서 관할 사건도 아니었다. 박한서는 살인범들의 데이터를 수집하러 다녔던 것일까. 10년이 지난 지금은 어떤 신념이 생긴 것일까. 박한서의 기준으로 보면 안치호는 추가 살인을 저지를 조건에 부합하는 인물일 터였다.

"아, 뭐 이제 상관없어. 그 사람이 나나 누나에 대한 오해가 없다는 거 알았으니까."

준우는 준서의 눈이 아닌 준서의 손목에 채워진 세이코 시계로 애써 시선을 돌리며 대답했다. 그리고 경찰서 정문을 등진 후에 입을 열어 중얼거렸다.

"알려줘서 고마워."

*

7월 4일, 안치호가 죽은 지도 거의 한 달이 되어 갔다. 안치호의 발목이 발견된 후 며칠 동안만 떠들썩했을 뿐, 수사에 진척이 없는지 별다른 소식이 없었다.

동물 화장 작업은 시간이 지날수록 손에 익었다. 하지만 예약을 더 받지는 않았다. 혹여 예약이 취소되는 일이 있어도 다른 예약으로 빈 시간을 채워 넣는 일도 없었다. 다른 할 일이 생긴 까닭이었다.

준우는 여유 시간 대부분을 자료 정리에 할애했다. 수원동부 경찰서에 다녀온 이후, 준우는 피스리버 2층 서재에 머무는 시간이 늘어났다.

서재 책상 앞의 크지 않은 창문은 남쪽을 향해 나 있었다. 창문 너머로 논밭이 지평선까지 뻗어 있었다.

피스리버에 지하실은 없었다. 땅을 파다가 앞마당에 살처분한 돼지들의 사체가 나올 것을 우려했던 까닭이었다. 실제로 돼지 뼈는 많이 나왔었다. 부패촉진제를 뿌리긴 했어도 뼈까지 완전히 사라질 리는 없었다. 무엇보다 돼지 사체만 나올 거라는 장담을 할 수가 없었다. 아버지가 나오는 꿈속의 서사는 불길함을 가져다주었고 그런 불길함은 땅을 깊게 파지 않는 행동으로 이어졌다.

20여 년간 아버지와 같이 살았지만 아버지가 어떤 사람인지 정의할 수 없었다. 돼지를 사랑했던 사람인지 증오했던 사람인지 알지 못했다. 아버지와 엄마 모두 이 세상 사람이 아니게 된 지금, 준우 자신이 아버지에게 어떤 존재였는지 물어볼 수조차 없게 됐다. 아버지는 생전에도 엄마에 대한 이야기를 거의 하지 않았다. 중학교 시절의 준우가 엄마가 집을 나간 이유에 대해 물었을 때 아버지가 했던 말이 떠올랐다.

"네 엄마와 별거한 건 우리를 위해서야."

우리를 위해서. 준우는 그것이 어떤 뜻인지 몰랐지만 아버지에게 자세한 설명을 요구하지 않았다. 그 말을 하는 아버지에게서는 엄마에 대한 호의가 느껴지지 않았다. 아버지와 엄마의 관계에 대한 질문이 금기라고 여긴 건 그때부터였다.

간혹 떠올랐다. 정의할 수 없는 아버지의 어떤 부분을 자신이 이어받지 않았을까, 동물의 죽음과 시체를 대하는 태도가 그 부분에 포함되어 있지 않았을까 하는 의문들.

안치호가 죽음으로써 그것들은 박한서의 인간사냥에 대한 호기심으로 빠르게 대체되기 시작했다. 누나에게 들은 박한서에 대한 이야기들은 박한서를 시험해 보고 싶은 준우의 욕망을 부채질했다. 이러한 자신의 모습이 바로 아버지의 모습 중 하나일 거라는 막연한 확신이 들어차기 시작했다.

한강 시신유기사건에 대한 기사를 찾아보기 시작한 건 그때부터였다. 박한서를 만난 이후로 준우는 삶의 의미라도 찾은 듯 활기가 넘쳤다. 얼굴엔 핏기가 돌았다. 밤이면 모니터가 발산하는 빛이 준우의 눈동자에 흰 네모가 되어 반짝였다.

1. 한강 둔치서 토막 시신 발견… 경찰수사 ⓐ

2023. 12. 29

2. 잇따르는 사고… 한강 하구서 실종신고 된 여성 시신 발견

2023. 12. 29

3. 한강 하류에서 떠오른 시신… 신원 확인 중

2024. 01. 12

4. 한강 하구서 토막 시신 발견, 연쇄살인 가능성↑ ⓑ

2024. 02. 09

5. 아라뱃길서 또 훼손 시신 일부 발견… 프로파일러 투입ⓒ

2024. 03. 01

6. 가양대교 아래 발견된 토막 시신… CCTV도 역부족 ⓓ

2024. 05. 08

7. 아라하교 아래서 토막 시신 발견… 수사팀 물갈이 후 첫 과제 ⓔ

2024. 06. 09

8. 또 아라하교 근처 하천에서 시신 일부 발견… 멈추지 않는 연쇄살인

2024. 06. 19

준우는 블로그를 만들어 한강과 아라뱃길 시신 발견 기사에 시간순으로 번호를 붙여 스크랩했다. 후속 보도는 하위 항목을 만들어 스크랩을 이어 나갔다. 시체의 신원이 확인됐거나 사지

가 멀쩡했던 경우를 제외하면 다섯 건이었다.

한강과 그 지류에서 1년도 안 돼 여덟 구의 시신이 발견되었다. 10대에서 30대로 보이는 시신이 다섯, 40대에서 50대 중년 시신이 둘이었다. 경찰은 처음 연달아 세 구의 시신이 발견됐을 때까지 연쇄살인이라고는 판단하지 않았다. 셋 중 두 구는 북한에서 떠내려온 시신과 자살자의 시신이었기 때문이었다. 네 번째 시신이 발견되면서부터 연쇄살인 가능성에 초점을 맞추고 수사했다. 가장 최근에 중년 남성의 것으로 보이는 시체 일부가 발견되면서 혼선을 빚었다. 하지만 박한서에게는 그런 혼선이 없었을 것이다. 마지막으로 발견된 발목은 안치호의 것이기 때문이다.

시신의 절단 방식이 비슷하고 신원이 드러나지 않은 다섯 건의 사건에는 알파벳으로 표시를 해두었다. 아라하교 아래서 발견된 토막 시신 ⓔ는, 누나의 말에 따르면 박한서가 북인천경찰서에 부임한 후 벌어진 첫 사건이자 가장 최근의 사건이었으며 준우 자신이 모방한 사건이기도 했다.

준서는 박한서가 범죄자를 자신의 손으로 잡는 것에 모든 걸 건 사람이라고 했었다. 그는 형사일 수밖에 없다고 했다. 하지만 준우가 생각하기에 박한서에게 형사라는 직업은 자신의 범행을 위장하기 위한 도구일 뿐이다. 박한서는 어떤 순간부터 자신이 잡아넣은 범죄자가 그대로 풀려나거나 자신이 예상한 만큼의 처벌을 받지 않는 현실에 분노했을지도 몰랐다.

박한서가 인천에 있는 경찰서로 근무지를 옮긴 이유는 무엇일까. 누나의 말대로 그저 관심이 있어서일까. 어쩌면 박한서는 범인을 잡는 것이 목적이 아닐지도 몰랐다.

작업을 반복했지만 얻을 만한 정보는 그리 많지 않았다. 대부분 뉴스 배포 자료를 재포장한 기사였고 직접 탐사 취재를 한 기사와 속보는 극히 드물었다. 댓글들도 정치 분야 뉴스에 비하면 많지 않았다. 처음 보도한 속보 기사에만 200개 남짓한 댓글이 달려 있었고, 후속 기사는 포털에 노출이 잘 되지 않았는지 댓글이 하나도 없는 기사도 있었다. 있다 해도 정치 댓글이나 여성, 외국인, 지역 비하 댓글이 대부분인 걸 보면 사건에 집중하는 사람은 거의 없는 것처럼 보였다.

ilil**** 2024.06.20 10:10
시신의 신원이 밝혀지지 않았다는 이야기는 우선 신원을 확인할 수 있는 지문과 머리가 없다는 이야기지.

3211**** 2023.12.30 13:32
한강에서 유기해도 물이 서쪽으로 빠져나가니까 위치를 모르지 않아?

yu89**** 2023.12.30 12:40
CCTV 설치는 일부러 안 하노.

Dfg3**** 2023.12.30 07:00
불법체류자들이다. 꺼지게 해라.

    토막 시신이 발견되었다는 첫 번째 기사에 달린 댓글 첫 페이지였다. 얼핏 보면 이상한 점을 발견할 수 없었다. 준우가 뭔가 이상하다고 여긴 것은 네 번째 시체의 발견을 알리는 뉴스 댓글란을 보고 나서였다.

ilil**** 2024.06.20 10:15
첫 번째 시신과 거의 유사한 방식으로 유기된 사체. 연쇄살인이고.

park**** 2024.02.10 13:32
사람이 돼지고기도 아니고 저렇게 정성스럽게 토막 내서 버린다면 노리고 그런 거 아닌가 한니발마냥.

kl8**** 2024.02.10 12:40
납치하고 장기 적출한 후에 버린 거 백퍼네.

kimg****2024.02.10 12:35
수사 좀 철저히 하자 뭐 좀 신고하면 우리 관할이 아닙니다, 이 지랄만 하고 경찰공무원 정신교육 절실함.

sstw**** 2024.02.10 02:12

이제 밤길에 강변 걷다가는 언제 어떻게 토막 날지 모르겠다. ㅎㄷ
ㄷㄷ

최신순으로 정리하면 아이디 'ilil****'의 댓글은 대부분 최상
단에 있었다. 댓글 사이의 시간차가 몇 시간에서 며칠인 것과는
달리 ilil****의 댓글은 이전 댓글보다 최소한 2주에서 많게는 여
섯 달 이상 차이가 났다. 단 하루만에 집중적으로 댓글을 달았
다. 그는 준우처럼 이 사건에 갑자기 관심이 생긴 사람일 수도
있었다. 그렇다 해도 굳이 소통 기능이 없는 기사에 댓글을 다
는 것은 이해가 가지 않았다. 아니면 댓글에 다른 역할이 있는
것 같기도 했다. 마치 누군가에게 보내는 신호처럼.

생각이 여기에 미치자, 준우는 ilil****의 댓글을 모두 모아 정
리했다.

—시신의 신원이 밝혀지지 않았다는 이야기는 시신에서 신원
을 확인할 수 있는 지문과 머리가 나오지 않았다는 뜻이다.

—떠오른 시신은 북한에서 떠내려온 시신으로 살인이 아니
다. 김정은 배지를 달고 있다.

—네 번째 시신도 첫 번째 시신과 거의 유사한 방식으로 유기
된 사체. 연쇄살인이다.

―DNA 검사를 했는데 신원 확인을 못 했다는 사실도 단서 중 하나이다.

―피해자는 혼자 사는 사람, 전과가 없는 사람일 확률이 높다. 가족들이 실종신고를 했거나 전과가 있다면 DNA 검사로 신원을 파악했을 것이다.

―피해자는 가족이 있어도 단절된 채 살았던 것일지도 모른다.

―마지막 죽은 사람은 이 사건과 관계가 없다. 죽어도 될 사람일 테고.

Ctrl키와 C키를 누르던 준우의 손이 멈췄다. 댓글은 누군가의 수첩처럼 느껴졌다. 두서는 없지만 나름의 논리가 있었다. 형사수첩을 본 적은 없지만, 아마 이런 식으로 메모가 적혀 있지 않을까 하는 막연한 생각이 들었다. ilil****도 자신처럼 이 사건에 집중하고 있었다. 그가 작성한 댓글에는 '좋아요'가 단 하나도 달리지 않았다. 몇 달 지난 기사들이라 포털에 노출이 되지 않았던 까닭이었다. 작성 시간까지 찾아보니 모두 몇 시간 사이에 작성한 댓글이었다.

무언가를 숨기고 있다는 느낌은 떨쳐낼 수 없었다. 마치 패를 보여주지 않은 채, 나는 스트레이트 플러시를 만들었다고 말하는 도박사 같았다. 꿀꺽 침을 삼킨 준우는 계속해서 다음 댓글을 스크랩했다.

　—두 달 안에 다시 범죄를 저지를 가능성이 높다. 경찰의 수
사망이 좁혀지는 기미가 없기 때문이다. 범인이 위축될 만한 어
떤 이유도 없다.

　—장기 적출을 목적으로 한 범죄일 가능성은 낮다. 그러기엔
몸통이 너무 멀쩡하다.

　준우의 시선은 '몸통이 너무 멀쩡하다'는 부분에 머물러 있었
다. 일개 네티즌이 알 수 없는 부분이었기 때문이다. 그 말을 다
른 사람에게서 들은 적이 있었다. 머리카락이 쭈뼛 서는 기분이
었다.

　'장기는 다 있대.'

　준서가 했던 말이었다. 준우는 자신도 모르게 벌어진 입을 손
가락으로 쓸었다. '마지막 죽은 사람은 이 사건과 관계가 없다'
는 문장은 '네가 한 일은 알고 있지만 눈감아 주겠다'는 뜻으로
읽혔다.

　준우는 상대의 패를 뒤집어 봐야겠다는 강한 욕구가 솟구쳤
다. 자신의 손가락은 뭔가에 홀린 듯 마지막 댓글에 답글을 달
고 있었다.

　—마지막으로 죽은 이가 죽어도 될 사람이라는 건 무슨 뜻이지?

푸른 섬광이 핏줄처럼 갈라지며 바닥으로 내리꽂혔다. 주변은 조명탄을 터뜨린 듯 환해졌다가 다시 어두워졌다. 우렛소리와 함께 수많은 빗줄기가 하늘에서 바닥으로 쏟아졌다. 비가 내리기 시작한 지 30분 만에 기상청이 하루 동안 내릴 거라 예상한 강수량을 뛰어넘고 있었다. 백상의 집은 성곽처럼 견고했지만, 지금은 언제 떠내려가도 이상하지 않은 개울가의 조약돌처럼 비를 받아내며 반짝일 뿐이었다.

백상은 서재 모니터로 집 주변에 설치된 CCTV가 보내는 영상을 보고 있었다. 카메라에 비친 사물과 풍경들이 블러 처리된 것처럼 뿌옇게 보였다. 빗줄기들이 시야를 왜곡시키고 있었다. 누군가 지나가더라도 얼굴이나 입은 옷의 색을 구분할 수 없을 터였다.

CCTV를 확인한 백상은 우의를 입고 1층의 차고로 연결된 계단으로 내려갔다. 차에 탄 뒤에 차고 리모컨 스위치를 눌렀다. 차고 문이 서서히 열리면서 비바람이 들어찼다. 번개가 칠 때마다 백상의 얼굴이 푸르게 변했다. 시동 버튼을 누르고 액셀을 천천히 밟았다. 차의 앞머리가 주차장을 빠져나오자 차의 철판에 빗줄기 떨어지는 소리가 차 안을 가득 채웠다.

아라뱃길로 가려면 강변북로를 이용하는 게 빨랐다. 사나래마을이 부촌이 된 것은 서울 중심부로 이동하는 경로가 단순하다는 이유 때문이기도 했다. 집 앞에 있는 사나래길은 곧바로 강변북로까지 이어졌다. 사나래천도 사나래길과 나란히 흘러한강으로 합류했다. 시계는 좋지 않았지만, 그쯤은 문제 되지 않았다. 아라뱃길로 가는 길은 궂은 날씨만 골라 몇 번이나 왕복한 터라 익숙했다.

백상은 강변북로까지 몇백 미터도 채 남지 않은 지점에서 차를 멈췄다. 새하얀 불빛이 정면에서 눈을 때렸다. 차의 바로 앞에서 백상이 앉은 운전석 방향으로 빛을 비추는 사람이 있었다. 백상이 반사적으로 경적을 울리자 전등이 꺼졌다. 백상처럼 우의를 입은 남성이 차 앞에서 손을 흔들었다. 그가 입을 벙긋거리며 말을 하고 있었지만 빗소리 때문에 백상에게는 잘 들리지 않았다.

"무슨 일인가요."

백상은 차창을 내리고 물었다.

"제 차 앞바퀴가 턱에 빠져서요. 여기 주민 같은데 좀 도와주시면 좋겠습니다."

그가 가쁜 숨을 내쉬며 부탁했다. 군용 정글모를 쓴 그의 얼굴과 목이 땀인지 빗물인지 모를 액체들로 인해 번들거렸다.

"그 플래시 어디 건가요?"

백상은 그가 손에 쥔 손전등을 보고 물었다.

"선생님 죄송한데, 지금 좀 급합니다."

"……."

백상이 말없이 그를 빤히 바라보았다. 백상의 표정을 살피던 남자가 침을 꿀꺽 삼키고는 숨을 골랐다.

"밀워키 제품입니다. 도와주시면 그냥 드릴게요."

그는 빠르고 자세하게 백상의 질문에 답을 하고는 크게 숨을 내쉬었다.

"어떻게 된 거예요?"

답을 들은 백상은 그제야 자신의 차를 가로막은 정글모에게 상황을 물었다.

"야영하는데 폭우가 쏟아지면서 차가 딛고 있던 땅이 휩쓸려 내려갔습니다. 앞이 주저앉았어요."

"견인차나 보험회사에 연락해야 하지 않습니까?"

"통화가 되질 않습니다. 뉴스 보니까 지금 침수된 지역이 한둘이 아니에요. 여력이 없을 거예요."

그가 설명하면서도 고개를 절레절레 흔들었다.

"저 지금 급한 일이 있어서요. 그리고 견인 장비도 없습니다."

"제가 와이어를 갖고 있습니다. 선생님 차로 1미터만 당겨주

156

시면 됩니다."

정글모의 목소리 크기가 점점 커졌다. 백상은 차창을 올리다 멈추었다.

"그래요. 그럼."

정글모가 안내한 곳은 2차선의 사나래길에서 100미터도 채 떨어지지 않은 평지였다. 백상도 눈에 익은 자리였다. 정식 캠핑장은 아니었지만, 사나래천과 한강이 보이는 위치에 있는 들판이 비교적 넓어선지 몇몇 캠핑 마니아들은 이곳에 캠프를 차리곤 했다. 그의 차로 보이는 SUV가 비상등을 켠 채로 주인을 기다리고 있었다.

"아, 다 무너졌네."

앞서 걷던 정글모가 비명 같은 탄식을 내뱉었다. 차에 탄 채 그를 따라 운전하던 백상도 브레이크를 밟을 수밖에 없었다. 솔밭의 절반이 칼로 자른 듯 사라진 상태였다. 정글모의 것으로 보이는 캠핑용 테이블이 절단면의 경계에 간신히 서 있었고, 텐트는 어디 갔는지 사라진 채 타프만 말뚝 두 개에 매달려 깃발처럼 펄럭거렸다. 사나래천 수량이 갑자기 늘어나면서 캠핑장을 집어삼킨 듯했다. 앞바퀴 한쪽이 빠졌다는 SUV는 다른 한쪽 바퀴를 받치던 바닥도 내려앉았는지 개가 엎드린 것처럼 앞이 기울어졌다.

"씨발."

정글모의 입에서 욕이 튀어나왔다.

SUV 아래의 견인고리에는 이미 와이어가 걸려 있었다. 와이어의 다른 한쪽 고리는 소나무를 한 바퀴 감고 있었다. 차가 떠내려갈 걸 우려해 나무에 임시로 묶어놓은 모양이었다. 정글모는 소나무에 걸어놓은 고리를 풀어 손에 쥔 다음 백상에게로 다가왔다.

"선생님 차를 조금만 가까이 대주시면 될 것 같습니다."

그의 말이 제대로 들리지는 않았지만 손짓과 입 모양이 그렇게 말하는 것 같았다. 백상은 와이어가 자신의 차 뒤에 있는 견인고리에 닿을 정도로 차를 이동시키고는 차에서 내렸다.

"내가 걸게요."

백상이 그를 향해 손을 내밀었다.

"빨리요."

그가 와이어 고리를 백상에게 건네며 다그쳤다. 그의 말을 들은 백상이 고개를 들었다. 백상의 눈이 마주친 정글모가 눈동자를 다른 곳으로 돌렸다. 와이어 고리를 받은 백상이 차 아래에 있는 견인고리를 향해 허리를 숙였을 때, 정글모가 신은 워커가 보였다. 워커가 지면에서 떨어지는가 싶더니 트렁크 바로 아래로 움직였다. 백상의 차 뒤의 후미등이 켜졌다. 워커의 움직임을 감지했다는 신호였다.

딸깍.

트렁크가 열렸다. 백상은 견인고리를 걸다 말고 일어나 트렁크 문짝에 달린 닫힘 버튼을 눌렀다. 열렸던 트렁크가 서서히 닫혔다.

"풋센서가 오작동을 하네요."

백상이 설명했다. 방금 전까지 몸이 달아 서두르던 정글모는 백상이 고리를 연결하지 않았음에도 다그치지 않았다. 백상이 그의 눈을 바라보았을 때 그의 눈알은 이미 다른 방향으로 돌아가 있었다.

"왜요. 무슨 이상이라도 있나요?"

정글모의 대꾸가 없자, 백상이 다시금 물었다. 정글모가 머뭇대다가 겨우 입을 열었다.

"트렁크에 이상한 게 있어요."

"뭔데요?"

그의 얼굴에 표정이 없었다.

"트렁크에 비닐……이 있어요. 그 속에 뭔가 들어 있습니다. 모르셨나요?"

번들거리는 정글모의 얼굴은 굳어 있었다.

"그래요? 뭐였나요. 확인해 봅시다."

백상이 발을 차 하부에 집어넣었다. 트렁크가 다시 열렸다. 정글모의 말대로 트렁크에는 비닐백이 있었고, 그 속에 무언가의 사체가 토막 난 채 들어 있었다.

"와, 이게 뭐야. 처음 봐요."

백상이 놀란 표정으로 목소리를 높였다. 정글모가 우의 안으로 손을 넣어 권총이라도 꺼내듯 핸드폰을 빼냈다. 백상은 트렁크 안으로 고개를 숙여 비닐백 밑으로 손을 넣어 무언가를 집으며 중얼댔다.

"윤대수 친구예요."

말을 마친 백상은 그것을 손에 쥔 채 정글모의 머리를 향해 휘둘렀다. 모래 자루를 걷어찰 때와 같은 소리가 나면서 정글모는 그 자리에 쓰러졌다.

"도와주시면 드릴게요? 건방진 소릴 하고 있어."

백상은 손에 쥔 도구를 다시 트렁크에 던지면서 중얼거렸다.

땅에 떨어진 와이어 고리가 움직였다. 백상이 고개를 들어보니 SUV를 지탱하던 지반이 무너져 내리면서 SUV가 물속으로 가라앉고 있었다. 와이어 고리도 SUV를 따라 끌려가는가 싶더니 캠핑테이블의 다리에 걸렸다. 다리가 잡힌 캠핑테이블은 순식간에 SUV와 함께 하천으로 빨려 들어갔다. 백상의 눈에는 그 모습이 흡사 괴물이 촉수로 캠핑테이블을 감아쥔 채 물속으로 질주하는 것처럼 보였다. 자신도 캠핑테이블 처지가 되지 않으려면 서둘러 차를 끌고 나가야 했다. 그 전에 발밑에 쓰러져 있는 정글모를 처리할 필요가 있었다. 백상은 본능적으로 정글모의 양 겨드랑이에 팔을 집어넣고 들어 올렸다. 80킬로그램은 족히 넘는 덩치였다.

백상은 정글모의 상체를 범퍼에 걸쳐놓고는 숨을 골랐다. 벼락이 눈앞에서 떨어지며 다시 한번 세상을 밝혔다. 백상의 눈동자에 위태롭게 휘날리는 타프와 굴러다니는 정글모의 밀워키 손전등이 비쳤다. 놔두면 모두 물속으로 사라질 것들이었다.

백상은 숨을 크게 들이쉰 다음, 정글모의 상체를 트렁크 속이 아닌 땅을 향해 밀었다. 정글모가 다시 한번 힘없이 바닥에 쓰러졌다. 백상은 방향을 바꿔 정글모의 다리를 잡고 차의 반대편으로 끌고 가 절개된 대지 바로 위에 눕혀 놓았다. 백상이 정글모를 굴리기 위해 그의 등과 다리 밑에 손을 밀어 넣었을 때, 늘어져 있던 정글모의 손이 백상의 팔목을 잡았다.

"와, 죽은 척이라도 하지."

백상은 양팔을 들어 정글모의 손을 뿌리쳤다. 잡을 것을 잃은 그의 몸이 아래로 미끄러져 내려갔다. 급류는 먹이를 문 상어처럼 정글모를 낚아채 하류를 향해 맹렬하게 흘러갔다. 물길은 이미 백상의 발끝까지 미쳤다. 지금 서 있는 자리가 사라지는 것도 시간문제였다. 백상은 잰걸음으로 물러났다. 발에 무언가가 채었다. 정글모의 손전등이었다. 백상은 달려가 손전등을 잡고 차가 있는 쪽으로 몸을 돌렸다. 바닥의 흙은 운전석으로 향하는 디딤발을 받아내지 못하고 그대로 주저앉았다. 백상의 몸이 절개지를 타고 아래로 미끄러지면서 순식간에 하반신이 물에 잠겼다. 그때, 백상의 손이 조금 전의 와이어 고리처럼 무언가를 잡았다. 절개지 밖으로 튀어나온 나무뿌리였다. 백상은 왼손에 든 손전등의 끈을 입으로 옮겨 문 다음 양손으로 나무뿌리를 부여잡고는 땅 위에 한쪽 다리를 걸쳤다. 바닥 위로 몸을 올려놓자마자 운전석을 향해 뛰어들어 액셀을 밟았다.

*

"이리 와라."

어둠 속에서 아버지의 목소리가 들렸다. 목소리에 울림은 없었다. 아주 가까운 곳에서 들렸다.

"아버지는 어디 있어?"

준우가 물었다. 딸깍, 스위치를 누르는 소리와 함께 주변이 환해졌다.

아버지의 등이 보였다. 축축한 등. 늘 그렇듯 아버지가 입고 있는 갈색 티셔츠는 땀에 젖어 치덕거렸다.

"이것 좀 잡아라."

아버지는 다시 말했다. 아버지는 손에 칼을 쥐고 무언가를 자르고 있었다. 아버지가 서 있는 곳은 싱크대 앞이었다. 자신을 감싸고 있는 공기가 낯설지 않았다. 노란 형광등. 창밖으로 수많은 빗줄기가 피아노선처럼 하늘과 땅을 잇고 있었다. 그제야 자신과 아버지가 나란히 서 있는 곳이 안치호의 컨테이너 안이라는 사실을 깨달았다. 무엇이 자신을 이리로 이끌었을까.

"아버지."

준우는 바싹 마른 입술을 겨우 움직여 말했다.

아버지는 칼로 무언가를 썰어내는 듯 보였다. 청소년의 몸을 한 준우는 아버지의 등을 바라보았다. 아버지가 칼질을 할 때마다 아버지의 등을 감싸는 거대한 가오리 모양의 승모근이 꿈틀거렸다.

"와서 봐라."

준우는 아버지가 있는 쪽으로 천천히 발을 내디뎠다. 합판으로 된 바닥에서 삐그덕 소리가 났다. 안치호의 방에서 느꼈던 과거의 감촉이 뒤늦게 찾아왔다. 싱크대에 놓인 것이 무엇인지 보지 않아도 알 수 있었다. 돼지 피와는 달랐던 그 냄새. 준우는 고개를 돌렸다.

"피하지 마라."

아버지가 준우의 고개를 싱크대 쪽으로 잡아 돌렸다.

준우는 책상에 앉은 채로 꿈틀거렸다. 준우의 어깨에 부딪힌 마우스가 바닥으로 떨어지며 속에 있는 건전지를 뱉어냈다. 꿈속 아버지처럼, 셔츠가 축축하게 젖어 있었다.

아버지가 꿈에 계속 나오는 이유는 무엇일까.

피하지 말라는 아버지의 말은 마음의 우물 속 바닥까지 닿았다. 아버지 말대로 더 이상 피할 수 없었다. 피해도 다시 눈앞에 나타날 거라고 거대한 직감이 말하고 있었다.

준우는 미신을 믿지 않았다. 꿈속에서 어떤 계시를 받았다는 말을 믿은 적도 없었다. 꿈은 여태 겪었던 경험들의 재조합일 뿐이라고 믿었던 까닭이다. 준우의 상식으로는 생전 본 적도 없는 새로운 사람과 물질을 꿈속에서 만난다는 것은 불가능했다. 새로운 것을 보았다면 무의식에 침전된 기억들이 떠올라 새롭게 보이는 것일 터였다.

꿈속의 일은 과거의 어떤 경험과 사건들이 혼재되어 구현되었다. 아버지가 자르고 있던 것은 안치호의 발목이었다. 안치호의 발목임을 알았던 이유는 그것을 본 적이 있기 때문이다. 지난 꿈에 아버지가 집 앞에 묻었던 것은 돼지만은 아니었다. 사람이 있었다. 구덩이 속 손의 주인은 누구일까. 아직은 기억나지 않았다.

그것이 현실일까 의심하면서도, 꿈에 등장하는 아버지나 시체가 두렵지는 않았다. 두려웠다면, 아버지와 같이 살아갈 수 없었을 터였다. 자신이 별난 존재라서 그런 것일까 하는 의문이 스며들었다. 생각해 보니 죽은 안치호의 시체를 처리할 때도 그런 종류의 감정이 들지 않았었다. 아버지와 자신의 관계에 대한 근원적 질문이 계속됐다. 아버지가 내게 전하려고 했던 것은 무엇일까. 그날 아버지는 무엇을 하고 있었을까.

나는 왜 안치호를, 사람을 죽이고 싶어 했을까.

지금 아버지가 살아 있다면 그 해답을 알려줄 것만 같았다.

준우는 창고가 있는 1층으로 내려갔다. 창고에는 망치, 톱 같은 공구와 농기구 몇 가지와 오래도록 쓰지 않은 물건들을 보관하고 있었다. 아버지의 유품이 들어 있는 공구박스도 그곳에 보관되어 있었다.

준우는 그 속의 내용물이 무엇인지 하나하나 모두 기억하고 있다. 유품이라곤 열 개도 채 되지 않았기 때문이다. 공구박스는 집을 허물고 다시 짓는 동안 이리저리 옮겨졌다가 피스리버가 지어지고 나서는 1층 창고 선반에 자리 잡았다.

가정용 프린터기 정도의 크기로, 군청색 페인트를 입힌 철제 박스였다. 모서리 칠이 벗겨지긴 했지만 그리 오래된 물건처럼 보이진 않았다. 준우가 잠금쇠를 빼고 뚜껑을 다시 열자, 방청유 냄새가 창고 전체로 퍼졌다. 순간 공구박스에서 손이라도 나와 십수 년 전 그 시절로 끌고 들어가는 듯 느껴졌다.

레이벤 선글라스, 장미목으로 만든 담배 파이프, 미놀타 필름 카메라와 필름통들, 사진 몇 장, 그리고 사료회사 로고가 박힌 영농수첩뿐이었다. 특별한 건 없었다. 선글라스와 담배 파이프는 사광욱이 애용하던 것들이었다.

볕 좋은 낮, 선글라스를 쓰고 파이프를 입에 문 채 그늘 아래 접이식 의자에 앉아 있던 아버지의 모습이 다시금 떠올랐다. 카메라는 아직도 쓸 만해 보였다. 중고 시장에 내놓으면 누군가 좋은 값을 쳐줄 것 같기도 했다.

아버지가 찍어놓은 사진에서는 어떤 새로운 정보도 발견할 수 없었다. 자잘한 소지품과 어딘지 모르는 산과 들을 찍은 풍경 사진들뿐이었다. 개중에는 선글라스, 담배, 차 열쇠, 지포라이터 등의 정물은 낯이 익었다. 열쇠는 당시 랭글러의 열쇠였다. 녹색 지포라이터 역시 랭글러의 각인이 새겨져 있었다. 사람을 찍은 사진은 단 한 장. 그것도 반쪽짜리였다. 아버지가 준우의 양어깨에 손을 얹고 있었다. 그 왼쪽엔 당연히 엄마와 준

166

서가 서 있을 터였다. 하지만 누군가 찢어버린 듯 보였다. 엄마와 갈라서면서 사진도 나누어 가졌는지 모를 일이었다.

그 외에 유언으로 보일 만한 것들은 보이지 않았다. 아버지는 일기를 쓰지 않았다. 수첩이 전부였다. 영농수첩에는 돼지들의 예방접종일과 인공수정일 등이 적혀 있었다. 그나마 처음 20여 장에만 글씨가 쓰여 있었을 뿐 그 뒤는 백지 그대로였다. 준우가 새롭게 얻은 정보는 없었다. 준우는 수첩을 구부려 포커 패를 섞을 때처럼 주르륵 소리 나게 넘겼다. 마지막 장을 넘겼을 때 수첩을 싸고 있던 겉표지가 수첩 내지와 분리되었다. 그 사이에서 무언가 바닥으로 툭 떨어졌다.

"뭐야."

준우는 자기도 모르게 입 밖으로 소리를 냈다. 그것은 어떤 액체에 젖었었는지 반쯤 갈색으로 변한 메모지였다. 준우는 메모지를 폈다. 누군가의 편지였다.

결국 이렇게 헤어질 수밖에 없었던 거겠지.

당신에게 감사해.

*

백상은 거실의 창으로 밖을 내다보고 있었다.

태풍이 지나간 하늘은 한 가지 코드표의 색으로 칠한 것처럼 구름 한 점 없이 새파랬다. 그러나 한강 둔치는 사정이 달랐다. 새파란 잔디가 입혀졌던 둔치는 고동색 뻘밭으로 변해 있었다. 긴 풀들은 서쪽을 향해 일제히 누워서 일어나질 못했고 융통성 없는 나무 몇 그루는 줄기가 통째로 잘려 나갔다. 그 자리엔 허연 속을 드러낸 밑둥이 덩그러니 바닥에 박혀 있었다. 사나래마을 초입의 아스팔트 일부도 허물어졌다. 이틀 전까지 외지인들이 캠핑을 하던 자리는 물속으로 완전히 꺼져 흔적도 남아 있지 않았다.

백상의 집 아래에 핸드폰을 보며 서 있는 이가 있었다. 그는 붉은 지붕이 얹힌 프로 야구선수 오정효의 집 담벼락에 몸을 기댄 채 자신의 핸드폰을 바라보고 있었다. 170센티미터 중반 정도 될까.

백상의 집은 사나래마을에서도 가장 위에 있는 축에 속했기 때문에 백상의 집까지 오는 이는 택배 기사 외에는 거의 없었다. 간혹 연예인이 사는 동네라며 촬영을 하러 온 유투버들도 있었으나, 부동산 경기가 죽으면서 그마저도 뜸해졌다. 그렇기에 튀지 않은 차림을 했음에도 그는 눈에 띄었다. 백상은 창밖으로 담벼락에 기댄 이를 바라보았다. 체격은 단단해 보였으나 머리가 희끗한 것이 젊어 보이지는 않았다.

전직 야구선수처럼 보이기도 했고 코치처럼 보이기도 했다. 백상은 그가 집주인인 오정효와 직업적인 관련이 있을 것이라 생각했다. 집주인을 기다리는 모양이었다. 그는 게임이라도 하는지 핸드폰을 양손에 쥔 채 엄지를 놀리고 있었다. 오정효의 집 대문이 열리면서 중년 여성의 모습이 드러났다. 그녀가 입은 실크 원피스는 한여름의 햇빛을 받아 반짝거렸다. 그녀는 그에게 "들어오세요."라고 말한 듯 보였다. 꽤 먼 거리였지만 맑은 공기 때문인지 그녀의 목소리가 들리는 것 같았다. 그녀의 손짓과 입 모양까지 조합하면 '들어오세요.'가 아닐 수는 없었다. 그녀를 마주한 그도 입을 열었다. "집이 멋지네요."라고 말하는 것처럼 보였다.

"그 집이 멋지다……."

*

—죽은 사람은 안치호잖아.

준우의 댓글에 대한 답글이 달렸다. 포털 뉴스에 쓰는 댓글에는 답글이 달린다 해도 따로 알려주는 기능 따위는 없었다. 커뮤니티 게시판들과는 달리 아이디도 처음 네 글자 이후에는 모두 '*'로 대체되어 익명 처리되었다. 기사 댓글창은 애초 소통을 목적으로 만들어진 기능이 아니었다. 하루에도 수만 개의 기사가 쏟아지는 포털에서 두 달 전의 기사, 그것도 기사에 딸린 댓글을 주목하는 이는 아무도 없었다. 답글은 준우가 댓글을 쓴 후 한 시간이 채 지나기도 전에 달린 것이었다. 그렇게 빠르게 답글을 다는 것은 그 기사를 주시하고 있지 않으면 불가능했다.

　―마지막에 발견된 피해자가 안치호라는 건 뉴스만 대충 봐도 알 수 있지. 뭣 좀 아는 양 우쭐대지 마.

　준우는 다시 댓글을 쓰고는 새로고침을 하면서 기다렸다. 이번에는 30분 만에 답댓글이 달렸다.

　―아무래도 안치호를 직접 처리한 사람만큼은 알 수 없겠지. 너만큼 말이야.

　답글을 보는 순간 저릿한 충격이 준우의 온몸을 휘감으며 머리털을 곤두세웠다.

　―너 뭐 하는 놈이야.

　이제 답글은 실시간으로 달렸다.

　―네가 뭘 했는지 아는 사람.

　―내가 뭘 했지?

―안치호를 유기했지.

―어떻게? ㅋㅋㅋㅋㅋㅋㅋㅋ 유기? 경찰에 신고부터 해야겠다ㅋㅋㅋㅋ

'ㅋㅋㅋㅋㅋㅋㅋ'를 치고 있었지만, 준우의 얼굴은 잿빛이 되고 있었다.

―발목만 남기고 태워서 없애지 않았을까? 이젠 좀 어때? 경찰에 신고할 생각이 드나?

준우는 더 이상 그를 도발할 수가 없었다. 대화를 이어 나갈수록 준우 자신의 행적만 인터넷에 쌓아놓는 꼴이 되고 있었다. 그를 도발해서 얻을 것이 없었다.

―네가 원하는 게 뭐야.

―여기서 대화 계속할 건가? 이리로 들어와.

ilil****가 적어놓은 주소는 텔레그램 채팅방 링크였다. 그 와중에도 준우는 포털 뉴스에 달아놓은 녀석과의 대화 내용이 신경 쓰였다. 누군가 발견이라도 하면 수상하게 여길 터였다. 하지만 다시 새로고침을 하자 그가 써놓은 댓글은 모두 사라졌다. 녀석은 마치 '네가 걱정하는 부분까지 알고 있다'고 말하는 듯했다. 준우도 자신이 쓴 댓글을 모두 지우고는 홀린 듯 링크를 클릭했다. 채팅방에는 B라는 닉네임을 가진 이 한 사람뿐이었다.

171

—이 사건에 왜 관심을 갖고 있지?

준우가 입장하자마자 그는 질문부터 던졌다. 준우는 크게 심호흡했다. 질문의 의도가 무엇일까, 정말 녀석이 알고 싶어 하는 것은 무엇일까.

그의 질문은 안치호의 집에서 있었던 기억을 소환했다. 준우는 쓰러져 있는 동안 어떤 일이 일어났는지 알 수 없었다. 그사이, 그는 준우가 안치호를 죽였다는 증거를 얼마든지 만들어낼 수 있었다. 증거를 조작한 뒤 사진이나 동영상을 찍었을 수도 있었다. 그가 마음만 먹으면 준우를 감방에 처넣는 것도 가능했다.

어떤 일이 벌어졌을까. 안치호가 죽은 이후, 무지가 주는 두려움에서 자유로울 수 없었다. 그나마 그가 자신을 살려 놓았다는 사실이 숨 쉴 수 있는 여지를 만들어 주었다. 완전히 한숨을 돌린 것은 안치호의 전자발찌가 발견되었다는 뉴스를 보고 나서였다. 그 순간, 준우는 그가 자신을 해칠 의도가 없다는 사실을 확신했다.

준우의 안치호 발목 유기는 그에 대한 확고한 도발이었다. 그는 안치호의 전자발찌를 휴전선 근처에 버려 경찰들의 시선을 돌렸으나, 준우가 안치호의 발목을 한강에 버리면서 계획이 틀어졌다. 안치호가 살해당했다는 사실이 세상의 주목을 받게 되었다.

준우의 행동을 이해할 수 없었던 그는 곧바로 준우를 찾아왔을 것이다.

바로 박한서의 모습으로.

생각이 여기에 닿자 온몸의 털들이 천천히 일어섰다.

준우는 이 사건이 아닌 박한서에게 관심이 있었다. 준우가 준서를 찾아가 박한서에 대해 알아보거나, 박한서가 수사 중인 사건 기사를 스크랩하는 등의 과정은 모두 박한서의 생각을 읽기 위함이었다. 박한서가 자신의 목줄을 잡고 있다고 여겼기 때문이었다. 준우는 박한서의 자취를 하나씩 밟았다. 하지만 쫓기고 있는 것은 준우 자신이었다. 박한서를 쫓고 있다는 생각은 준우 혼자만의 착각이었다. 뉴스 댓글에 답글을 다는 순간 박한서가 쳐놓은 덫에 보기 좋게 걸려든 것이다.

—빨리 말해.

멍하니 화면을 보며 준우가 생각에 잠겨 있자 그가 답을 재촉했다. 준우의 머릿속이 급해졌다. 내가 이 사건에 관심을 가질 거라 확신한 근거가 무엇일까? 안치호의 발목을 던질 장소로 아라뱃길을 선택해서일까? 자신에 대해 물어보고 갔다고 준서가 이야기했을까? '직접 처리한 사람'이라는 말은 내가 누군지 알지 못한다면 할 수 없는 말이었다. 자신의 아이디를 아는 게 어떻게 가능할까? 사고가 여기에 미치자 어떤 순간이 머리에

173

꽂혔다.

알람. 안치호의 집에서 울렸던 핸드폰 알람. 그리고 알람 메시지.

'잡혀 들어가기 싫으면 시체 치우기'.

준우의 등줄기가 서늘해졌다. 알람 설정은 핸드폰 잠금을 풀지 않으면 불가능한 일이었다. 그는 안치호의 집에서 준우의 손가락으로 핸드폰 잠금을 풀고 알람을 설정해 놓았다. 핸드폰 알람만 설정한 것은 아니었을 것이다. 안치호의 집에서 쓰러져 있던 사이, 그가 자신의 핸드폰을 어디까지 들여다본 것인지 가늠이 되지 않았다. 그러나 그가 들여다본 것 중 하나가 준우의 포털 사이트 아이디라는 사실은 확실했다.

—보고 있으면서 왜 대답을 안 하지? 내 질문에 대답이 없으면 대화방을 나갈 거야. 3초 줄게,

—3

—2

줄어드는 카운트에 준우는 손가락을 키보드 위에 올렸다. 뭐라도 써야 했다. 하지만 생각나는 건 '네가 박한서라는 걸 알고 있으니까.' 한마디뿐이었다. 준우의 심장박동이 빨라졌다.

—발목을

—아라뱃길에 버렸으니까

—그 사건 진행에 관심이 가는 건 당연하지 않나?

준우는 카운트를 멈추기 위해 재빨리 세 음절을 쳐넣고, 다음 글을 써내려 갔다. 손가락이 쓴 것은 생각과 다른 말이었다. 본능과 직감이 박한서라는 이름을 쓰는 행위를 막았다. 너의 정체를 알고 있다는 카드를 먼저 꺼낼 필요가 없었다.

—발목을 왜 아라뱃길에 버렸지? 앞으로 2초 안에 대답하지 않으면 네가 안치호를 죽였다는 증거를 인터넷에 흘릴 거야.

그는 생각할 시간을 주지 않았다. 하지만 생각의 첫 단추를 끼운 이후엔 대답하는 것이 어렵지 않았다.

—너와 대화하려고.

—왜 내가 너와 말을 섞을 거라 생각했지?

—증거를 굳이 세상 밖으로 내놓은 이유가 궁금할 테니까.

준우가 안치호의 발목을 세상으로 드러낸 이유는 안치호가 죽었다는 사실을 알려 준서를 안심시키기 위함이었으나, 그렇게 말할 이유가 없었다.

—경찰에 잡힐 위험을 감수하고 내게 안치호의 발을 보여주고 싶었다?

—어쨌든 결과적으로 내 생각은 옳았어. 결국 너와 내가 이렇게 대화하고 있잖아.

허를 찔린 것일까, 그의 대답이 끊기면서 채팅창은 정지 화면처럼 멈췄다. 2초 안에 대답해야 한다는 규칙은 준우에게만 해당했다. 키는 녀석이 쥐고 있었다.

"진짜 모르잖아."

준우는 중얼거렸다. 그리고 깨달았다. 상대가 모르는 게 있다. 내가 그의 정체를 파악했다는 사실. 그의 질문은 준우가 '자신이 박한서인 줄 알고 있는지' 확인하기 위한 테스트였다. 테스트를 통과한 준우의 얼굴에는 생기가 돌기 시작했다.

준우는 자신이 살인자로 위장된 증거를 갖고 있을 그의 의도를 알아야 했다. 그와 대화를 잇는 순간, 그의 약점을 쥐고 싶은 욕구에 온몸이 뜨겁게 달아올랐다.

아울러 다시 한번 그의 치밀함에 감탄이 나왔다. 채팅창에 박한서라는 이름을 적었다면 어땠을까. 자신이 살인자라는 사실을 아는 사람을 그냥 둘 리 없었다.

언젠가는 박한서의 정체를 밝혀낼 것이다. 그러나 지금은 아니었다. 자신을 위한 안전장치가 없었다. 준우도 상대의 약점을 찾아야 했다. 아니면 그 입에서 박한서라는 말이 나올 때까지 기다리거나.

─꽤 잘하더군.

채팅창이 다시 반짝였다.

─뭘?

―시체 처리. 보통은 알려줘도 시체를 두고 혼자 자리를 뜨기 급급할 텐데.

보통 사람의 행동을 어찌 안단 말인가. 시켜보기라도 했다는 것일까? 준우는 자신이 안치호의 시체를 차에 싣던 순간을 되짚어 보았지만 기억나는 것이 거의 없었다. 그것은 본능과 학습에 의한 행동이었다. 마치 돼지를 차에 싣는 것처럼.

―네 말대로 잡혀 들어가기 싫었으니까.

이번에는 솔직하게 대답했다.

―그래. 이번에도 잘 해봐.

―이번이라니?

불안감이 감돌았다.

―횡성군 구추안리 327. 내일 오후 4시에 거기에 있는 시신을 처리해.

―내가 왜 그래야 하지?

―안치호를 네가 죽였다는 증거를 내가 갖고 있으니까 네겐 선택권이 없어.

―처음부터 이럴 작정이었나?

채팅창은 다시 멈췄다. 녀석은 제 할 말만 할 뿐이었다.

"개새끼!"

준우가 핸드폰을 침대 위로 집어 던지며 외쳤다. 핸드폰은 매트리스에 한 번 튕겼다가 바닥에 떨어졌다. 액정이 깨졌을까 걱정하며 다시 집어 들고 보니, 채팅방에는 녀석의 말이 하나 더 쓰여 있었다.

─끝나면 연락해 그땐 질문을 받아주지.

놈의 두 번째 테스트였다.

*

"사랑해, 윤대수."

컴퓨터 앞에 앉은 백상이 중얼댔다. 사랑한다는 말은 진심인지도 몰랐다. 윤대수는 달랐다.

백상은 윤대수에게 가사도우미를 포함한 다섯 명에 대한 이야기를 하고 싶었다. 그들을 찾아낸 이야기, 그들이 자신에게 마음을 열어줬던 순간, 그리고 그들의 마지막 이야기들.

윤대수는 가장 아름다웠다. 그러나 윤대수는 자신을 무서워했다. 결국, 윤대수가 그들 중 하나가 된 것은 슬픈 일이었다.

하지만 윤대수는 자신에게 유산과도 같은 핸드폰을 남겼다. 그의 핸드폰은 다른 조그만 세계를 하나 열어주었다. 윤대수가 보육원 출신으로 연고가 없다는 사실은 그를 만난 지 며칠 만에 알게 되었다. 누군지 모르는 그의 부모에게 감사했다.

백상은 윤대수의 아이디로 그가 가입한 인터넷 카페, 틴더, 자주 가는 술집, 바를 훑었다. 윤대수는 자신과 비슷한 친구들을 많이 알고 있었다. 비 오는 날 차에 싣고 떠났던 이는 윤대수가 자신에게 안겨준 첫 선물이었다. 그러나 그 시신은 다른 시신들과는 달리 사람들의 눈에 발견되지 못했다. 기록적인 폭우로 한순간에 바다까지 떠내려간 까닭이었다. 하지만 윤대수의 유산은 앞으로도 유용할 것 같았다. 이제는 낚시를 하듯 클럽에 다니지 않아도 될 터였다.

인터폰 옆에 달린 액정에 소리가 나면서 불이 들어왔다. 백상은 인터폰을 향해 고개를 돌렸다. 이윽고 초인종이 울렸다. 화면에서는 머리가 희끗한 40대 남성이 얼굴을 들이밀고 있었다. 아까 오정효의 집을 방문했던 자였다. 백상은 화면을 통해 그의 얼굴을 물끄러미 바라보았다. 그 남성은 초인종을 두 번 더 누르더니 아무런 반응이 없자, 화면 뒤로 사라졌다. 백상은 창이 있는 쪽으로 발을 옮겼다. 창밖에는 보여야 할 남자가 보이지 않았다. 그때 주머니 속의 핸드폰이 울렸다. 백상은 핸드폰을 귀에 가져다 댔다.

"삼우화학 사장님이시지요? 경찰입니다."

"그런데요."

백상이 미간을 좁히며 대답했다.

"여쭤볼 게 있는데 잠깐 시간 되시나요?"

"무슨 일로 그러나요."

"며칠 전에 이 근방에서 캠핑하던 사람이 실종되었다고 해서요. 혹시 보셨나 해서요."

"……."

몇 초간 침묵이 이어지다 남자가 다시 물었다.

"보셨나요?"

공격적이었다.

"아, 네. 압니다. 마을 하천 상류에서 캠핑하던 남자 말씀이시지요?"

"아시는군요. 잠시 시간 좀 내주시겠습니까?"

"그럼요. 모레 6시 이후는 어떠신가요. 제가 낮엔 회사에 있어서."

백상이 팔에 찬 시계를 보며 대답했다.

"지금요. 지금 집 아니신가요?"

백상은 입을 열었지만 말을 할 수 없었다. 그럴 틈을 주지 않았다.

"집에 계신 거 봤습니다."

그의 말을 들은 백상이 인터폰 모니터에 주먹을 날렸다. 모니터에 금이 가면서 세로줄이 생겼다. 백상은 크게 숨을 들이마신 후 입을 동그랗게 말아 내뱉었다. 바람이 빠져나가면서 소리를 냈다. 호흡을 가다듬은 백상이 말했다.

"들어오시지요."

백상은 종료 버튼을 눌렀다. 그러고는 몸을 돌려 거실 테이블 앞으로 가 테이블 밑 서랍에 있는 명함 한 장과 접이식 나이프를 꺼내 주머니에 넣었다. 나이프는 스테인리스강으로 된 날에 판스프링이 달려 한 손으로 펼 수 있게 만들어진 물건이었다.

"북인천경찰서 박한서입니다."

파란색 명함을 백상에게 건네는 형사의 얼굴은 볕에 그을렸는지 까무잡잡했다. 위에는 검은색 바탕에 파타고니아 로고가 가슴에 박힌 박스티, 아래에는 진녹색 카고팬츠를 입었고 검은색 러닝화를 신었다. 카고팬츠의 왼쪽 주머니는 불룩하게 튀어나와 있었다.

"백상입니다. 전에 뵌 적이 있으신가요?"

박한서 형사의 명함을 받은 백상도 자신의 명함을 내밀며 물었다.

"아니요."

"그런데 제 전화번호는 어떻게 아셨습니까."

"이 집 설계한 분께 물어봤습니다. 집이 멋져서요."

박한서는 아무렇지도 않게 말을 돌리며 명함을 받아 주머니에 넣었다. 그의 호기심 어린 시선은 이미 백상의 어깨를 넘어 그 뒤로 뻗어 있었다. 그러나 백상의 뒤로는 복도만 보일 뿐, 안을 볼 수는 없었다. 백상은 입을 앙다문 채로 박한서의 얼굴을 보며 말했다.

"그럼 들어와서 말씀 나누시겠습니까?"

"아닙니다. 직접 나오셨으니까 간단히 몇 가지만 여쭤보면 됩니다."

박한서가 뒷주머니에서 핸드폰을 꺼내 들며 대답했다. 왼팔에 채워진 세이코 전자시계가 햇빛을 받아 반짝였다.

"사람이 실종됐다고요."

"네, 그것 관련해서 이 동네 주민분들 상대로 여쭤보고 있습니다."

집중호우가 쏟아진 날, 사나래마을에서 캠핑하던 남성이 실종되었다고 했다. 박한서의 말에 따르면 실종신고는 남성의 배우자가 했다. 그가 캠핑했을 것으로 추정되는 장소는 지반이 강으로 유실되어 흔적도 없이 사라졌다. 그리고 어제 그 남성의 시신이 한강 하류, 아라뱃길 시작 지점에서 발견되었다.

"실종자는 찾았다는 얘기군요. 그럼 무엇이 문제인가요?"

"어떻게 죽었는지 알고 싶어서요."

"뭐라고 생각하십니까."

"아까 전화드릴 때 그 자리에서 캠핑하던 남자를 안다고 말씀하셨는데, 그가 어땠는지 알려주시겠습니까?"

박한서는 백상의 질문을 다른 질문으로 뭉개며 들어왔다. 백상의 이마에 주름이 생겼다가 이내 펴졌다.

"주말에 종종 보였습니다. 그쪽은 가로등이 없는 곳이었는데도 밤에 강한 빛이 가끔 났습니다. 그래서 눈여겨본 적이 있었습니다."

그 빛은 정글모가 플래시를 켰을 때 발생했다. 백상은 그가 캠핑할 때는 SUV를 몰고 왔으며 덩치가 컸었다는 말까지 덧붙였다. 박한서는 고개를 끄덕였다.

"사망자에 대한 정보와 거의 일치합니다."

"네."

"전에 종종 봤던 사람이 죽었다는 말에도 꿈쩍도 안 하시는군요. 보통은 조금이라도 놀라는데."

"저와는 상관이 없으니까요."

말을 내뱉던 백상이 처음으로 미소를 지었다. 박한서가 백상의 집을 들여다보며 짓던 표정을 이제는 백상이 짓고 있었다.

"그렇긴 합니다."

"제가 죽이기라도 했다면 조금 놀랐을지도요."

박한서는 증언을 핸드폰에 받아 적느라 숙였던 고개를 들었다. 잠시 침묵이 흘렀다.

"신경 안 쓴다는 애깁니다."

백상이 다시 말을 이었다.

"혹시 수상하거나 특이한 모습은 없었나요?"

"모르겠네요. 이제 질문은 다 하셨나요?"

"네."

"저도 질문 좀 해도 되겠습니까?"

"네. 물어보시지요."

메모를 마친 박한서가 핸드폰을 주머니에 넣고는 건들대며 뒷짐을 졌다. 박한서의 눈은 네 기분 따위는 내 알 바가 아니라고 말하고 있었다.

"인천 경찰이 여기까지 어떻게 오셨을까요? 여긴 인천보다 강원도에 더 가까운 곳인데……."

"시신이 아라뱃길에서 발견되면 일단 제 소관입니다."

"와우, 그럼 시신유기사건이 형사님 담당이에요?"

백상의 눈이 반짝였다.

"그렇습니다."

"지반이 유실됐으면 사람도 휩쓸려 내려갔겠죠. 익사하지 않았겠어요?"

"아니요. 익사가 아닙니다."

"네?"

"사인은 뇌출혈인 것 같습니다. 두개골도 함몰됐고요. 그래서 여쭤보는 겁니다."

"물에 휩쓸려 가다 바위 같은 것에 머리를 부딪혔을 수 있겠네요."

"그건 차를 찾은 후에 판단할 겁니다."

박한서는 백상의 말에 쉽게 호응하지 않았다.

"차요?"

"네. 차에 블랙박스가 있을 테니 봐야죠. 조사에 따르면 후방에도 카메라가 달렸다고 하고……."

박한서는 이상하리만치 자세하게 설명했다.

"……."

"알겠습니다. 큰 도움이 되었습니다. 무슨 일 생기면 연락 주시기 바랍니다."

백상이 대꾸가 없자 박한서가 현관문으로 발걸음을 옮겼다.

"형사님, 한 가지만 더요."

"네."

백상의 부름에 박한서가 등을 돌리며 대답했다.

"제가 오늘 집에 있는 걸 어떻게 아셨나요?"

"좀 전에 지형 조사하려고 드론으로 동네 모습을 둘러봤는데, 집 앞에 사람이 있는 게 보였습니다."

박한서는 아까부터 불룩했던 자신의 바지 주머니를 툭툭 두드리며 말했다. 백상의 표정이 무섭게 일그러졌다.

"저는 오늘 집 앞에 나간 적이 없는데요."

"다른 사람인가, 제가 넘겨짚은 모양입니다. 그런데 운 좋게 맞았군요."

"혹시 드론으로 집 안을 촬영한 건 아닌가요?"

"설마요."

박한서가 비웃음에 가까운 표정을 지으며 대답하고는 핸드폰을 꺼내 자신의 귀에 갖다 댔다. "그쪽은 조사 다 끝났나? 알았어. 곧 갈게."라고 말하고 핸드폰을 주머니에 넣은 박한서는 백상을 보며 다시 말했다.

"드론 영상 보여드릴까요?"

질문은 받은 백상이 물끄러미 박한서를 바라보며 대답했다.

"아니요. 바쁘신 거 같은데 일 보시지요."

박한서는 발길을 돌려 잰걸음으로 백상의 집을 벗어났다. 백상은 자신의 주머니 속에 손을 넣어 나이프를 만지작대다가 박한서가 시야에서 사라지자, 곧바로 서재를 향해 올라갔다.

박한서는 백상의 집을 등진 채 걸어 내려왔고 김남기는 백상의 집을 향해 걸어 올라갔다. 사나래마을을 남북으로 나눠 남쪽은 김남기, 북쪽은 박한서가 탐문을 하던 중이었다. 박한서를 본 김남기는 방향을 180도 돌려 그의 옆에 섰다.

　"부자 동네네요."

　"특이한 거 있어?"

　"다들 너무 예의가 바른데요."

　김남기의 표정이 지루해 보였다. 박한서가 시선을 앞으로 향하며 말했다.

　"내 뒤에 보이는 집."

　순간 김남기가 뒤로 고개를 돌리려 했으나, 박한서가 김남기의 목덜미를 잡고 힘을 주는 바람에 그러지 못했다.

　"보지 말고. 저 집에서 나오는 쓰레기하고 하수도 좀 조사해보자."

　"뭐 있나요?"

　김남기가 대답하자 박한서는 손에서 힘을 뺐다.

　"그냥."

　백상은 서재에서 두 사람을 바라봤다. 그들이 차를 타고 동네를 벗어나는 것을 확인한 뒤, 주차장으로 내려갔다.

경사면 옆에 자리잡은 주차장에는 SUV인 벤츠와 대형 세단인 BMW 7시리즈가 주차되어 있었다. 백상은 BMW의 운전석에 올라탄 후 앞 유리에 부착된 블랙박스 영상을 켰다. 화면을 뒤로 빠르게 돌리다가 LCD 화면에 어떤 사람이 나오는 장면이 나오자, 정지 버튼을 눌렀다.

어두운 배경 속에 사람 하나가 나타났다. 백상이 운전하는 차의 라이트에 비친 정글모의 모습이었다. 정글모가 자신의 차와 나무에 연결된 와이어를 풀고 있었다. 그때 정글모의 차 뒷부분도 라이트에 비쳐 밝게 빛났다. 폭우가 쏟아지고 있었지만 상황을 파악하는 데는 무리가 없었다. 작은 화면에서도 정글모와 그의 차의 모습은 선명하게 드러날 정도로 가까운 거리였다. 정글모가 입은 방수 재킷이 라이트에 반사되어 반짝거렸다. 정글모의 뒤에 있는 차는 갈색 산타페였다. 하얀 번호판이 붙어 있었지만 모니터가 작다 보니 글자까지 확인할 수는 없었다.

백상은 영상을 확대하기 위해 블랙박스 메모리카드를 빼낸 뒤, 벙커 주차장과 거실을 잇는 계단을 올라 다시 서재로 향했다.

*

준우는 구글지도를 열어 검색창에 '구추안리 327'을 입력했다. 세계지도가 펼쳐졌던 화면이 줌업되면서 짙푸른 녹색으로 가득 찼다. 강원도 횡성군 구추안리는 산이 대부분으로, 서쪽에 섬강을 끼고 있었다. 지도에는 논밭, 마을도 보이지 않았다. 주소지 옆에 파랗고 조그마한 네모가 보였다. 녀석이 말한 장소인 듯했다. 박한서라면 목적지 주변을 알아보지 않고 가더라도 문제가 없을 장소만을 고르고 선택했을 터였다.

내비게이션은 3시 반에 목적지에 도착할 것이라고 안내했다. 준우의 티구안이 농로를 벗어나 경부고속도로 위에 올라타면서 안정감을 찾은 것과는 달리, 준우의 머릿속은 그때부터 복잡해지기 시작했다.

녀석이 이 일을 끝내면 질문을 받아준다는 말과 함께 던진 링크가 있었다. 준우가 링크를 클릭하니 뉴스 기사가 펼쳐졌다.

「가한동 집주인 살인 용의자 황덕창 공개수배」라는 제목의 기사에는 살인미수로 출소한 이가 일주일 만에 자신이 세 들어 사는 집 주인을 흉기로 찌르고 달아났다는 내용과 범인의 사진이 실려 있었다. 12년 전 기사였다. 준우는 검색창에 황덕창라는 이름과 '가한동 살인' 등의 키워드로 검색을 했다.

11일 가한동 집주인 살인 등의 혐의로 기소된 남성에게 재판부는 징역 12년을 선고하였습니다.

그에 대한 정보는 이 문장을 실은 기사가 마지막이었다. 후속 기사가 없는 것으로 보아 그는 항소하지는 않은 듯했다. 지금이면 만기출소하고도 몇 년이 더 흘렀을 터였다. 별다른 범죄를 저지르지 않았거나 혹여 저질렀더라도 검거되지 않았다면.

준우는 조건반사처럼 한 인물을 떠올렸다. 안치호. 안치호도 살인혐의로 징역 12년을 선고받았다. 그와 안치호는 죄명과 형량이 같았다. 그리고 출소일이 지났다는 사실까지. 의식은 자연스럽게 공통점이 하나 더 있다는 결론을 향해 흘렀다.

그가 이 세상 사람이 아니라는 사실, 지금 그의 시체를 만나러 가고 있다는 사실.

누나의 말이 맞아서, 박한서에게 그런 능력이 있다면 황덕창이라는 사람은 출소 후에도 또 누군가를 해칠 사람일 터였다.

결국 박한서의 목적은 자신과 같았다. 죽어 마땅하지만 살아 있는 사람을 죽여 없애는 것. 다만, 차이가 있다면 박한서는 그것이 안치호 한 사람을 제거하는 데만 그치지 않는 점이었다.

박한서의 동력은 어디에서 오는 걸까. 더 이상의 살인을 막아야 한다는 의무감이나 정의감, 혹은 어떤 정신병이 박한서를 살인자로 만들었는지도 몰랐다. 그런 감정은 준우 자신에게는 없는 것들이었다.

박한서와 자신의 게임이 어떻게 끝날지 짐작도 되지 않았다.

무엇이 됐든 지금은 주어진 일을 처리해야 했다. 박한서를 핸드폰 밖으로 끌어내려면.

오산을 지나자마자, 휴게소로 핸들을 돌렸다. 계기판에 나타난 주행가능거리는 200킬로미터 남짓으로 구추한리까지 가는 데는 충분했으나, 주유 없이 돌아올 수는 없었다. 휴게소에 딸린 주유소에 들를 것은 출발하기 전부터 염두에 두고 있었다. 집 근처 주유소에서는 인근에 사는 주민들을 만날 수도 있기 때문이었다.

경부고속도로 오산-수원 구간은 차들로 늘 붐볐다. 주유소 앞에는 차들이 줄을 설 정도는 아니었지만, 빈자리가 많지 않았다. 세 열짜리 진입로는 두 열이 모두 차들로 들어차 있었다. 준우는 비어 있는 맨 왼쪽 열로 티구안을 진입시켰다.

"5만 원어치요. 잠깐 화장실 다녀올게요."

준우는 주유원에게 5만 원짜리 한 장을 건네고는 화장실로 걸어갔다. 진주색 그랜저가 주유소 안으로 들어오는 모습이 보였다. 흔한 차종이었지만 준우의 눈에 띄었다. 티구안 뒤의 자리가 비었음에도 멀리 떨어진 오른쪽 열에 붙어 줄을 섰던 까닭이다. 주유구도 주유기와 반대 방향에 붙어 있었다. 초보자들이 종종 겪는 실수였다.

수상함을 감지한 것은 주유를 끝내고 다시 고속도로에 진입했을 때였다. 왼쪽 사이드미러에 손톱만 한 진주색 승용차가 보였다. 속도를 줄이자 룸미러에 비친 승용차의 크기가 커졌다. 그랜저였다. 설마 주유소의 그 차일까. 2초 정도 지났을까, 그랜저는 다시 작아졌다. 그랜저도 티구안에 맞춰 속도를 줄인다. 마치 들키지 않으려는 것처럼.

준우는 액셀 페달을 끝까지 밟았다. RPM이 레드존까지 오르며 굉음을 토해냈다. 그랜저는 시야에서 사라져 보이지 않았다. 준우는 곧바로 1차선으로 차로를 옮기면서 후방의 움직임을 예의 주시했다. 순간 덤프트럭 뒤에 바짝 붙은 그랜저의 휠이 사이드미러에서 반짝였다. 미행당하고 있었다. 동탄 분기점 안내 표지가 눈앞을 스쳐 지나갔다. 바로 눈앞에서 도로가 갈라지고 있었다. 핸들을 오른쪽으로 틀면서 한 번에 여섯 개 차선을 가로질렀다. 달리는 차들이 급정거하면서 타이어 마찰음과 클랙슨 소리가 비명처럼 쏟아졌다. 티구안은 도로의 황색 빗금을 밟으며 간신히 제2순환고속도로로 올라탔다.

그랜저는 더 이상 보이지 않았다. 그는 경부고속도로를 벗어나지 못한 것이다. 그대로 준우를 따라왔다면 차나 가드레일을 들이받아 종잇장처럼 구겨졌을 터였다.

준우는 첫 번째 졸음쉼터에 차를 세우고 곧바로 차 하체와 펜

더 안쪽을 손바닥으로 쓸었다. 범퍼 아래에서 손에 걸리는 물체가 있었다. 주먹만 한 크기의 위치추적기였다.

누구일까. 어떻게 내 차에 접근한 것일까. 위치추적기는 휴게소에서 부착한 걸까. 애써 가라앉힌 상념이 다시금 흙탕물처럼 뿌옇게 머릿속을 뒤덮었지만 준우는 위치추적기의 전원을 끄고 운전석에 앉아 다시 시동을 걸었다. 시간을 허비한 탓에 여유가 많지 않았다. 발이 먼저 액셀을 밟고 있었다.

*

"네. 차가 안 보여서요. 사흘 전에 사나래천 둔치에 세웠는데, 지금은 물이 빠진 것 같습니다."

백상이 모니터를 앞에 두고 핸드폰을 귀에 댄 채 말했다. 모니터에는 산타페를 찍은 사진이 띄워져 있었다. 자신의 차에서 꺼낸 블랙박스 영상의 정지화면이었다.

"제 차요. 차량 침수신고 좀 하려고요. 검은색 BMW 7시리즈요. 43너3770입니다. 서울에서 침수된 차량만 9천 대라던데, 이 부근 침수차들은 어디로 견인된 걸까요?"

백상이 수화기 건너편의 상대에게 물었다. 백상의 전화를 받은 건 보험회사 상담원이었다.

"아, 대공원 주차장이요. 알겠습니다. 제 차 발견되면 연락 주시기 바랍니다."

백상은 전화를 끊기도 전에 자리에서 일어나 주차장으로 이어진 계단으로 향했다. 백상의 차 43너3770 BMW는 주차장에 그대로 있었다.

백상은 BMW 옆에 있는 벤츠 SUV에 올라 시동을 걸고는 곧바로 액셀을 밟았다.

*

김남기가 핀셋을 들고 테이블 위에 국수 모양의 종이를 늘어놓았다.

오전에 사나래마을을 도는 쓰레기 수거차에 탔던 김남기가 쓰레기봉투를 들고 사무실로 들어왔다. 식자재 포장지, 물티슈, 파쇄지 뭉치가 전부였다.

"그거 맞춰 봐."

박한서는 아무렇지도 않게 말을 던져놓고는 어디론가 가버렸고, 30분여를 맞춰 본 김남기는 사진을 찍어 박한서에게로 전송했다.

"'MELT-OFF'는 뭐야?"

사진을 받아본 박한서가 김남기에게 전화했다.

"삼우화학에서 만드는 제품 이름입니다. 검색해 보니 단백질 용해제라고 하더라고요."

백상의 집에서 흘러나오는 하수를 채취한 결과, 혈흔 반응이 있었다. 어떤 집 하수구에서나 흔히 발견되는 생활 혈흔이었다. 농도는 낮았고 DNA도 검출되지 않았다.

"그게 DNA도 녹이나……."

그렇다 한들 백상이 범죄를 저지르고 있다는 증거가 될 수는 없었다.

박한서는 백상의 집에서 가사도우미로 일했던 여자를 카페에서 만나고 나오는 중이었다.

삼우화학의 대표였던 백상의 아버지 백태촌은 췌장암으로 1년여를 투병하다 사망했고 외아들인 백상이 그의 재산과 회사 운영권을 물려받았다. 부자가 함께 살던 성북동 저택은 지은 지 수십 년이 넘었지만, 관리가 잘 되어 그 준공 시기를 짐작하기 어려웠다.

"아드님은 말수가 많지 않았어요. 10년 넘게 일하면서 10분 넘게 대화한 적이 없었어요. 처음엔 말주변이 없는가 보다 했는데, 나중에 기사 보면 그렇지도 않더라고요. 말씀 잘하세요. 집에 있는 시간엔 대부분 별실에 있었고요."

그녀는 눈으로는 웃고 있지만 입으로는 웃지 않는 묘한 표정을 짓는 능력이 있었다. 25년째 성북동 고급주택에서만 가사일을 해온 베테랑답게 고용자에 대해 부정적인 표현을 쓰지 않았다.

"다른 가사도우미 한 분이 더 계셨다고요?"

박한서가 백상의 가족이 아닌 다른 사람에 대해 묻자 그녀의 눈빛이 달라지기 시작했다.

"아, 일은 잘했어요. 그런데 오지랖이 좀 있다고 해야 하나, 시키지 않는 일까지 하곤 했죠. 회장님이 병원에 오래 계셔서 대표님은 가정부 두 명까지는 필요 없다고 생각하셨던 거 같아요. 사람 없다고 일이 줄어드는 건 아닌데……. 월급 많이 받는 제가 나갔죠. 그리고 그 사람은 24시간 근무할 수 있다고 했으니까요. 저는 애들도 있어서 그건 못 하고."

원래 가사도우미 둘을 고용했으나 백태촌이 입원하면서 자신을 해고했고, 나머지 한 명은 백상과 함께 집에 상주하게 됐다는 이야기였다.

"그러면 그 여성분하고 삼우화학 대표하고 한집에 살았다는 거네요."

박한서가 정리했다.

"아, 그건 아니에요. 두 분이 나이 차이가 많이 나기도 하

196

고……."

박한서의 의중을 알아챈 그녀가 단언했다.

"네."

"대표님은 친구를 많이 데려오셨어요. 무슨 아이돌같이 훤칠하고 뭐 그런 친구들. 데려와서 노래도 듣고 춤도 추고."

"여자요?"

"아뇨, 남자……. 뭐 우리 아들도 그러고 노니까. 여자는 그래도 따로 만나겠죠."

박한서는 수첩에 '남자'라고 메모를 하고 동그라미를 쳤다.

"그 가사도우미분과는 연락이 되십니까?"

"처음엔 연락이 됐죠. 아무래도 제가 아는 게 많으니까 궁금한 거 있으면 물어봤고……. 그런데 회장님 돌아가신 이후로는 연락이 없었어요. 오히려 대표님에게 전화가 왔어요."

"뭐라던가요?"

"회장님 돌아가셔서 이사 가니까 짐 정리 도와달라고요. 그때전에 있던 가정부는 어디 갔냐고 여쭤봤거든요. 그런데 야반도주했다더라고요. 조선족이었다던데, 사투리를 안 써서 전혀 몰랐어요."

그녀와 헤어진 박한서는 백태촌의 집 앞으로 갔다. 그러나 3미터가 넘는 벽에 가로막혀 아무것도 볼 수가 없었다.

백태촌이 사망한 후, 백태촌이 살던 집에 대한 기사가 신문에 실리기도 했다. 팔리지 않는다는 기사도 있었다. 백상이 그 집을 비운 지는 꽤 되었지만, 60억이 넘는 가격 때문인지 1년이 넘게 매물로 나와 있었다. 담당 부동산에 전화를 걸어보니, 집주인이 매수 희망자의 신원을 확인한 다음 부동산에서 집을 보여준다는 대답이 돌아왔다. 유튜브 촬영 등을 위한 방문도 안 된다고 했다. 백상이 경찰인 자신에게 집을 보여줄 리 없었다.

박한서는 차운석에게 전화를 걸었다. 차운석은 뇌물공여 혐의로 입건은 됐으나 불구속 상태였다.

"가게 열었어? 지금 당장 성북동으로 와."

차운석은 이유도 묻지 않고 한달음에 백태촌 집 앞에 도착했다. 박한서가 마음만 먹으면 또 철창신세를 질 수도 있기 때문이었다.

박한서가 차운석으로 하여금 부동산에 연락하게 했을 때, 부동산은 의심 없이 차운석에게 집을 보여주겠다고 했다. 차운석과 박한서가 집 앞에 도착하자 중개업자는 백태촌의 집 대문을 열어주었다.

"차 사장, 부자인가 봐?"

"빛 좋은 개살구인 거 아시잖습니까."

박한서가 차운석의 뒤를 따라 들어가며 비아냥댔다. 그럼에도 차운석은 우쭐한 미소를 숨기지 않았다.

2층으로 된 주택이었다. 거실 바닥은 밝은 연노랑과 검은색 타일로 깔려 있었고 벽은 우유색 페인트로 칠해져 있었다.

"어이구, 오닉스구만."

바닥 타일을 본 차운석이 중개업자에게 말했다.

"잘 아시네요. 이 바닥이 한 판으로 되어 있는 겁니다. 수리도 안 되고 깨지면 어디서 구하지도 못해요."

"그럼 값을 좀 깎아주셔야지."

차운석의 태도만 보면 연기인지 진짜 살 생각이 있는 것인지 구분이 되지 않았다. 차운석이 업자를 끌고 대화를 나누는 동안 박한서는 화장실로 들어갔다. 화장실 바닥 역시 통으로 된 돌로 시공되어 있었다. 전문 청소업체를 썼는지 오랫동안 사람이 살았던 집임에도 생활의 흔적은 거의 볼 수 없었다. 욕조 마개를 열어 배수관 내부에 손가락을 넣었다. 물이 흐른 지 오래됐는지 관 안은 말라붙어 있었다. 박한서는 변기 물을 내리면서 욕조 배수구 안쪽 관을 미리 준비해 온 칵테일 스푼으로 긁었다. 숯 검정 같은 검은 오물과 머리카락이 묻어 나왔다.

집을 다 둘러본 박한서와 차운석이 대문을 등지고 걸어 나왔다. 볼일을 마친 박한서는 김남기에게 전화를 걸었다.

"뭐 하나 줄 테니까 국과수에 누구 건지 알아 와. 그리고 단백질 용해제 제품화된 게 언제부터인지도."

내용을 엿듣던 차운석이 물었다.

"여기서 누구 죽었습니까?"

"아니. 근데 60억 있으면 이 집 살래?"

차운석은 파리를 쫓듯 손을 내저었다.

"아니요. 제 취향 아닙니다."

*

시신은 숲으로 둘러싸인 단독주택 옆 창고 안에 있었다. 창고
는 40피트 컨테이너에 문을 뚫어 만든 것이었다. 단독주택 대
문 사이에 쑤셔 박힌 법원 발 우편물들이 경매물임을 나타냈다.
대문 안의 마당엔 잡풀들이 사람 키만큼 뻗어 있었고 우편물들
은 황산비라도 맞은 것처럼 풍화되어 있었다. CCTV는 보이지
않았다. 단독주택까지 이어진 길은 양쪽으로 잡초가 우거졌지
만 콘크리트로 포장되어 있었다. 흙바닥을 밟지 않은 티구안은
바퀴 자국을 남기지 않았다. 준우는 몸을 빠르게 움직이면서도
주위를 살피는 걸 잊지 않았다.

창고의 문손잡이를 돌려 열자 직사각형의 이민가방이 놓여
있었다. 준우는 가방의 손잡이를 잡고 차 트렁크에 던지듯 집

어넣었다. 기계적인 움직임이었다. 준우가 창고 문을 열고 시체를 찾아 티구안의 트렁크에 집어넣는 데엔 1분도 걸리지 않았다.

구추안리로 갈 때와는 달리 오는 길은 멀게 느껴지지 않았다. 생각하기를 체념했기 때문이었다. 자신을 미행한 차에 대한 생각이 두려움을 덮어준 것도 컸다.

피스리버에 도착한 준우는 후진으로 티구안을 중정 안으로 들였다. 화장로가 놓여 있는 중정에는 바깥으로 난 셔터문이 있었다. 차를 안으로 들인 준우는 리모컨 버튼을 눌렀다. 셔터문이 천천히 내려왔다. 그런 다음, 준우는 티구안의 트렁크 손잡이를 당겼다. 트렁크가 열리면서 이민가방이 드러났다. 준우는 가방의 가운데로 길게 이어진 지퍼를 열었다. 지퍼의 벌어진 틈 사이로 핏기 없이 하얀 사람 얼굴이 드러났다. 얼굴에 박힌 눈은 초점 없이 허공을 향했다.

준우는 지퍼 사이에 드러난 얼굴을 물끄러미 바라보다가 주머니를 뒤져 핸드폰을 꺼냈다. 메시지 링크를 클릭하여 포털의 사회면 뉴스창을 다시 띄웠다. 그리고 뉴스 속 황덕창의 사진과 이민가방 속에 있는 시체의 얼굴을 번갈아 바라보고는 지퍼를 닫았다.

지난 7월 7일, 기록적인 폭우에 물에 잠겼던 차들이 지금까지도 도로에 그대로 방치가 되어 있습니다. 보도에 김상영 기자입니다.

"개인 차량은 차주가 보험사를 불러 옮겨야 하는데, 보험사에 신고 건수가 많다 보니 견인이 지연되고 있어요."

손해보험협회는 지난 사흘간 손해보험사 열 곳에 접수된 차량 피해 건수는 모두 8,434건이라고 밝혔습니다. 견인차를 총동원하고 있지만 신고가 너무 많아 역부족인 상황입니다.

"차주가 요청을 해야 끌고 오지요."

견인차 안에 탄 기사가 자신의 옆에 앉은 감색 셔츠의 남자에게 대답했다. 침수된 차량이 보이면 견인을 하느냐는 감색 셔츠의 질문에 대한 답변이었다.

대공원 주차장이 한눈에 내려다보이는 완만한 언덕에 렉스턴을 개조해서 만든 견인차가 주차되어 있었다. 운전석에는 검은색 민소매 티셔츠를 입은 기사가 왼팔을 창틀에 걸친 채 오른손으로는 전자담배를 볼펜처럼 돌리며 앉아 있었고, 조수석에는 감색 셔츠를 입은 짧은 머리의 남자가 앉아 창밖으로 시선을 보내고 있었다. 견인차 문짝에는 '강동 렉카 연합'이라는 글자가 프린팅되어 있었다.

감색 셔츠는 견인차 기사의 말을 귀담아들으면서도 눈으로는 주차장 풍경을 훑고 있었다.

10만 평이 넘는 대공원 주차장에는 평일임에도 견인되어 온 침수 차량이 들어차 빈자리가 거의 없었다. 열 대 중 한두 대는 뒤집어쓴 흙탕물이 그대로 말라 마치 점토로 만든 더미 모형처럼 보이기도 했다. 폭우가 쏟아진 지 사흘이 지났지만 외부에서는 계속 침수된 차들이 견인차에 실리거나 이끌려 주차장으로 들어왔다.

"차주 요청 없어도 물에 빠질 것 같은 차도 건져주고 하잖아. 물에 잠기기 직전이라고 차주에게 전화하면 차주가 절하면서 꺼내 달라고 하지. 말이 수해지, 렉카 사장님들 대목이지. 부르는 대로 줬을 텐데."

감색 셔츠가 눈을 주차장에 둔 채로 말했다. 그의 말을 듣던 기사의 한쪽 눈이 가늘어졌다.

"형님. 용건부터 얘기해요. 뱅뱅 돌리지 말고."

"차 좀 찾아봐."

감색 셔츠가 창밖으로 향한 시선을 기사에게로 돌리며 말했다.

"뭔데요?"

"산타페, 갈색. 폭우 쏟아지던 날 사나래천에서 유실됐어. 강동 렉카 연합 총무가 찾기엔 너무 쉽지."

감색 셔츠가 기사를 추켜세웠다.

"물에 잠긴 차 찾아달라는데, 보험회사나 우리한테 연락을 안 하고 흥신소에 연락을 해요? 자기 차가 아니구만."

"내연남 차래."

"알 만하네. 차 주인은 뭐 한데요? 죽기라도 했나."

"찾고 있겠지. 차는 내연남 부인 명의로 되어 있다더만. 누가 먼저 찾느냐가 문제야. 어쨌든 그런 거까지는 알 거 없고. 수배 좀 해봐. 허락 없이 견인하면 절도니까, 건드리지 말고 위치만 알려줘."

"지금 렉카 없어서 난리예요."

기사가 코웃음을 쳤다.

"놔둬, 그럼. 서초 렉카 독고한테 물어보지 뭐."

감색 셔츠가 5만 원짜리 스무 장을 꺼내서 흔들었다.

"단톡방에 돌려 볼게요. 어디 걸려 있겠지. 물도 웬만큼 빠졌는데."

기사가 돈을 낚아채 주머니에 쑤셔 넣으며 말을 바꾸더니 핸드폰을 만졌다.

"20년식 갈색 산타페고 지붕에 검은색 루프박스가 붙어 있대. 20년식은 흰색이 90퍼센트고, 나머지는 검은색이야. 갈색은 되게 드무니까, 거기에 루프박스 있으면 그 차야."

감색 셔츠는 기사에게 설명하고는 차에서 내려 옆에 세워둔 자신의 캠리 운전석에 앉았다. 윤혜수. 의뢰자가 소개한 자신의 이름이었다. 감색 셔츠는 습관적으로 핸드폰을 꺼내 의뢰자의 카카오톡 프로필 계좌 버튼을 클릭했다. '윤*수'라는 글자가 나타났다. 프로필로 의뢰자의 실명 세 글자 중 두 글자의 확인이 가능했다.

"본명이 진짜 윤혜수야?"

감색 셔츠는 중얼대더니 차에 시동을 걸고 대공원 주차장을 빠져나갔다.

─찾았습니다.

스마일 이모티콘 그립톡이 붙은 핸드폰에 푸시 알림이 울렸다. 흥신소 대표의 카톡 메시지였다.

─사진은요?

백상이 답장을 보냄과 동시에 사진 묶음이 도착했다. 산타페를 멀리서 찍은 사진, 줌인하여 찍은 사진 등 총 열두 장이었다. 갈색 산타페는 수량이 줄어든 하천의 경사지에 물에 반쯤 잠겨 옆으로 누워 있었다. 유리창은 깨져 있었고 창틀 사이로 비바람에 꺾인 나뭇가지와 비닐 쓰레기가 걸쳐 있었다. 정글모의 차가 맞았다.

—사나래천과 한강 합류 구간에서 서쪽으로 1.5킬로미터 떨어진 곳입니다. 산 옆이라 눈에 띄지 않아서 찾는 데 애 좀 먹었습니다.

백상은 카카오페이로 그에게 송금했다. 핸드폰과 계좌 주인의 이름은 윤대수였지만, 입금자명에는 윤혜수라는 이름을 적어 보냈다. 여성의 이름은 상대의 경계를 허무는 데 유용했다. 죽은 사람의 통장에서 200만 원이 빠져나갔다.

—지금 현장에 계신가요?

사진을 확인한 백상이 물었다.

—네. 여기까지 오기 힘드실 텐데요. 필요한 게 있으면 제가 도와드릴 수 있습니다.

—블랙박스가 필요해요.

—차 소유주의 남편과 산타페에 타신 적이 있으시군요.

—그것까지 말씀드릴 필요는 없는 것 같은데요.

—아시겠지만 남의 물건에 손대는 건 저에게도 리스크가 적지 않습니다.

약점을 잡았다고 여긴 감색 셔츠가 거래를 시작했다.

—탐정님은 믿을 만한 분이라고 알고 있습니다. 블박 뗀 사진 보내주시면 300 드리고 이리로 갖고 오시면 얼굴 뵙고 현찰로

500 드릴게요.

백상이 빠르게 답장을 썼다. 잠시간 정적이 흘렀다.

흥신소 대표의 연락처는 백상이 포함된 화학업체 대표들 정기 모임에서 공유되었다. 자주 만나지는 않았지만 오고 가는 정보의 가치는 적지 않았다. 크게는 투자정보에서 작게는 병원이나 식당까지, 회사를 운영하면서 검증된 곳들을 공유했다. 개중에는 흥신소도 포함되었다. 그들은 주로 배우자 감시라든지, 회사 내 정보유출자를 파악하는 데 흥신소를 이용했다. 감색 셔츠는 예비역 장교로 자신이 처리할 수 있는 업무만 맡는 데다 뒤끝이 없다는 평이 있었다.

─알겠습니다. 직접 가겠습니다.

이윽고 답장이 도착했다.

─한 가지 조건이 있어요.

─네.

─블박을 통째로 떼어 오세요. SD카드만 없어지면 그게 더 이상하니까요. 블박에서 SD카드를 분리한 흔적이 있으면 안 됩니다.

─저는 고객의 영상을 확인하지 않습니다.

─확실하게 해두고 싶어서요.

"확실하게……."

백상은 운전석 옆 도어포켓에 놓인 회칼의 손잡이를 만지작
대며 중얼거렸다.

—알겠습니다.

—위치 찍어드릴게요. 7시 40분에 뵙겠습니다.

백상은 주소를 채팅창에 친 후 핸드폰을 대시보드 위에 올려
놓았다. 흥신소 직원이 접선 장소에 도착하려면 빠듯한 시각으
로 약속을 잡았다. 딴짓을 할 여유가 없게.

백상도 차의 시동을 걸고 감색 셔츠와 만나기로 한 접선 장소
로 핸들을 돌렸다.

*

"조심해서 올라오세요."

제방을 기어오르던 감색 셔츠가 낯선 목소리에 고개를 쳐들
었다. 진녹색 바지와 검은색 호카 러닝화가 눈앞에 들어왔다.
그리고 햇볕에 그을린 남자의 손. 왼쪽 허리엔 홀스터라도 찬
것처럼 티셔츠 한쪽이 불룩 튀어나와 있었다. 감색 셔츠는 사지
가 굳은 것처럼 멈췄다. 감색 셔츠의 눈과 마주친 그가 조소를
머금으며 손을 내밀었다.

"제 손 잡아요. 절도 현행범이시네요."

감색 셔츠는 체념한 듯 시선을 돌리고는 그의 손을 잡았다. 감색 셔츠의 몸이 제방 위로 끌어 올려졌다.

남자 역시 언덕 위에서 산타페를 발견하고는 차가 있는 곳으로 향하고 있었다. 그때, 감색 셔츠가 산타페에서 블랙박스를 떼 오는 걸 보고는 제방 위에 멈춰 서 기다린 것이었다.

"장난하지 마시죠."

감색 셔츠는 알면서도 시치미를 뗐다.

"저 바쁩니다. 궁금한 게 있어요. 질문에만 빨리 답해 주시면 됩니다."

그가 신분증을 꺼내 보여주고는 다시 집어넣었다. 경찰청이라는 글자 위에 그의 이름이 적혀 있었다. 박한서.

"제가 대답을 하지 않으면요?"

감색 셔츠는 그의 말에 순순히 따를 생각이 없었다. 그 대답에 박한서의 미간이 좁혀졌다.

"절도 현행범으로 체포된 후에 경찰서에서 이야기를 듣게 되겠지."

그로부터 5분도 채 지나지 않아서 감색 셔츠는 자신의 캠리에 앉아 남양주 하기리를 향해 가속 페달을 밟고 있었다. 옆에 박한서를 태운 채.

"요즘은 심부름센타에서 이런 식으로 일을 맡아?"

박한서가 감색 셔츠의 핸드폰을 손에 쥐고는 중얼거렸다. 그는 오른손 검지로 액정을 밀어 올리며 카톡 내용을 훑고 있었다. 감색 셔츠의 얼굴은 잿빛이 된 지 오래였다. 핸드폰을 달라며 내미는 박한서의 손을 무시할 수가 없었다. 핸드폰 보고 싶으면 영장 갖고 오라는 그 흔한 말도 나오지 않았다.

다행히 박한서는 윤혜수와의 대화 내용 외에는 관심이 없는 듯 보였다. 박한서는 감색 셔츠의 핸드폰을 확인한 후 대시보드 위로 던져놓았다. 그러고는 곧바로 감색 셔츠가 산타페에서 떼어낸 블랙박스에서 SD카드를 빼냈다.

"경찰이 그래도 됩니까?"

핸들을 붙잡고 있던 감색 셔츠가 곁눈질로 박한서를 보면서 속삭이듯 말했다. 나름 억울함의 표현이었다. 자신은 의뢰인의 사생활까지는 훔쳐보지 않는다는 철칙이 있었다. 그러나 옆에 앉은 경찰에게 그런 윤리 따위는 애초에 없는 듯했다.

"이 일 얼마나 했어요? 심부름센타."

박한서가 SD카드를 자신의 핸드폰에 꽂아 넣으며 물었다. 그가 감색 셔츠의 직업을 나타내는 단어는 흥신소도, 탐정도 아닌 심부름센터였다.

"10년 넘었죠."

"오래 하셨네, 그럼 이 사람은 왜 블랙박스를 갖다 달라고 하는 겁니까?"

"제 카톡 다 봤잖아요."

감색 셔츠가 대답했다. 박한서의 의중을 모르겠다는 표정이었다.

"치정을 감추기 위한 의뢰다?"

박한서가 되물었다. 굳이 다른 해답이 있을 리가 없었다.

"아시겠지만 반 이상이 불륜 문제입니다."

감색 셔츠가 힘주어 말했다. 박한서는 대답 대신 콧소리를 내며 SD카드 영상을 재생했다. 박한서는 수백 개의 영상 중 하나만을 선택해 반복적으로 재생했다. 이윽고 쓰읍 소리를 내더니 운전석 쪽으로 고개를 돌렸다.

"앞으로 어디 가서 탐정이라고 하지 마세요, 절대로. 딴 일 알아봐."

박한서의 말에 감색 셔츠가 모멸감을 참으며 어금니를 깨물었다. 그러나 그의 기분 따위 박한서의 안중에 없었다. 영상을 본 박한서는 의자를 뒤로 젖히고는 눈을 감았다.

감색 셔츠는 말없이 한참을 운전했다. 박한서가 말이 없기 때문이었다. 그가 운전하는 캠리는 하기리로 들어서기 위해 외곽 순환도로를 벗어나 국도 사거리에 들어섰다. 캠리는 곧 좌회전 신호를 기다리며 정차했다. 방향 지시등이 점멸하면서 나는 똑

딱 소리가 차 안을 채웠다. 조수석에 들러붙은 것처럼 움직임이 없던 박한서가 한숨을 쉬었다.

"무슨 문제라도 있어요?"

감색 셔츠가 어색한 침묵을 깨며 물었다. 그가 무엇에 집중하는지 궁금하기도 했지만, 목적지에 거의 다 도착했다는 뜻의 다른 표현이기도 했다.

"전혀."

박한서는 침을 뱉듯 대답하면서 고개를 갸웃거렸다. 그리고 자신의 핸드폰을 꺼내 통화 버튼을 눌렀다. 수화기에서 여성의 목소리가 들렸다.

"준서, 어디야. 바쁘긴 뭐가 바빠. 주소 찍어줄 테니까 그리로 와서 나 좀 데려가."

통화를 끝낸 박한서는 카톡으로 주소를 보냈다. 그리고 창밖으로 시선을 보냈다. 캠리는 하기리 공사장 언덕을 오르는 중이었다.

"옹벽 아래에 차 세워주세요. 언덕 넘어서자마자, 천천히."

박한서가 손가락으로 앞을 가리켰다. 감색 셔츠는 입을 꾹 다문 채로 캠리를 옹벽 옆에 세웠다. 박한서가 조수석 문을 열면서 발을 땅바닥에 디뎠다.

"여기 가만히 있다가 3분 후에 움직이세요."

"어디로요?"

"아무 데나. 집에 가시든지."

"잠깐만요."

조수석 문이 닫히기 직전 감색 셔츠가 박한서를 불러 세웠다.

"근데, 산타페가 거기 있다는 건 어떻게 알았습니까?"

"드론이요. 견인차 업계는 드론을 안 쓰나?"

박한서가 그의 질문에 대답하고는 문을 닫았다. 차에서 내린 박한서는 언덕을 천천히 걸어 올라갔다. 감색 셔츠는 멍한 표정으로 그 모습을 바라봤다.

*

대형견 사체의 소각을 마친 후였다. 손님들이 돌아간 후에도 화로의 열기는 여전히 남아 있었다. 준우는 티구안의 후면을 소각로에 최대한 가까이 붙인 다음, 트렁크에서 이민가방을 꺼내어 소각로의 아가리 속으로 밀어 넣었다. 그런 다음 소각로의 문을 닫고는 티구안을 앞으로 움직여 화로에서 떨어뜨려 놓았다. 티구안에서 내린 준우는 소각로의 온도를 설정하고 스위치를 올렸다. 팬이 내는 거친 바람소리와 함께 이민가방이 화염에 휩싸였다.

유골 가루를 바스켓에 그러모았다. 얼마 전까지 사람이었을 물체는 이제는 3킬로그램도 채 되지 않는 가루가 되어 있었다. 플라스틱 바스켓은 뼛가루의 열을 머금어 고무처럼 부드러워졌다.

준우가 시신을 처리했다는 사실은 그 어디에도 남아 있지 않았다. 사람을 처리하는 일은 동물보다 쉬웠다. 따로 관을 준비할 필요도, 장례식을 치를 필요도 없었다. 너무나도 간단해서 자신이 했다는 사실조차 실감이 나지 않았다. 심지어 경찰에 자수해도 증거 부족으로 기소가 안 될 것처럼 느껴졌다.

유골이야 어디든 뿌리면 그만일 터였다. 산이든 강이든 아니, 밭이나 개천이라도 상관없을 것이다. 굳이 사람들 눈을 피할 필요도 없어 보였다. 바스켓 손잡이를 움켜쥐고 나갈 준비를 했다. 그때 초인종이 울렸다. 누구일까. 다음 화장 예약 시각까지는 30분 이상 남아 있었다. 준우는 바스켓을 내려놓고 현관으로 향했다.

"엊그제 연락드린 돌이 보호자입니다."

문 앞에 중년의 남성이 서 있었다. 눈은 퀭했다. 턱에는 돼지 털처럼 뻣뻣한 수염이 듬성듬성 나 있었다.

"일찍 오셨네요."

"네. 초행이라 일찍 출발했습니다."

"돌이는⋯⋯."

"차에 있습니다."

그의 어깨 너머로 피스리버 앞마당에 주차된 포터가 보였다.

"들어와서 기다리시지요. 아직 정리가 좀 덜 돼서요."

"아, 예."

중년 남성은 대답과 동시에 안으로 들어왔다. 그가 끌고 온 담배 냄새가 코를 찔렀다. 그는 자연스럽게 정수기 옆에 비치된 믹스커피를 종이컵에 털어 넣고는 뜨거운 물을 받았다. 왠지 모르게 익숙한 기분이 들었다.

그가 이 근방에서 흔히 볼 수 있는 노동자의 모습을 하고 있어서일 수도 있었다. 그럼에도 준우는 직감이 주는 신호를 완전히 무시하지는 않았다.

준우는 소각로가 있는 중정 안으로 들어갔다. 소각로를 열어 놓고 철솔로 내부 벽과 바닥을 긁어냈다. 비늘처럼 일어난 산화철이 부스러기가 되어 떨어졌다. 그것들을 분골이 담긴 바스켓에 쓸어 담았다. 정리를 한다고 말했지만 딱히 정리할 게 없었다. 장례식이 없었으니 향도, 영정사진도 없었다. 준우가 중정에 들어간 진짜 목적은 따로 있었다. 소각로 안을 청소한 것은 시늉에 불과했다. 소각로 내벽에서 떨어진 불순물을 분골이 담긴 바스켓에 담아 안의 내용물을 덮기 위함이었다.

원래 바스켓에 든 유골을 밖으로 나가 버리고 올 계획이었지만, 손님이 와 있는 상태에서는 그 일을 미룰 수밖에 없었다. 바스켓을 중정의 구석에 놓고 몸을 돌렸을 때 대기실 안에서의 움직임이 느껴졌다. 중정으로 난 창에 드리워진 블라인드가 흔들렸다. 그는 왜 나를 훔쳐보고 있을까.

시골일수록 타인의 눈을 피하기 어려웠다. 준우의 집은 앞으로 논밭이 펼쳐져 있어 가장 가까운 집도 100미터가 넘게 떨어져 있었지만, 그 집 사람들이 움직이는 소리가 선명하게 들렸다.

모른 척하는 거다.

아버지가 말했었다. 다 알면서도 모른 척하는 거라고.

숨기려 하지 말고 덮어라.

아버지가 찾아낸 해결책이었다. 병든 돼지를 남몰래 살처분하는 일은 인간의 시체를 처리하는 일보다 몇 배는 더 어려웠다. 돼지를 싣고 다니는 트랙터의 엔진음을 빗소리로 덮고 돼지사체를 묻고 흙으로 덮었다. 진실은 사라지지 않았다. 다만 덮일 뿐이었다.

준우는 시신을 소각하는 날까지 굳이 동물 화장 예약을 받았다. 오가는 손님 없이 시체만 소각한다면 소각로만 돌린다는 의심을 살 수도 있기 때문이다. 시신을 소각하기 전과 후에 동물 화장으로 흔적을 덮었다. 그리고 바스켓에 담아둔 분골을 녹 부스러기들로 덮었다.

덮고 덮고 덮는다.

누군가 준우의 행동을 보더라도 이상한 낌새를 발견할 수 없을 터였다. 오히려 준우는 자신을 계속 주시하는 대기실의 남성이 이상하게 느껴지기 시작했다.

준우는 핸드폰을 들어 예약자 목록을 확인했다. 돌이 아빠. 사흘 전 예약한 고객이었다. 개가 죽으면 하루 이틀 안에 화장터를 방문하는 것이 보통이었다. 예약이 다 찼다고 하면 보통 다른 업체를 찾는다. 부패가 일어나는 사체를 자신의 집에 오래 보관할 수 없기 때문이다.

"돌이를 데리고 오시지요."

화장로 정리를 마친 준우가 그에게 말했다. 서성대던 그가 밖으로 나갔다. 대기실 테이블 위에는 빈 종이컵과 속이 빈 쿠크다스 봉지 몇 개가 흩어져 있었다.

그가 둘둘 말린 모포를 들고 왔다. 준우가 그것을 받아 철제 테이블에 올려놓고 모포를 풀었다. 족히 사료 한 포대 무게는 될 정도로 묵직했다.

"돌이가 고생을 많이 했나 보네요."

준우가 개의 상태를 보고 한마디 했다. 개는 털이 짧은 도사로 갈비뼈가 앙상했다. 그는 전화로 30킬로그램쯤 나갈 거라

했지만, 제대로 먹은 상태라면 60킬로그램은 족히 넘었을 골격을 갖고 있었다. 준우의 눈에 들어온 것은 개의 몸에 있는 크고 작은 흉터들이었다.

"아이고, 마당에서 키우니까 여기저기 뛰어다니느라 몸이 성하질 않았죠. 근데 어디서 뭘 잘못 먹었는지……."

남자는 기다렸다는 듯 사연을 읊었다. 준우에게는 그것이 마치 준비된 핑계처럼 들렸다.

이 남자의 정체는 무엇일까. 무엇을 알아내려고 온 걸까? 문득 전날 자신을 쫓던 그랜저가 떠올랐다. 이 녀석이 어제의 그 사람일까. 그러기엔 타고 온 차가 달랐다.

준우는 코로 숨을 크게 들이마시면서 생각을 가다듬었다. 이곳에 온 고객은 별의별 사람이 다 있었다. 스물을 갓 넘긴 청년부터 구순을 넘긴 노인, 차가 없어 택시를 타고 온 사람부터 기사를 부리는 부호까지 다양했다. 슬픔을 나타내는 행동도 다들 달랐다.

결정적으로 그가 정말 자신을 염탐하러 온 자라고 할지라도 어찌할 도리가 없었다. 그의 말대로 도사는 마당에서 키우던 개였고 죽은 후 저온실에 보관해서 부패가 덜 진행된 것일 수도 있었다. 흉터는 많았으나 숨이 끊길 만한 결정적인 외상은 보이지 않았다.

"46.7킬로그램입니다."

준우는 테이블 저울의 눈금을 보고 말했다.

"30킬로그램이 넘네요."

준우의 말에 그가 테이블에 달린 액정과 가격표를 불안한 눈으로 번갈아 보며 대답했다. 그의 눈은 불안한 듯 흔들렸다. 장례비에 대한 걱정인지, 자기 개의 몸무게도 모르는 것이 수상해 보일까 봐 그런 것인지는 알 수 없었다. 25킬로그램까지는 30만 원, 25킬로그램 초과면 킬로그램당 1만 원이 추가된다.

"설문에 응해 주시면 40킬로그램 가격으로 해드리겠습니다."

그의 불안감을 눈치챈 준우가 먼저 이례적인 제안을 했다. 그에 대한 정보를 얻어낼 필요가 있었다. 단골이 없는 업종의 특성상 깎아주는 일은 거의 없었다. 특히 손님이 먼저 말을 꺼내기도 전에.

"아, 예."

그가 머뭇대며 대답했다. 감사하다는 말은 없었다.

"시간은 충분하니 여기 계시는 동안 천천히 적어주세요."

준우가 대기실 동물잡지들과 같이 끼워져 있는 설문지 한 장을 가져와 그에게 내밀었다. 설문지를 비치한 이유는 큰 이유는 없었다. 이용자들은 아무 말이라도 적는 걸 좋아했기 때문이다. 설문지는 의외로 호응이 좋았다. 설문에는 어떻게 알고 찾아왔는지, 서비스는 만족하는지, 어떤 지역에서 왔는지 등과 함께 마지막에는 떠난 반려동물에게 하고 싶은 말을 써보라고 적혀 있었다. 마지막 공란을 채울 때 참았던 울음을 터뜨리는 이들이 많았다.

궁금했다. 뭘 적을지. 이 남자가 무얼 적든 조금의 정보는 얻을 수 있을 터였다. 주소 등을 거짓으로 기재한다면 거짓말을 하는 사람이라는 사실은 알 수 있을 테니까.

준우의 의심이 다시 타오른 것은 그에게 영정용 사진 파일을 받았을 때였다. 밤에 찍었는지 어두운 배경 속에서 개의 안광이 매섭게 빛났다. 어디선가 본 듯한 느낌에 관자놀이가 저렸다.

"다른 사진은 없을까요? 조금 더 선명한 사진을 보내주시면 감사하겠습니다."

준우의 부탁에 남자가 자신의 핸드폰을 들여다보았다. 그사이, 준우는 앞에 있는 서랍을 열어 사각형 검은 플라스틱 덩어리의 스위치를 켰다. 티구안에서 떼어낸 위치추적기였다.

기기가 가까이 있습니다.

그때 앞의 남자 핸드폰에서 위치를 알리는 소리가 울렸다.

순간, 준우와 그의 시선이 공중에서 부딪혔다. 둘만이 느낄 수 있는 정적이 피스리버를 가득 채웠다. 그의 손이 움찔거렸지만 준우가 더 빨랐다. 준우가 경직된 그의 손에서 핸드폰을 낚아챘다.

"어제 날 쫓아오던 분이네."

남자의 얼굴에는 당황한 기색이 역력했다.

*

한여름의 해가 서쪽 지평선으로 가라앉고 있었다. 백상이 차를 세워둔 곳은 남양주 하기리 언덕의 타운하우스 부지였다. 부지 일대는 부동산 가격 폭등이 한창이던 3년 전부터 대규모 공사가 시작되었으나, 완성되지 못한 채 방치되어 있었다. 급격히 바뀐 시장 상황 때문에 분양도 되기 전에 공사가 중단되었다. 벌써 석축이 무너져 내린 곳도 있었다.

백상은 자신의 차 안에 앉아 세단이 아래에서 올라오는 모습을 바라보고 있었다. 백상은 감색 셔츠가 볼 수 있도록 미등을 켜고는 공간을 확보하기 위해 운전석을 뒤로 이동시켰다. 그러고는 도어포켓에 넣어둔 회칼을 꺼내 자신의 왼쪽 허벅지 아래에 붙여놓았다. 1분 정도 지났을까, 시야에서 차가 사라지는가 싶더니 조수석의 문이 열렸다.

"SD카드를 찾으셨다고요?"

익숙한 목소리에 백상의 고개가 얻어맞은 듯 오른쪽으로 돌아갔다.

*

준우가 실내에 있는 CCTV를 손가락으로 가리키자 남자가 고개를 끄덕였다. 핸드폰을 빼앗긴 남자는 준우가 시키는 대로 의자에 앉았다. 말을 듣지 않으면 경찰에 신고하겠다고 으름장을 놓긴 했지만, 그는 생각 이상으로 순순히 움직였다. 남자가 도망치거나 덤벼들 것에 대비했던 준우는 그의 예상 밖 행동에 맥이 풀릴 정도였다. 애초에 해할 생각은 없는지도 몰랐다. 아니면 준우와 붙어 승산이 없다고 판단했거나.

그럼에도 준우는 긴장을 늦추지 않았다. 안치호의 반격에 목숨을 잃을 뻔했던 것이 불과 얼마 전이었다. 혹여 생길 남자와의 몸싸움을 예상하며 동선을 그렸다. 테이블 서랍엔 공업용 커터와 드라이버, 개가 누워 있는 선반 아래엔 장도리가 있었다.

여기는 준우의 홈구장이었다.

"왜 사람을 따라다니는 겁니까?"

"네 이야기를 하는 건가?"

222

"무슨 소리야?"

"이 개를 본 적이 있을 텐데?"

그의 말에 망치를 얻어맞은 듯한 충격이 머리를 울렸다. 큰 체구의 도사견, 안치호의 개였다. 깨닫는 순간 자신의 무심함을 한탄했다. 그리고 그가 피스리버에 들어섰을 때 그에게서 익숙함을 느낀 이유도 알았다. 준우는 그를 만난 적이 있었다. 화양 교도소. 그 새벽, 교도소를 나온 안치호를 가장 먼저 맞아준 사람. "경찰 같은데."라고 말하던 그 목소리. 준서를 본 그가 안치호에게 한 말이었다. 그리고 교도소 앞에 주차되어 있던 진주색 세단. 아마도 그랜저일 터였다.

"하도 많은 개를 봐서. 모르겠는데요."

준우는 흥분을 억누르며 핸드폰으로 시선을 돌렸다. 준우는 남자의 위치추적 앱이 작동하는 모습을 자신의 핸드폰으로 촬영하기 시작했다. 그는 자신의 핸드폰을 준우가 터치할 때마다 고문당하는 것처럼 고통스러운 표정을 지었다.

"거짓말하지 마."

참지 못한 그가 준우에게로 손을 뻗었지만 준우는 상체를 뒤로 젖히며 가볍게 피했다.

"안치호 절친이시구나."

준우는 남자의 핸드폰에서 무언가를 발견한 것처럼 연기하며 말했다. 이윽고 준우는 그의 핸드폰을 테이블 위에 올려놓았다. 증거 영상을 이미 확보했고, 남자가 안치호의 지인이라는 사실을 알았으니 굳이 그의 핸드폰을 볼 필요도 없었다.

"……."

인정하는 듯한 침묵이었다.

"내가 안치호를 죽였다고 생각하는 건가요?"

준우는 단도직입적으로 물었다.

"치호의 핸드폰에 네 사진이 들어 있었어. 네가 자기를 노리고 있다고. 난 농담이라고 생각했지."

"잘못 보셨겠죠."

흥분했던 준우의 표정이 경극배우처럼 순식간에 싸늘하게 바뀌었다. 안치호는 알고 있었다. 준우가 자신의 목숨을 노리고 있다는 사실을. 그렇기에 안치호의 집에서 되레 목숨을 잃을 뻔했던 것인지도 몰랐다.

"아니, 치호를 만나러 갔을 때, 집 근처에서 널 본 적이 있어. 치호의 말을 듣고도 치호가 경계하던 사람과 내가 본 사람이 동일인이라고는 생각지 못했지."

준우는 손가락이 조금 떨렸다. 남자가 구치소 앞에서 준우가 자신을 봤다는 사실을 몰랐듯, 준우도 안치호의 집 근처에서 남자가 자신을 본 적이 있다는 사실을 몰랐다.

224

처음 피스리버에 도착했을 때 흔들렸던 남자의 눈동자를 기억했다. 안치호의 우려대로 준우가 안치호를 죽였다고 믿는다면, 그는 준우라는 살인자를 마주하고 있는 셈이었다. 남자는 준우를 두려워하고 있는지도 몰랐다.

"이미 경찰이 나를 조사했습니다. 아, 그러고 보니 댁도 조사받으셨을 텐데?"

준우가 물었다. 그리고 상상했다. 경찰은 안치호의 지인을 토대로 조사를 시작했겠지. 남자의 의견을 들었을 것이고, 그의 알리바이도 확인했을 것이고, 그가 안치호를 죽이지 않았다는 결론을 내렸을 것이다. 그리고 남자는 내가 안치호를 노리고 있다고 말했을 것이고, 경찰은 그 말을 근거 없다고 판단했을 것이다. 그러니 남자와 내가 경찰서가 아닌 밖에서 이렇게 만나고 있겠지.

"그래. 난 한동안 제주도에 있었으니까 혐의가 없지."

"경찰에게 안치호가 찍었다는 내 사진을 보여주지 그랬습니까?"

"그게……."

남자는 망설였다. 그 모습이 준우에게는 안치호가 찍은 사진을 갖고 있지 않다고 시인하는 것처럼 보였다. 사진이 들어 있다는 안치호의 핸드폰은 준우가 태워버렸다.

"거짓말이군요."

"아니야."

"그렇다면 어째서 경찰들이 나를 혐의가 없다고 판단했을까. 그건 증거가 없기 때문입니다. 당신이 봤다는 그 사진이 제 사진이 아닐지도 모릅니다. 확실하게 본 건 맞나요? 하다못해 확신은 있나요?"

"그럴지도 모르지. 그래도 확인하고 싶었다."

남자가 대답하고는 고개를 숙였다. 그것은 준우의 말에 수긍하는 모습처럼 보이기도 했다.

"뭘요?"

"치호는 사진 속 인물이 자기를 죽일지도 모른다고 했어. 그게 너라고 생각했다."

"그래서 날 미행했군. 내 범죄 현장이라도 잡고 싶었나?"

그가 말없이 침을 삼켰다.

"돌이는 당신의 개인가?"

준우는 시치미를 떼며 재차 물었다. 사라진 안치호의 개를 어떻게 어떻게 이 사람이 싣고 왔는지 궁금했다.

"내가 치호에게 준 개다. 치호가 죽은 후에 돌이도 사라졌어. 그걸 모르는 걸 보면 네가 풀어준 건 아닌 모양이군. 돌이는 한참을 들개처럼 떠돌다가 내 집으로 찾아왔다."

준우는 도사의 사체를 다시 들춰보고는 입을 뗐다.

"죽였구나."

잠시 아무 말도 없는 시간이 몇 초간 흘렀다.

"돌이는 아팠어."

"아니지, 미행 실패에 대비한 당신의 플랜 2였던 거죠. 여기 오려고 예약까지 했잖아."

"그게 중요한가?"

"그래서 어떤 판단을 내렸습니까?"

"넌 죽이지 않았어. 넌 사람을 죽이지 못해. 그렇기에 죽이려고 마음먹더라도 일을 그르치겠지."

남자의 예상은 맞긴 했지만, 뒤에 이어지는 그의 말에 자존심이 흔들렸다. 안치호를 스스로의 손으로 끝내겠다는 결심은 진심이었다. 그렇게 유약해 보였단 말인가.

"당신에게 안치호는 어떤 사람입니까?"

준우는 안치호와 이 남자의 관계를 물으며 자각했다. 자신은 이 남자에 대해 아는 게 없다는 사실을. 이름은 무엇이며, 직업은 무엇이며, 어디에 살고 있으며, 심지어 안치호와 어떤 관계인지조차. 이렇게 적극적이라면 안치호의 가족인지도 몰랐다.

한편, 그가 생각보다 어수룩한 사람이 아닐 수도 있다는 생각도 싹이 텄다. 어설픈 미행과 부자연스러운 예약. 모두 계획된 일은 아닐까. 남자는 준우와 대화하기 위해서 최선의 방법을 쓴 걸 수도. 시간은 충분했다. 다음 예약자가 오기까지는 두 시간 이나 남았다.

"친구."

"이 정도 정성이면 감방 동기쯤 되시나?"

준우가 비아냥댔지만 그는 동요하지 않았다.

"치호는 분명 용서받지 못할 죄를 지었지. 하지만 네가 용납할 수 없는 것과는 별개로 그게 내게 문제가 되진 않아. 그리고 녀석의 말이 모두 거짓은 아니야. 나도 듣고 본 게 있어."

"뭘요?"

준우는 조금 전 자신이 뱉었던 질문을 다시 주워 던졌다.

"안치호가 갖고 있던 녹색 지포라이터가 있다."

녹색 지포라이터라는 말이 순식간에 준우를 혼돈에 빠뜨렸다. 안치호의 집에서 봤던 라이터. 아버지가 찍은 사진에도 나와 있었다.

"혹시 알고 있나?"

준우의 표정 변화를 감지한 남자가 말을 이었다.

"무슨 얘길 하는 거지?"

그의 말은 혼란한 와중에도 준우에게 던져진 어떤 실마리가 풀릴 것 같은 기대감을 심어주기에 충분했다. 어떻게 안치호의 라이터가 아버지의 사진에 들어 있는지 궁금했다. 그것은 준우에게 납득 불가능한 현상이었다.

"알고 있을지도 모른다고 생각했는데……."

"어째서?"

"수사 과정에서 경찰이나 너희 누나가 말했을 수도 있으니까."

"전혀. 돌리지 말고 그냥 말해."

준우는 당신이 우리 누나를 어떻게 아느냐는 질문도 건너뛸 만큼 조급해졌다.

"그 바닷가 펜션에 왜 불이 났다고 생각하나."

예지펜션. 준우의 미간이 알루미늄 포일처럼 구겨졌다. 결국 남자는 지난주, 지난달을 지나 12년 전으로 준우의 기억을 끌고 들어가는 데 성공했다. 펜션이라는 단어만으로도 엄마를 떠올릴 수밖에 없기 때문이다. 준우의 엄마 공예지는 자신이 운영하던 펜션에서 살해된 채 발견되었다. 펜션의 객실과 공예지가 거주하는 방은 전소되었으나, 공예지의 시신은 스프링클러가 작동된 거실에 있었기에 불에 타지 않았다.

"안치호?"

반사적으로 그 이름이 나왔다. 방화 동기는 확실했다. 증거인멸. 하지만 안치호의 방화 가능성은 수사 단계에서부터 빠져 있었다. 만약에 안치호에게 방화 혐의가 인정됐다면 무기징역은 족히 구형받았을 터였다. 원인 미상의 화재였다.

"네 엄마는 독한 사람이야. 네가 네 엄마를 닮았다면 안치호를 죽였을지도 모르지. 하지만 넌 아냐."

"뭐야, 당신. 우리 엄마를 알아?"

"너를 보니 확실히 알겠어. 치호를 누가 죽였는지."

준우의 눈동자가 남자를 당장에라도 태워버릴 것처럼 불타올랐다. 남자는 당황하기는커녕 미소를 지으며 대꾸했다. 남자의 말이 끝나기가 무섭게 준우의 손이 남자의 먹살을 잡아 올렸다. 준우와 남자 사이에 있는 테이블이 넘어지면서 핸드폰 두 개가 바닥에 널브러졌다.

"누군데."

먹살을 쥔 준우의 손이 떨렸다. 그는 쿨럭대며 힘겹게 말을 뱉었다.

"네 누나."

*

"여긴 어쩐 일이십니까."

질문이었지만 질문이 아니었다. 운전석에 앉은 백상을 본 박한서는 미소를 숨기지 않았다.

"여기 있으면 안 됩니까?"

백상이 굳은 얼굴로 되물었다.

"산타페의 SD카드는 왜 찾으십니까?"

확신에 찬 질문이었다. 그사이 언덕 아래로 녹색 캠리가 빠져 나가고 있었다. 백상의 눈이 캠리를 따라가다가 박한서에게로 옮겨갔다.

"형사님이 우리 집에 찾아오신 이후로 흥미가 생겼거든요. 왜 그 사람의 행적을 찾으러 다니실까. 그 사람이 뭐 하는 사람인 지 저도 궁금해서요."

"그 사람과 선생님이 어떤 관계가 있어서는 아니고요?"

"형사님은 그 영상을 보셨습니까?"

대답 없이 서로의 질문만이 허공을 갈랐다.

"영상을 보셨으면 아실 텐데요."

이번엔 백상의 입꼬리가 올라갔다. 박한서의 질문에서 어떤 확신을 얻은 백상이 배팅을 했다. 그때 박한서의 주머니에서 핸 드폰이 울렸다. 박한서는 말없이 백상의 눈을 빤히 바라보며 수 화기를 귀에 갖다 댔다. 수화기에서 여성의 목소리가 들렸다. 박한서는 "출발했다고? 조심해서 와." 하더니 전화를 끊고는 백 상에게 되물었다.

"뭘요. 선생님이 사람을 죽였다는 사실이요?"

"아니요."

박한서의 확인 사살성 질문에도 백상은 표정 변화 없이 대답하고는 말을 이었다.

"저와 그 사람이 아무 관계가 없다는 사실이요."

"왜죠?"

"그렇다면 형사님이 저를 보자마자 체포했을 테니까요. 내기라도 할까요? 뭐라도 걸어요, 우리."

"우리?"

박한서의 표정이 일그러지면서 하악근이 불룩 튀어나왔다.

"자동차 내기? 짜장면도 괜찮고요?"

백상의 말을 들은 박한서가 입을 모아 한숨을 내쉬더니 쓰읍 소리를 내며 입을 뗐다.

"누가 그랬는데, 맛있는 음식은 가장 마지막에 먹는다고. 내가 좀 그래요. 영상을 아직 안 봐서 모르겠어요. 그러니까 같이 봅시다."

박한서는 백상과 자신의 사이에 핸드폰을 들어 올렸다. 백상의 눈동자가 흔들렸다. 허벅지 아래의 회칼을 쥐고 있던 백상의 왼손이 박한서의 복부로 향했다. 박한서의 왼손에 쥐어져 있던 핸드폰이 차 바닥으로 떨어졌다.

"그래, 그거야."

핸드폰을 놓은 박한서의 왼손이 백상의 팔목을 잡았다. 박한서의 방검복에 꽂힌 칼끝은 그의 배에 닿지 못하고 점점 멀어졌다. 백상이 어금니를 악물면서 팔을 빼내려 했지만 박한서의 우악스러운 악력을 버티지 못했다. 곧이어 박한서의 왼손에 잡힌 백상의 팔이 비틀리기 시작했고, 박한서의 오른손 혹은 열려 있는 백상의 옆구리를 강타했다. 늑골이 부러지는 소리가 뚝 하고 울렸다. 백상은 오른팔을 접어 옆구리를 방어했다. 두 번째 주먹은 백상의 옆구리가 아닌 얼굴로 향했다. 피부끼리 맞부딪치는 소리와 함께 백상이 들고 있던 회칼이 바닥으로 떨어졌다. 망치 같은 주먹이 가드가 풀린 백상의 몸통에 다시 무차별적으로 꽂혔다. 펀치를 받아낼 때마다 터지던 신음이 페이드아웃되는 음악처럼 줄어들었다.

"어디서 딜을 하냐."

박한서가 가쁜 숨을 토해내며 중얼거렸다. 이마에서 땀방울이 후드득 떨어졌다. 백상의 입에서 아무런 소리가 나지 않자, 박한서는 들었던 주먹을 그대로 늘어뜨렸다. 운전대에 엎어진 백상은 움직임이 없었다. 박한서가 그의 어깨를 잡아 올려 운전대에서 떼어냈다. 백상이 숨을 토하면서 쿨럭거렸다. 용의자의 생사를 확인한 박한서는 뒷주머니에서 수갑을 꺼내 그의 오른

팔과 운전대에 채웠다.

"공무집행방해, 살인미수 혐의로 체포할게, 일단은. 변호사를 부르든 뭐 알아서 하고……."

콘솔박스를 열어보며 미란다 원칙을 고지하던 박한서가 말을 멈췄다. 그 안에는 전지가위와 나이프, 그리고 밀워키 손전등이 들어 있었다.

"뭘 하고 다니는 거야."

팔이 묶인 백상이 힘겹게 조수석 쪽으로 고개를 돌렸다. 피 묻은 운전대가 백상의 왼쪽 뺨을 지탱했다.

"개수작할 생각 하지 마."

박한서가 주머니에서 수갑 열쇠를 꺼내 백상의 눈앞에 들어 보이더니 창밖으로 던졌다. 백상의 동태 같은 눈이 그 모습을 멀거니 바라보고 있었다.

"무슨 생각으로 이러는지 천천히 얘기해 보자고, 우리."

"……."

박한서의 말에 백상의 눈은 스위치가 켜진 카메라 렌즈처럼 박한서에게로 초점을 모았다.

"블박도 안 달아났네. 벤츠인데?"

박한서가 차 안을 훑어보며 비아냥댔다. '천천히'라는 말과는 다르게 박한서는 분주히 움직였다. 바닥에 떨어진 회칼을 운전자의 손이 닿을 수 없는 뒷좌석으로 던져놓고는 자신이 떨어뜨린 핸드폰을 주우려 고개를 숙였다. 그때 핸들에 묶인 백상의 손이 펴졌다. 백상은 가운뎃손가락으로 기어레버를 D로 옮기고는 액셀 페달을 끝까지 밟았다. 바퀴가 헛도는가 싶더니 연기를 뿜어내며 앞으로 튀어 나간 차는 바로 앞 옹벽을 들이받으면서 멈췄다.

백상과 박한서는 핸들과 대시보드 앞에 엎어졌다.

"기어봉이 핸들 아래에 달려 있어. 벤츠라서."

백상이 먼저 핸들에서 얼굴을 떼어내며 중얼거렸다.

*

문이 열리는 소리에 화성경찰서 조사실에 있던 네 명의 고개가 한곳으로 향했다. 준우에게 익숙한 기운이 훅 들이닥쳤다.

"곽철규."

수원동부경찰서에서 날아온 준서였다. 준우가 입도 떼기 전에 준서의 손이 이미 남자의 멱살을 잡고 있었다. 화성경찰서의 누군가가 준서에게 동생인 준우가 현행범을 신고했다고 연락한 모양이었다.

"누가 형제 아니랄까 봐."

준우에 이어 준서에게도 멱살을 잡힌 곽철규가 비웃으며 중얼거렸다. 준서가 조사실에 들어오자마자 그의 이름을 부른 것을 보아 둘은 이미 구면인 것 같았다. 준서는 안치호가 구치소를 나올 때 곽철규를 처음 본 듯했지만, 안치호의 사인을 조사하면서 몇 번 더 만나거나 조사를 했을지도 몰랐다.

"사준서 형사, 여기서 왜 이래."

조사실에 앉아 있던 경찰 둘이 황급히 테이블을 넘어와 곽철규로부터 준서를 떼어냈다. 그들은 준우와 곽철규를 앞에 앉혀두고 조서를 작성하던 형사들이었다. 하나는 100킬로그램은 될 듯한 젊은 거구 청년이고, 다른 하나는 보통 체형의 중년이었다.

"누나."

준우가 준서를 불렀다.

"어디 다친 데는 없니?"

준서는 그제야 준우를 보며 물었다. 준서의 흉곽이 거친 숨을 고르면서 불룩거렸다.

"전혀."

준우는 준서를 안심시키기 위해 애써 미소를 머금고 대답했다. 준우는 차분하게 앉아 있었다. 곽철규도 마찬가지였지만 수갑을 차고 있다는 점이 달랐다. 준서가 그에게 수갑을 채우라고 화성경찰서에 요청했기 때문이었다.

"네. 괜찮아요. 거의 다 끝났으니까 보호자분은 밖에 나가서 기다리십쇼."

거구의 형사가 준서를 보면서 문을 가리켰다.

"근데 왜 가해자랑 같이 있는 거예요?"

준서는 아랑곳하지 않고 따졌다.

"누나, 내가 요청한 거야."

준우가 안쓰러운 표정을 지었다. 그제야 꿈쩍도 하지 않을 것 같았던 사준서의 태도가 누그러졌다. 젊은 형사가 준서를 데리고 밖으로 나갔다.

피스리버에서 곽철규는 왜 갑자기 엄마 이야기를 꺼냈을까. 인내심을 시험해 보기 위함일까? 실제로 준우는 곽철규의 얼굴에 주먹을 날리고픈 충동을 몇 번이고 억눌렀다. 곽철규는 준우가 자신을 때리길 바랐을지도 몰랐다. 그렇다면 준우에게도 잘못이 생길 테니까. 그러면 자신을 경찰에 신고하지 못하게 할 수도 있을 테니까.

준우가 폭력을 참을 수 있었던 이유는 곽철규의 말이 충격을 넘어 있을 수 없는 일이기 때문이었다. 그야말로 미친 사람의 허언이었다. 경찰 신고까지 참을 이유는 없었다.

준우는 형사들의 질문에 대답한 후 조사실 문을 열었다.

"내가 다른 경찰 통해서 이런 소식을 들어야겠어?"

예상대로 준서는 조사실 문 앞에 서 있었다. 화성경찰서 직원들의 시선이 순간 두 남매에게로 집중됐다.

"저쪽으로 가서 말하면 안 돼?"

주위의 시선을 감지한 준우가 준서의 옷깃을 끌어당기며 속삭였다. 준서는 한숨을 내쉬더니 준우를 따라 경찰서 복도를 빠져나왔다. 준서의 얼굴엔 기름기와 핏기가 돌지 않아 피곤해 보였다.

"곽철규가 왜 널 미행했대?"

"누나도 곽철규를 아는 것 같네. 곽철규도 누나를 아는 것처럼 말했어."

준우는 알면서도 물었다. 안치호가 출소하는 날 곽철규를 봤다고 할 수는 없었기 때문에.

"안치호의 죽마고우야. 엄마의 펜션에 안치호와 같이 온 적이 있었어. 곽철규가 그 정도로 호기심이 많을 줄은 나도 몰랐어. 아니, 의리인지도 모르지."

준우는 곽철규를 만난 후 깨달았다. 준서가 자신에게 하지 않은 중요한 이야기가 있다는 사실을. 그것도 아주 많이. 다만, 곽철규와 안치호의 관계에 대한 설명은 안 들어도 괜찮았다. 피스리버와 이곳 조사실에서 들었기 때문이다. 준우의 짐작과는 달리 곽철규는 전과는커녕, 세금이나 과태료 납부 한 번 지연된 적이 없었다. 곽철규와 안치호의 공통점은 같은 보육원에서 자랐다는 것 하나뿐이었다.

"누나는 알고 있지?"

"뭘?"

준서의 표정에는 변화가 없었다. 그 표정은 둘 중 하나처럼 보였다. 준우가 어떤 질문을 할지 알고 있으면서도 모른 척하기로 작정한 사람, 다른 하나는 정말 모르는 사람.

"엄마 펜션에 불이 난 이유를."

"곽철규가 뭐라고 했구나."

"난 엄마 집에 불이 난 이유가 뭔지 알고 싶어."

준우는 물러서지 않았다. 준우의 진지한 표정에 준서가 콧바람을 소리 나게 뱉고는 입을 열었다.

"부엌 쪽에서 불길이 일었어. 목조건물이라 금세 타올랐을 거야. 가스레인지가 장시간 켜져 있었던 것 같아. 119 조사 보고서를 보면 휘발유나 시너를 뿌렸을 때 나타나는 물결무늬도 없다고 나왔어. 방화가 아니라는 뜻이야."

"안치호가 불을 질렀을 가능성은?"

"처음부터 경찰이 그 부분을 수사했어. 불가능해. 시간이 안 맞아. 안치호는 자수를 했기 때문에 증거를 인멸하려 했다는 가정과도 상충돼."

준우는 자신이 알고 있는 사실과 다르지 않음에 안도했다. 그러나 곽철규가 마지막에 한 말은 목에 걸린 것처럼 속에 남아 있었다.

"이번엔 내 차례. 곽철규가 뭐라고 했어? 어차피 말하지 않아도 내가 다 알아내겠지만."

질문은 하던 준서가 담배 하나를 꺼내 손으로 쓸더니 입에 물었다. 곽철규는 수갑을 찬 채로 조사를 받는 중이다. 조사실의 경찰에게 묻기만 하면 그녀의 말대로 곽철규가 뭘 했는지 간단히 알 수 있을 터였다.

"펜션에 불을 지른 사람이 누나래."

준우는 결국 걸려 있던 것을 뱉어냈다. 떨리는 자신의 목소리를 준우 스스로도 느낄 수 있었다.

"내가? 화재 신고는 내가 한 거야."

준서가 헛웃음을 지었다. 긴장한 준우와는 달리 준서는 눈빛 하나 흔들리지 않았다.

"엄마가 독한 사람이래. 내가 엄마를 닮았다면, 내가 안치호를 죽였을지도 모른다고 생각했대. 근데 나는 아니래. 안치호를 누나가 죽였을 거래."

"이건 뭐……."

그 말을 들은 준서가 어처구니없다는 표정을 지으며 입에 문 담배를 빼냈다.

"그런 말에 대꾸할 필요가 있을까 싶다만, 모를수록 상상할 여지는 늘어나기 마련이지. 그리고 핑계 없는 살인범은 한 번도 본 적이 없기도 하고. 안치호가 살인 당사자이다 보니 그가 무슨 소리를 해도 그럴싸하게 들렸을 거야, 디테일하기도 했을 거야, 허점은 보완해서 다시 말했을 거야, 둘이 함께한 시간이야 충분했을 테니. 나와 곽철규 둘 중 누가 정확하게 알고 있을지 생각해 봐. 곽철규의 말은 하나만 맞아."

"뭔데?"

"넌 사람을 해치지 못해."

준우를 바라보는 준서의 표정은 한없이 부드러웠다.

"그냥 확인하고 싶었어."

준우는 눈물이 쏟아져 나오려는 걸 참으며 대답했다. 준서는 엄마라는 두 글자를 쓰지 않으려 애쓰고 있었다. 준우는 자신의 누나가 사건 현장의 목격자라는 사실을 간과하고 있었다.

"안다는 사실이 주는 고통을 넌 몰라."

"미안해."

2차 가해라는 단어가 불현듯 떠올랐다. 그 사건에 대해 캐물을수록 준서에게 고통을 줄 거란 생각이 처음으로 들었다.

준우의 생각을 아는지 모르는지, 준서는 담배를 입에 문 채로 오른쪽 주머니에 손을 넣어 진동이 울리는 핸드폰 빼내더니 귀에 갖다 댔다.

"웬일이세요? 북인천 경찰께서. 저 지금 바빠요."

눈을 찡그리면서도 입꼬리는 올라가고 있었다. 준서는 왼쪽 바지 주머니에서 라이터를 꺼냈다. 라이터의 딸깍하는 소리는 준우의 귀를 뚫고 지나갔다. 순간, 준우의 몸은 최면이라도 걸린 것처럼 굳어졌다. 준서의 손에 들린 것은 안치호의 집에 있던, 랭글러가 각인된 녹색 지포라이터였다.

"준우야, 가봐야겠다. 또 이야기하자."

전화를 끊은 준서가 담배 연기를 깊숙이 빨아들이며 준우의 어깨를 두드렸다. 준우는 전기에 감전되기라도 한 것처럼 사고가 멈춰 있었다.

"……조심해."

겨우 입을 달싹여 내뱉은 한마디였다.

"전화할게."

대답을 들은 준서는 몸을 돌려 잰걸음으로 자신의 차를 향해 다가갔다. 준우는 그 모습을 초점 잃은 눈으로 우두커니 선 채로 바라보았다.

조수석 아래로 핏방울이 떨어지는 소리가 났다. 유리창을 뚫고 들어온 철근은 두 개였다. 개중 하나가 박한서의 복부와 의자를 관통한 채로 휘어졌다.

백상이 핸들에서 상체를 떼어내면서 부러진 늑골끼리 부딪혔다. 고통으로 꽉 깨문 백상의 어금니 사이에서 신음이 흘러나왔다. 박한서는 움직임이 없었다. 백상은 조수석을 향해 손을 뻗었지만 오른손에 채워진 수갑이 그의 손목을 잡아챘다. 자신의 오른팔이 구속된 사실을 다시금 깨달은 백상은 몸을 돌려 왼손으로 박한서의 허리춤에 채워진 권총을 향해 손을 뻗었다. 백상의 오른쪽 귀에 뜨거운 공기가 닿았다.

"손 떼."

의식이 돌아온 박한서가 백상의 손가락을 잡고는 위로 젖혔다. 백상은 비명과 함께 거친 숨을 내뿜었다. 자신의 손가락을 부러뜨린 손은 권총이 들어 있는 홀스터로 향하고 있었다. 백상은 브레이크를 밟은 채로 기어레버를 올렸다. 차가 서서히 후진하면서 박한서의 배에 낚싯바늘처럼 박힌 철근이 박한서를 앞으로 견인했다. 백상은 레버를 내리고는 앞꿈치로 차듯이 가속 페달을 밟았다. 차는 쿵 소리를 내며 다시 한번 옹벽을 들이받았다.

박한서의 몸에 박힌 철근은 두 개로 늘어났다.

홀스터에 얹혀 있던 박한서의 손이 힘없이 늘어졌다.

3부

목에 뜨끈한 것이 들어왔다 빠져나간다.

대체 나한테 왜 이래.

나는 입을 움직이며 반박하지만 나의 목소리는 입 밖을 빠져나오지 못한다. 블랙홀이라도 생긴 걸까, 모든 것이 목으로 빨려 들어가는가 싶더니 무엇인가 터져 나온다. 터져 나온 것은 가슴을 타고 흐른다. 느껴진다. 그것이 피라는 걸 깨닫자마자 몸이 통나무처럼 쓰러진다. 녀석의 발이 내 눈앞에 있다. 토프졸만 안 떨어졌더라도 몸을 못 가누는 건 네 쪽이 됐을 텐데.

안치호라고 했나? 이름을 기억 못 했다. 동호회에서 몰래 걸떡대던 널 무시했던 게 그렇게 억울했니? 사광욱과 내가 벌거하기만을 기다렸던 거니? 안 받아줘서 모욕적이었니? 헛웃음이 나온다. 나는 목에 뚫린 구멍으로 웃는다.

내 목에서 나온 피가 바닥에 퍼져 나갔다. 녀석이 자신에게 향하는 피 웅덩이를 피해 한 발짝 물러났다. 녀석이 떨고 있는 것이 느껴졌다.

녀석의 목소리가 들린다.

"넌 나를 무시했어."

미친 새끼. 어이가 없다. 넌 어차피 잡혀. 네가 이곳에 묵으면서 남긴 지문이 한 트럭은 나올걸.

마음속으로 한 내 말을 듣기라도 한 듯 녀석은 서둘러 문밖으로 사라진다.

아, 이대로 죽으면 안 돼. 한 시간, 아니 1분 만이라도 몸을 움직일 수 있다면!

그나마 준서가 학교에 가 있어서 다행이다. 지금 몇 시나 됐을까. 초점이 맞춰지지 않는다. 눈이 스르르 감긴다.

*

화성에서 남양주 하기리 초입에 도착하기까지 한 시간도 채 걸리지 않았다. 준서는 하기리로 들어서는 국도 사거리 신호 앞에서 차를 세우고는 핸드폰을 들었다. 박한서를 찾아 통화버튼을 눌렀다. 착신음이 한 번 가더니 꺼졌다. 곧바로 박한서로부터 카톡이 왔다.

─전화하지 말고 조용히 와.

카톡을 확인한 그녀는 지도 앱을 켰다. 박한서가 알려준 위치는 계단처럼 산을 깎아 만든 타운하우스 부지의 중간 지점이었다. 준서는 본능적으로 랭글러를 짓다 만 타운하우스 주차장에 넣은 후 차에서 내렸다. 박한서가 그랬던 것처럼.

박한서가 속해 있는 인천북부경찰서 강력반이 한강 시신유기사건을 집중적으로 수사하고 있었다. 용의자를 찾았다면 강력반 전체, 아니 인천서의 가용 인원 모두가 움직일 터였다. 굳이 자신을 부른 이유는 무엇일까. 용의자라 부를 만한 물증 없이 감만 있거나, 한강 시신유기사건과 아무런 관련이 없는 건일지도 몰랐다. 인천서로 간 지 몇 달 되지 않아 믿을 만한 동료가 없을 수도 있었다. 언덕을 천천히 올라가는 준서의 얼굴에 미소가 보였다.

언덕 위에도 유리창이 없는 회색 타운하우스들이 말뚝 모양으로 산허리를 두르고 있었다. 공사가 멈춘 후 꽤 시간이 흐른 듯 보였다. 플래카드에 인쇄된 '유치권 행사 중'이라는 글자는 색이 바래 원래의 색을 짐작할 수 없었다. 비계도 없이 골조를 그대로 드러낸 구조물이 대부분이었다.

회색 콘크리트 구조물 사이에 검은색 SUV의 뒷모습이 보였다. 그 차는 모래밭에 던져진 유리 조각처럼 반짝였다. 준서가 발을 디디고 있는 콘크리트 바닥에 검은 타이어 자국이 나 있었다. 타이어 자국은 SUV를 향해 뻗어 있었다. 차는 움직임이 없었다.

박한서가 조용히 오라고 했지만 발을 내디딜 때마다 바닥에 깔린 쇄석들이 부딪히면서 소리를 냈다. 준서는 빠른 걸음으로 다가가 차의 후면에 붙었다. 짙은 선팅 때문에 안이 잘 보이지 않았다. 준서는 허리를 숙여 전륜 펜더 옆까지 이동했다. 차 앞부분은 옹벽과 닿아 있었다. 범퍼에 약간의 흠집이 있을 뿐, 라이트는 깨지지 않았다. 급하게 브레이크를 밟은 모양이었다.

준서는 허리를 폈다. 앞 유리창을 통해 내부가 드러났다. 옹벽에서 뻗어 나온 철근 두 개가 유리창을 뚫고 차 속으로 이어졌다. 운전자는 운전대 위로 엎어져 있었다. 조수석에 앉아 있는 사람은 박한서였다. 철근들은 박한서의 복부까지 뚫고 지나간 듯 보였다. 철근이 꽂힌 구멍에서 흐른 피가 삼각형 모양으로 흘러내렸다. 준서가 운전석 손잡이를 잡아당겼으나 문은 열리지 않았다.

차 속에서 무언가 터지는 소리가 났다. 폭발음과 함께 문짝에 구멍이 뚫리면서 준서가 앞으로 고꾸라졌다.

준서의 허벅지 옆이 허옇게 벌어지는가 싶더니 그 틈이 순식간에 붉은 피로 채워졌다. 엎어진 준서는 허리에 찬 홀스터에서 리볼버를 빼내고는 운전석을 향해 방아쇠를 당겼다. 공포탄이

터졌다. 두 번째 탄부터 문짝에 박히기 시작했다. 세 발의 총성이 산을 울렸다. 그때 잠겨 있던 운전석 문짝이 갑자기 열리면서 준서의 머리를 강타했다. 준서가 거친 숨을 토해내며 바닥에 쓰러졌다.

"조용히 오라니까 말을 안 들어, 왜."

운전석에 앉은 백상이 미간을 찡그리며 중얼거렸다. 수갑이 채워진 백상의 손에도 38구경 리볼버가 들려 있었다. 그의 왼쪽 귀에서 피가 흐르기 시작했다. 피는 목덜미 한쪽을 타고 연극 무대의 막을 내리는 커튼처럼 내려왔다.

*

준우는 1층 창고에 들어가 아버지가 남긴 공구박스를 다시 열었다. 늘 거기 있을 뿐인 공구박스가 달리 보였다. 곽철규가 한 말 때문이었다. 가장 먼저 아버지가 찍은 사진을 들여다보았다. 지프 랭글러가 각인된 녹색 지포라이터. 15년 전 사진 속 라이터는 그때에도 새것처럼 보이진 않았다. 연두색 칠은 벗겨지고 랭글러의 그릴을 나타낸 양각 부분은 닳아서 평평해진 모습이었다. 그것은 안치호의 집과 준서의 손안에 있던 것이기도 했다. 머릿속 생각들이 철 수세미처럼 엉키고 있었다. 생각을 정리해야 했다. 처음부터.

2011년 그해 여름은 선선했다. 이상저온이 계속되어 태풍도 없었다.

어미 돼지 한 마리가 자리깃을 물어 바닥에 깔기 시작했다. 출산 징후라고 했다. 집 안의 모든 일을 준우가 할 수 있었지만 돼지 새끼는 늘 사광욱이 직접 받았다. 그만큼 신중하고 중요한 일이었다.

"천리안이라고 있었다."

새벽부터 아버지가 만삭인 돼지의 배를 쓰다듬으며 말했었다. 천리안이라고 전화선으로 통신하는 엄청나게 느린 인터넷이 있었단다. 준우의 아버지 사광욱은 공예지를 천리안 지프 동호회에서 만났다고 했다. 동호회 이름은 '황야의 7인'. 준우는 천리안과 마찬가지로 황야의 7인이라는 영화 자체를 몰라 웃지 못했다.

1997년의 2030 외제차 동호회. 그들은 샴페인을 일찍 터뜨린 사람들 중 일부였다. 몇 달 후 벌어질 나라의 위기는 상상도 못한 채. 당시 공예지의 랭글러는 출시된 지 한 달도 채 되지 않은 모델이었지만, 새 차처럼 보이지 않았다. 조수석 펜더는 깨져 있었고 보닛은 누가 도끼라도 휘두른 것처럼 움푹 들어가 있었다. 흡사 절벽에서 한 바퀴 구른 듯한 모습이었다. 그러나 공예지가 차에서 내리는 순간 상황이 달라졌다.

"차가 망가진 만큼 네 엄마는 눈에 띄었다."

사광욱이 중얼댔다. 준우는 얼굴을 삐딱하게 기울인 채 사광욱을 바라봤다.

"왜 그렇게 보냐."

"아버지, 이상해."

준우는 100킬로그램이 넘는 덩치인 자신의 아버지가 수줍은 표정을 지을 수 있다는 사실을 그때 처음 알게 되었다. 엄마에 대해서는 윗입술에 납덩어리라도 매단 것처럼 입을 열지 않았지만 연애 시절 이야기만은 준우에게 종종 들려주곤 했다.

황야의 7인은 남자만 일곱인 모임이었다. 구성원들은 결기, 우정, 형님, 아우, 신뢰 같은 단어들로 사슬처럼 강하게 뭉친 듯 보였다. 하지만 남자들의 쉰내 나는 결기 따위 공예지가 들어온 날부터 변기 속에 던져진 휴지처럼 분해되기 시작했다. 사광욱이 공예지에게, 아니 황야의 7인은 모두 공예지에게 반했기 때문이다.

사광욱은 황야의 7인이라는 간판부터 백설공주와 일곱 난쟁이라고 바꿔야 할 지경이라고 말했지만, 준우는 그 말을 곧이곧대로 믿지는 않았다. 사광욱을 난쟁이 중 하나라고 하기엔 피지

컬이 남달랐다. 화성의 팔탄고등학교 농구부에서 파워 포워드를 할 수 있었던 것도 그의 체격 덕분이었다. 공예지는 첫 모임에서부터 본능처럼 사광욱을 선택했다.

"타요."

그녀는 맥가이버가 그랬던 것처럼 운전석 문짝에 두 팔을 걸친 채 사광욱에게 명령했다. 주변의 시선이 사광욱에게 쏠렸으나 나머지 6인의 사정은 알 바 아니었다.

이후에 나머지 6인이 엄마에게 찝쩍댔지만 그녀의 마음을 얻은 이는 없었다고 했다. 그것도 공예지가 사광욱에게 말해 줘서 안 것이었다. 사광욱은 한때 우정을 과시한 다른 회원들을 기억도 못 했다. 사광욱에게 그들은 돼지 새끼들보다 존재감이 옅어진 지 오래였다.

"제 차는요?"

사광욱은 공예지의 차에 타면서도 주차장에 세워둔 자신의 랭글러가 걱정됐다.

"나중에 끌고 가요."

"우리, 알던 사이예요?"

당황한 사광욱이 물었다.

"가면서 알아봐요."

그녀는 카우보이가 오라로 야생마를 잡아채듯 사광욱을 자신의 랭글러에 잡아 태우고는 그길로 전국의 오지를 향해 떠났다. 그때만 해도 사광욱은 자신의 뚜껑 없는 랭글러가 보름 동안 길바닥에 방치될 줄은 꿈에도 몰랐었다.

　공예지는 대관령 IC를 벗어나더니 가로등 하나 없어 숯칠한 듯 시커먼 산속을 달렸다. 끝도 없이 어딘가를 올라갔다. 길인지 아닌지 구분도 되지 않았다. 바위를 타 넘고 웅덩이를 지나가면서 서스펜션에서 삐거덕거리는 소리가 났다. 사광욱은 척추가 뱀처럼 휘는 와중에도 안전벨트의 작동 검사를 해봤다. 공예지의 차 외관이 왜 그 모양인지 납득이 됐다. 몸을 가누기도 바빠 '가면서 뭘 알아볼' 상황은 아니었다. 엉덩이에 아무런 느낌이 없어지면서 하지 마비가 올 것 같은 순간이었다. 지평선이 보이나 싶더니 순식간에 주위가 환해지면서 은하수가 커튼처럼 내려왔다. 새파란 하늘이 지붕 없는 지프차를 덮었다. 공예지가 팔을 들어 위로 쭉 뻗었다. 은하수가 공예지의 손에 닿기라도 한 듯 흔들리는 것 같았다.

　"은하수 길이가 10만 광년이래요."

　그녀가 여덟 시간 만에 입을 열었다. 그들이 오른 곳은 대관령의 안반데기였다.

　"그래요."

　사광욱은 뇌도 거치지 않은 대답을 입을 헤벌린 채 뱉어냈다.

사광욱은 아득히 뻗어 있는 은하수의 10만 광년이 얼마나 되는지 가늠해 보았다. 그의 가슴은 은하수가 뭐든 이루어줄 거라는 믿음으로 가득 차 있었다.

"하나 물어봐도 돼요?"

정신을 차린 사광욱이 운전석 쪽으로 고개를 돌리며 물었다.

"예. 하나만요."

공예지가 고개를 돌리면서 눈이 마주쳤다. 사광욱의 팔에 소름이 돋았다.

"왜죠?"

"나도 하나만 물어볼 거니까요."

"결혼했어요?"

사광욱은 그녀의 말이 끝나자마자 물었다. 척수 반사로 작동되는 듯한 질문이었다.

"이혼했어요. 다섯 살 된 딸이 있어요."

"다행이네요."

사광욱이 한숨을 내쉬었다. 지금은 싱글이라는 사실에 안도하는 한숨. 그 뒤의 문장에 대해서는 신경 쓰지 않았다.

"그럼 제가 물어볼 차례, 무슨 일 해요?"

"돼지 키웁니다."

사광욱은 아버지의 농장에서 돼지를 키웠다.

"잘됐네요."

무엇이 잘됐다는 걸까. 그녀가 미소를 지었다. 아무튼 좋다는 뜻인지도 몰랐다.

둘은 한 쌍의 야생마처럼 전국 야산을 돌아다녔다. 같이 뛰고 같이 먹고 같이 잤다. 그 과정에서 배아가 생겼고 배아는 증식하여 태아가 되었으며 태아는 공예지의 몸 밖에 나와 준우가 되었다. 공예지의 배 속 태아가 16주가 됐을 때, 둘의 결혼식은 사광욱의 가족, 친지들의 축복 속에 성대하게 치러졌다. 그 후로 사광욱과 공예지는 오래오래 행복하게 잘 살았으면 좋았겠지만…… 이 동화는 그렇게 끝나질 않았다.

이듬해가 되자마자 5천 마리를 넘게 키우던 농장 돼지는 천 마리도 채 남지 않았다. 직원들도 모두 내보냈다. 빚을 내 농장을 넓힌 지 2년 만에 IMF직격탄을 맞은 것이다. 연 20퍼센트에 달하는 이자를 견디지 못하고 헐값에 거의 모든 재산을 팔아치웠다. 땅을 팔고, 다 크지도 않은 돼지를 팔고, 먹지 못하는 어린 돼지들은 농민상경시위 때 국회까지 싣고 가 풀어놓았다. 사광욱의 차도 내다 팔았다. 다만, 공예지의 랭글러는 예외였다. 광욱의 아버지는 공예지와 준서, 준우에 대해서는 털끝만큼도 간섭하지 않았다.

준우가 태어난 지 107일째 되던 날, 광욱의 아버지, 준우의 할아버지가 죽었다. 폐암이 뇌로 전이됐기 때문이다. 그의 기력이 쇠약해진 지는 몇 년이 지났지만 풍파를 헤쳐 나가느라 몸을 돌볼 새가 없었다. 그나마 꿈에 그리던 손자를 품에 안아보고 숨을 거둔 게 그의 마지막 행복이었다. 준우는 기억에도 없는 할아버지였지만, 그가 자신으로 하여금 행복을 느꼈다는 얘기가 좋았다.

그 이야기는 준우가 아버지에게 들었던 가장 긴 서사였다. 그리고 준우의 기억 속 사광욱의 얼굴이 가장 빛나던 때이기도 했다. 이야기를 하던 사광욱이 준우를 불렀다.

"준우야. 보고 있다가 새끼 낳으면 잘 받아."

상기된 얼굴의 사광욱이 일어나면서 말했다.

"어디 가?"

"잠깐 나갔다 온다."

"지금? 왜?"

"별일은 없을 거다. 분만 예정일은 글피니까."

왜냐고 묻는 준우에게 사광욱은 다른 대답을 했다.

"혹시, 엄마 보러 가는 거야?"

준우의 질문이 허공에 흩뿌려졌다. 아버지가 분만실을 나가자 암퇘지가 거친 콧바람을 뿜어내며 육중한 몸을 돌렸다.

준우는 방에 들어가 이어폰을 귀에 꽂았다. 연초에는 레이디가가가 한 달 넘게 빌보드 차트 1위를 달렸다. 그의 노래는 크리스마스 무렵의 머라이어 캐리만큼이나 끈질기게 귓속을 파고들었다.

I was born this way, hey

I'm on the right track baby

난 이렇게 태어났어, 난 올바른 길을 가고 있어…….

태어난 대로 사는 삶이 올바른 길인가. 살지 않고 살아지는 건 올바르다고 할 수 있는가. 단순한 문장의 반복이었지만 중학생인 준우에겐 어렵기만 했다. 이어폰을 귀에서 빼냈다.

창을 열었다. 높은 습도에도 불쾌감이 느껴지지 않았다.

준우는 자전거를 타고 PC방에 갔다. 자판기에서 차가운 콜라를 뽑아 와서 서든어택에 로그인했다. 상대를 총으로 쏘거나 칼로 찌르면 붉은 피가 터져 나왔다. 청소년 버전에서는 피 대신 우유가 나와야 했으나 준우의 캐릭터들은 그러지 않았다. 준우의 아이디는 사광욱의 주민번호로 만들어진 까닭이었다. 선불로 결제한 이용 시간이 지나자 모니터가 꺼졌고 준우는 자리에서 일어났다.

준우가 집에 도착할 무렵, 하늘은 잿빛으로 물들었고 공기는 습기를 가득 품은 채 대지를 누르고 있었다. 저 멀리 돼지우리가 보였다. 우리 주변 공기의 밀도가 달라 주변 풍경이 왜곡되며 흔들렸다. 준우의 가슴이 불안함으로 두근거렸다.

분만실의 문을 열었다. 양수와 피가 섞인 불길한 냄새가 뿜어져 나왔다. 분만을 앞둔 암퇘지의 거칠던 숨소리는 들리지 않았다. 하지만 분만실의 상황이 방금 전 이곳이 어떤 소리로 가득 찼었는지 보여주었다. 어미 돼지에게서 나온 태반에는 어느새 파리들이 들러붙어 있었다. 낳은 새끼는 여덟아홉 마리쯤 되었으나 숨이 붙어 있는 놈은 두 마리뿐이었다. 나머지는 어미 돼지에게 깔리거나 태반에 딸려 나온 막에 질식돼 죽었다.

집을 나설 때 목덜미가 서늘할 정도로 상쾌했던 이유가 이 때문이었던가. 어린 마음에, 아니 어린 마음 때문이라고 핑계 대고 싶었지만 그것은 자신을 속이는 일이었다. 새끼가 나올 걸 이미 알고 있지 않았는가. 시험해 보고 싶지 않았는가. 아무것도 하지 않음으로써 생명이 어떻게 되는지를.

두려움은 시간차를 두고 딸려 왔다. 죄책감에서 오는 두려움이 아닌 아버지에게 혼날 것에 대한 두려움. 그것은 학습된 두려움이었다. 준우는 죽은 새끼와 태반을 플라스틱 통에 담고는 살아 있는 새끼들의 탯줄을 정리했다.

어미로부터 살아남은 두 마리는 맹렬한 기세로 어미의 젖을 빨아댔다. 생명력이 폭발하고 있었다. 준우는 의자에 앉아 멀거니 그 광경을 바라보았다.

분만실의 문이 벌컥 열렸다. 아버지였다. 안광이 형형했다. 걸어오는 그에게서 야수의 기운이 느껴졌다.

"몇 마리나 죽었냐."

한눈에 상황을 파악한 사광욱이 입을 열었다. 그의 말은 질문이 아니었다. 준우는 변명할 시간은커녕 두려움을 느낄 새도 없었다. 그는 준우의 대답을 듣지도 않은 채 죽은 새끼들이 담긴 통을 들었다. 준우도 아버지를 따라 일어났다.

"나오지 말고 돼지들 보고 있어."

그의 말이 준우의 발을 묶었다. 아버지는 준우와 얼굴도 마주치지 않았다.

얼마나 지났을까. 어미 돼지는 두 번째 포유를 했다. 갓 태어난 새끼는 하루 스무 번 이상 젖을 먹여야 했다. 어미가 젖을 다 먹이자, 준우는 새끼 두 마리를 백열등이 켜진 보온상자에 넣었다. 창문 밖은 이미 어둠이 드리워져 있었다.

준우는 분만실 문을 열고 밖으로 나왔다. 번들거리는 아버지의 등이 보였다. 그는 마당에 파놓은 구덩이를 메우고 있었다. 사체들이 아버지가 뿌린 흙에 맞아 덮이고 있었다. 방금 태어난 새끼들도 그 안에 있었다.

"죽어야 끝난다."

준우의 회상은 늘 그곳에서 멈췄다. 전기가 흐르는 철조망이라도 둘려 있는 것처럼 앞으로 나아가질 못했다. 누군가 말하는 것 같았다. 감전되지 않으면 철조망을 끊을 수 없다고.

아버지가 사체를 유기하는 모습을 떠올리는 일은 전류가 흐르는 전선을 만지는 것처럼 고통스러웠다. 그 사체는 아버지와 어떤 관계가 있는 걸까. 준우는 시신을 유기한 후에야, 사광욱의 전철을 밟은 후에야 더 이상 진실을 외면하지 말라는 내면의 목소리가 들렸다. 막연했지만 그것이 자신의 현재와 미래를 보여주는 열쇠가 될 것 같았다.

이제 확인하지 않은 사광욱의 유품은 필름뿐이었다. 준우는 핸드폰을 켜고는 필름 인화액과 필름통 등 인화에 필요한 재료들을 주문했다. 현상소에 맡길 순 없는 일이었다. 필름 현상탱크를 주문할 때, 푸시 알림이 울렸다. 텔레그램 메시지. 준우는 손가락을 쓸어내려 메시지를 열었다.

―강화천교 아래 내일 오전 5시.

*

백상은 준서의 권총과 수갑을 허리춤에 끼워 넣고는 준서의 주머니에서 빼낸 수갑 열쇠로 자신의 손목에 채워진 수갑을 풀었다. 푼 수갑은 준서의 양 손목에 채웠다. 그리고 준서의 핸드폰은 뒷주머니에 넣었다. 바지의 모든 주머니들이 가득 차 불룩해졌다.

그는 준서의 양 겨드랑이에 팔을 끼워 자신의 차 뒤로 끌고 간 뒤, 트렁크 문을 열었다. 백상이 허리를 굽힐 때마다 귀에서 피가 후드득 떨어졌다.

자갈이 등에 박히는 고통을 느낀 준서가 정신을 차리며 꿈틀거렸다. 이를 본 백상이 피로 범벅이 된 준서의 허벅지를 발로 찼다. 준서의 입에서 신음이 터져 나왔다.

"제 발로 들어갈 건가, 아니면 총알을 한 방 더 맞고 들어갈 텐가."

백상이 트렁크 쪽으로 고개를 돌리며 말했다. 상황을 파악한 준서가 절룩대며 트렁크 안으로 들어섰다. 트렁크에 엉덩이를 걸친 준서를 백상이 깊숙이 밀어 넣었다.

백상은 세차용 타월로 귀를 부여잡고는 운전석에 올랐다. 안전띠를 착용하지 않은 탓에 에어백은 전개되지 않았으며 그에 따른 시동 꺼짐도 없었다. 후진을 하자 박한서의 몸에 박힌 철근이 빠지면서 박한서가 앞으로 고꾸라졌다. 철근이 빠진 자리에서 피가 터지듯 쏟아져 나왔다.

"상처 막아!"

트렁크에 갇혀 있는 준서가 말했다.

"네가 막아야 할 걸. 그럴 수 있다면."

백상은 차를 돌려 바로 아래에 있는 타운하우스 주차장에 집 어넣었다. 옆에는 바로 준서의 랭글러가 세워져 있었다.

백상이 차에서 내렸을 때, 거의 동시에 준서가 트렁크 문을 열고 비틀거리며 걸어 나왔다. 청바지 한쪽은 이미 피칠갑으로 꾸덕해져 있었다. 준서는 수갑을 찬 채로 자신의 랭글러 뒷자리 상자를 꺼냈다. 상자에서 곤봉만 한 지혈용 주사기를 꺼내 벤츠 조수석 문을 열고 박한서의 상처에 쑤셔 넣은 다음 피스톤을 눌렀다. 지혈 스펀지가 상처에 들러붙자 고장 난 수도꼭지에서 쏟 아지는 물처럼 흐르던 피가 멈췄다.

벤츠의 조수석은 피에 젖어 흥건했다. 앞 유리창은 깨졌고 문 짝에는 총알구멍들이 뚫려 있었다.

"그 사람 이리로 옮겨."

두어 발짝 떨어져 준서를 지켜보던 백상이 랭글러의 뒷문을 열어 젖혔다. 손에는 권총을 쥐고 있었다. 준서의 랭글러는 뒷 좌석이 아예 없어 트럭의 짐칸 같았다. 백상의 얼굴 반쪽도 피 에 젖어 갈색으로 변해 있었다. 준서는 수갑이 채워진 팔을 들 어 안쪽으로 박한서의 상체를 통과시키고는, 겨드랑이 사이로 팔을 넣어 박한서를 조수석에서 빼냈다. 힘이 들어가자 말라붙었던 준서의 허벅지 상처에서 다시 피가 새 나왔다. 시체처럼 늘어져 있던 박한서가 힘겹게 입을 열더니 뭐라고 중얼댔다.

*

—내가 먼저 연락하기로 한 것 아니었나?

준우는 텔레그램 메시지에 질문으로 응수했다. 분명 횡성군에서 시체를 처리한 후 연락을 하라고 한 건 녀석이었다.

—연락을 하지 않았으니까.

준우가 체념하듯 자판을 쳤다.

—바빴다.

사실이었다. 경찰서에 다녀온 후, 머릿속이 다른 생각으로 꽉 차 답장을 할 겨를이 없었다.

—믿어주지.

녀석은 준우가 시체를 처리했다는 사실을 알고 있는 듯했다. 다행이라면 다행이었다.

—내가 일을 끝내면 질문을 받아준다고 하지 않았나?

준우가 물었다.

—해봐.

두 번째 질문에 대한 응답은 빨리 왔다.

─안치호를 왜 죽였지?

그가 살인으로 얻는 건 무엇일까.

─안치호는 네가 죽이지 않았나? 드디어 미치기라도 한 건 가?

반응은 즉각적이었다. 그 대답에 준우는 게임 속 캐릭터가 스턴이라도 걸린 것처럼 멍한 상태가 되었다. 대체 무슨 소리일까. 녀석은 왜 한 입으로 두 말을 하는 걸까. 지난 대화를 스크롤했다.

> ─횡성군 구추안리 327. 내일 오후 4시에 거기에 있는 시신을 처리해.
>
> ─내가 왜 그래야 하지?
>
> ─안치호를 네가 죽였다는 증거를 내가 갖고 있으니까 네겐 선택권이 없어.
>
> ─처음부터 이럴 작정이었나?
>
> ─끝나면 연락해 그땐 질문을 받아주지.

채팅방에 남겨진 메시지는 다섯 줄이 전부였다. 그 이전의 대화는 타이머 설정에 의해 삭제되고 없었다. 느낌이 묘했다. 녀석은 마치 남아 있는 다섯 줄만 읽고 말을 거는 것만 같았다. 남아 있는 글만 본다면 저 말이 진짜라고, 내가 죽였다고 생각하게 될 것이다. 하지만 사실 저 말의 의미는 자신의 범죄를 내게 덮어씌울 조작된 증거가 있다는 소리였다.

─1억은 시체 안에 있나.

준우는 엉뚱한 말을 던져놓고는 반응을 기다렸다.

─약속대로야 끝내면 연락해.

툭. 무언가 끊어지는 느낌이 들었다. 확실했다. 사람이 바뀌었다. 녀석은 전에 대화를 나누던 사람이 아니었다. 너는 또 누구인가. 무슨 일이 벌어지고 있는 것일까.

준우는 곧바로 지도를 펼쳤다. 강화천교. 한강 하류로 합류하는 강화천에 걸쳐진 작은 슬래브 교량이었다. 강화천을 경계로 왼쪽은 산, 오른쪽은 농지로 나뉘었다. 산 쪽으로 기도원과 오토캠핑장이 있을 뿐, 농가는 다리에서 1킬로미터가량 떨어진 곳에 형성되어 있었다. 위성사진으로 보니 하천이 농업용수로 사용되는지 강화천교에는 배수펌프장이 딸려 있었다.

시체를 유기하기 알맞은 곳이었다. 그리고 의외로 수습하기에도 어렵지 않아 보였다. 강화천교 아래에 차를 대면 보이지도 눈에 띄지도 않을 터였다. 박한서가 아닌 다른 사람이, 자신에게 시체를 유기하게 시킨다. 직감은 분명 자신을 잡기 위한 덫이라고 말하고 있었다. 녀석의 덫은 그럴싸했다. 마치 먹음직한 미끼처럼.

내일 새벽 5시. 왜 새벽 5시일까. 내가 시체를 유기하는 입장이라면 어떨까.

준우 자신이 안치호의 발목을 버릴 당시를 떠올렸다. 생각이 거기에 미치자, 어떤 확신이 뇌리를 스치고 지나갔다. 준우는 자리에서 일어나 현금과 쌍안경, 기능성 티셔츠, 차량용 위치추적기, 보조배터리가 들어 있는 배낭을 챙겼다. 안치호를 관찰할 때마다 메고 다녔던 배낭이었다.

*

준우는 일산까지 차를 몰고 간 후, 전철로 김포까지 이동했다. 김포에서 강화천 중류에 걸어서 도착하니 새벽 1시경이었다. 경기도 남쪽에서 경기도 북서쪽으로 이동하는 데 총 세 시간이 넘게 소요됐다. 자정이 넘어 기온은 20도가 채 되지 않았지만, 전철역을 나서니 습도가 높아 웃옷이 순식간에 축축해졌다.

강원도 구추안리 같은 경우는 며칠 전에 시체를 갖다 놓아도 상관없지만, 한강 같은 경우는 다르다. 구추안리 같은 경우는 시신을 갖다 놓은 후, 자신은 안전한 장소로 이동한 다음 준우에게 메시지를 보낼 수 있다. 한강에서는 불가능하다. 해봐서 아는 사실이다. 결정적으로 시체를 유기하는 장소와 발견되는 장소가 달랐다.

서둘러 강화천 상류로 온 이유는 녀석이 아직 시체를 유기하기 전이라고 확신했기 때문이다. 강화천교가 유기 장소는 아닐 터였다. 한강 시신유기사건의 범인이 잡히지 않은 것도 그 이유 중 하나였다. 개중 하나는 준우 자신이었으니까.

나라면 어디에 유기할까. 강화천 상류 중에서 곧바로 차를 댈 수 있고, 사람의 눈에 잘 띄지 않는 장소에서 시체를 흘려 보낼 터였다. 시체가 새벽 5시 안에 강화천교 배수펌프장 앞에 걸리도록.

그런 지점이 보였다. 강화천 상류로 2킬로미터 떨어진 지점에 있는 강화천교 4분의 1 정도 크기의 다리. 구글지도에는 다리의 이름이 나오지 않았다. 다리 아래에 차량을 들일 수 있는 공간이 있었다.

구부러진 강화천이 펴지는 구간. 하천 옆에는 '신발보다 싸다'는 간판이 붙은 타이어숍이 있었고, 숍 앞의 넓은 주차장엔 차가 듬성듬성 세워져 있다. 그곳에 서니 강화천이 강화천교까지 뻗어 있는 모습이 보였다. 한강 북단 파주에 켜진 불빛까지 눈에 들어올 정도였다.

준우는 강화천교에서는 2킬로미터, 그 작은 다리에서 다시 500미터 정도 떨어진 지점의 타이어숍 옆에서 대기했다. 예상이 맞는다면 이 길로 차가 들어설 터였다.

얼마나 기다렸을까. 모기에 물린 자국들이 늘어났다. 뒤에서 오가는 차량이 드문 와중에 전동킥보드를 탄 사람이 지나갔다. 소리가 거의 들리지 않아 접근하는 줄도 모르고 있었다. 시계를 보니 2시 반을 막 지나는 중이었다. 준우는 배낭에서 물병을 꺼내 목을 축이고는 다시 집어넣었다. 준우는 전동킥보드의 뒷모습을 물끄러미 바라보고 있었다. 전동킥보드는 강화천 하류 방향으로 가다가 이내 정지했다. 이미 거리가 꽤 벌어진 터라 준우 쪽에서는 검은 실루엣만 희미하게 보일 정도였다. 사람 모양을 한 실루엣이 머리를 세로로 가른 플라나리아처럼 둘로 나뉘었다. 킥보드에 탄 사람은 한 명이 아니었다. 개중 하나가 나머지 하나를 물속에 밀어 넣었다.

준우의 심장이 복서 엔진처럼 뛰었다. 차가 아니었다. 이 새벽에 킥보드는 어디에서 온 것일까. 킥보드가 왔던 쪽으로 고개를 돌렸다. 외길이었다. 준우는 본능이 시키는 대로 킥보드가 왔던 방향으로 뛰었다. 외길이 구부러진 곳으로 들어서니 부채꼴의 공터가 펼쳐졌다. 높은 펜스가 둘러져 있고 펜스에는 '강화사회인야구장'이라고 쓰인 플래카드가 걸려 있었다.

펜스 앞에 차 세 대가 세워져 있었다. 포터와 BMW 7시리즈, 팰리세이드였다. 시체를 포터 짐칸에 싣고 오진 않았을 테고,

플래그십 세단과 킥보드는 매칭이 되지 않았다. 팰리세이드일 확률이 가장 컸다. 준우는 배낭에서 위치추적기를 꺼냈다.

팰리세이드 옆에 붙어 추적기를 부착하려던 찰나, 어떤 직감이 브레이크를 걸었다. 핸드폰 플래시로 바닥을 비췄다. 팰리세이드 뒤의 바닥엔 어떤 자국도 보이지 않았다. BMW 뒤로 빛을 비추니 제법 깊게 눌린 사람 발자국과 킥보드 바퀴 자국이 이어져 있었다. 준우는 플래시를 끄고는 조수석 바닥에 위치추적기를 붙였다. 강화천 방향으로 고개를 돌렸다. 외눈박이 불빛이 커졌다. 녀석이 맹렬하게 자신을 향해 돌진하는 것처럼 보였다. 준우는 포터 짐칸에 올라타 바짝 엎드렸다.

준우가 몸을 숨기자마자 킥보드 바퀴가 모래알을 밟는 소리가 들렸다. 전동킥보드는 눈으로 보지 않으면 바로 옆에 지나가도 모를 정도로 소리가 나지 않았다. 다시 심장이 두근대기 시작했다. 핸드폰을 쥔 손에 힘이 들어갔다.

서치라이트처럼 밝은 빛이 옆에서 쏟아졌다. 엄청난 광량이 포터의 옆을 때렸다. 야구장의 플래카드가 빛을 받아 하얗게 변했다. 포터의 짐칸이 아닌 차 뒤에 숨어 있었더라면 다리가 보였을 것이다. 녀석은 마치 탈옥범을 쫓는 헬기처럼 플래시를 휘둘렀다.

라이트가 꺼지고 트렁크 열리는 소리가 들렸다. 준우는 포터

위로 눈을 내놨다. 녀석의 모습이 눈에 들어왔다. 녀석이 BMW의 트렁크에 킥보드를 집어넣고는 곧바로 운전석으로 향했다. 키가 컸지만 호리호리한 체격이었다. 한쪽 귀는 하얀 붕대로 덮여 있었다. 역시 박한서가 아니었다.

빠른 동작으로 하천에 시체를 처리하던 모습과는 달리 운전석에 자신의 몸을 집어넣을 때는 슬로모션처럼 천천히 움직였다. 어딘가 불편한 것처럼 보이기도 했다. 문을 닫는 순간 녀석의 왼손에 찬 은빛 세이코가 BMW의 실내등에 반사되어 반짝였다.

킥보드만큼은 아니었지만 차에서도 소음이 거의 발생하지 않았다. 운전석 문이 닫힌 BMW는 순식간에 포장도로에 올라타고 사라졌다.

서늘한 기운이 준우를 감쌌다.

*

준서는 백상의 명령에 따라 조수석에 앉은 박한서를 들어 올렸다. 박한서가 준서의 귀에 대고 속삭였다.

"난 네 엄마를 잘 알아. 저 괴물을 처리할 수 있는 놈은 너뿐이야."

"다 알고 있었죠?"

"그래……. 채정복이는 잘 처리했다."

준서는 말없이 쓸쓸한 미소로 그에 대답했다.

"운전석에 앉아. 박한서 살리고 싶으면 운전해. 여기서 멀지 않아."

박한서를 랭글러에 실은 준서에게 백상이 명령했다. 준서는 말없이 백상의 명령에 빠르게 복종했다. 백상은 준서의 왼팔과 운전대에 박한서가 갖고 있던 수갑을 채우고는 준서의 양팔에 채웠던 수갑은 풀어주었다.

"어설픈 희망을 품는 사람은 늘 패하고 말지."

준서가 운전하는 랭글러가 백상의 집 차고에 도착했을 때, 백상이 중얼거렸다. 왼손에 수갑을 찬 채 핸들을 잡은 준서는 여전히 전방을 응시하고 있었다. 마치 그 말의 의미를 알고 있는 것처럼.

그 와중에도 준서는 계속 수갑에서 손을 빼내려고 시도한 탓에 왼 손목은 빨간 링을 찬 모양으로 진피가 벗겨졌고 총알에 스친 허벅지는 클러치 페달을 밟는 동안 점점 부풀어 올랐다. 백상은 랭글러 핸들 아래에 있는 열쇠를 돌려 시동을 끄고는 그것을 자신의 주머니에 넣었다. 준서의 입에서 희망이 꺾이는 듯한 작은 한숨이 새 나왔다.

차고는 차 서너 대가 넉넉히 들어갈 만한 넓이였다. 앞에는 BMW 한 대가 벽을 보고 주차되어 있었다. 준서의 랭글러는 그 차의 뒤를 받치고 있었다. 차고 한쪽에는 공구 몇 가지와 에어 컴프레서, 전동대차, 스노우타이어, 전동킥보드 등이 나란히 정렬되어 있었다. 벽에 있는 선반에는 전기톱과 도끼, 가위 같은 공구들이, 벽에 돌출된 고리에는 골프백과 볼링백 등이 걸려 있었다.

백상은 주머니에서 박한서와 준서의 핸드폰을 꺼내 전원을 켰다. 1미터 두께의 철근콘크리트로 둘러싸인 차고 안에서는 핸드폰 속 안테나가 한 칸도 뜨지 않았다.

백상은 박한서의 핸드폰을 들여다보았으나 잠겨 있었다. 백상은 랭글러의 뒤로 간 다음 뒷자리에 누워 있는 박한서의 오른손을 빼냈다. 검지를 잡아당기자 손가락이 손등 뒤로 접혔다. 박한서의 입에서는 비명은커녕 날숨조차도 나오지 않았다. 흘린 피가 이미 너무 많았다.

"정신을 잃어서 다행인가. 아픈 줄도 모를 테니."

박한서의 지문으로 핸드폰을 푼 백상이 중얼거렸다. 준서가 고개를 떨궜다.

백상은 박한서의 핸드폰에서 산타페의 블랙박스 영상을 찾아 재생했다. 영상 속 화면은 검기만 할 뿐, 움직이는 물체는 단 하나도 보이지 않았다. 백상이 인상을 쓰며 이를 악물었다. 애초 박한서는 증거를 갖고 있지 않았다.

백상은 차고 벽에 걸려 있는 크로스백을 빼내서 박한서의 핸드폰과 수갑 하나, 랭글러 차 키, 리볼버 두 자루를 집어넣고는 다시 벽에 걸어놓았다. 그리고 선반에 있는 전지가위를 집어 들었다. 그러더니 자신의 바지 주머니에서 준서의 핸드폰을 꺼내 든 다음 다시 랭글러의 조수석에 앉았다.

"손가락 대봐."

백상은 준서의 핸드폰을 쥔 왼손을 운전석 쪽으로 내밀었다. 오른손에 전지가위를 든 채로.

"몸에서 떠난 손가락을 액정에 대봤자 핸드폰은 열리지 않아."

준서의 말에 백상이 한쪽 눈썹을 치켜올렸다.

"그거랑 상관없이 손가락을 자르면 네가 열어주지 않을까?"

오른손에 들린 전지가위가 짤깍 소리를 냈다.

"풀려 있어."

준서가 대답했다. 백상이 준서의 핸드폰의 스위치를 눌렀다. 준서의 핸드폰은 잠겼던 적이 없었다.

"핸드폰에 잠금 설정도 안 하는 사람은 처음이군."

백상이 전지가위를 거두며 흥미에 찬 미소를 지었다.

"겁대가리 없이 내 핸드폰을 만진 놈도 처음이야."

준서가 받아쳤다.

"재밌는 게 많네."

백상이 준서의 핸드폰을 들여다보며 빈정댔다. 준서가 묶이지 않은 오른손을 뻗어 핸드폰을 낚아채려 했지만, 백상은 낚시를 하듯 핸드폰을 쥔 손을 거두었다.

"그러다가 죽을 수 있어."

준서가 경고했지만, 백상은 아랑곳하지 않았다. 백상은 아예 차에서 내리고는 준서의 핸드폰을 계속 살폈다. 핸드폰 속 사진 앨범과 카카오톡부터 훑은 다음, 텔레그램 창을 열었다. 메시지가 펼쳐지자 백상은 석상처럼 굳어졌다. 호흡을 멈췄던 백상은 참았던 숨을 크게 들이마셨다가 내뱉었다.

"넌 뭐 하는 놈일까."

백상은 랭글러 앞에 서서 운전석에 있는 준서에게 물었다.

"경찰."

대답하는 준서의 눈이 백상에게로 고정되어 있었다.

"이 사람은 너의 동업자인가?"

백상은 준서의 핸드폰 속 텔레그램 창에서 준서와 대화를 나누고 있는 이가 누군지 물었다.

"글쎄."

준서의 표정은 한 번도 달라진 적이 없었다.

"이 사람은 너와 무슨 관계지?"

"내 핸드폰에 그런 건 안 나와 있나 보지?"

"네가 이 자의 살인 증거를 갖고 있는 척하며 협박하는 건 아닐까? 박한서가 나에게 그랬던 것처럼."

"……."

"박한서에게 배운 게 그런 건가?"

준서의 반응이 없자 백상이 비아냥댔다.

"멋대로 생각해."

"방금 좋은 생각이 났어."

백상은 크로스백에서 랭글러 차 키와 리볼버를 꺼내고는 차 키를 랭글러 핸들 옆에 다시 꽂았다.

"차를 앞으로 좀 빼주시겠어?"

백상이 총을 준서에게 겨누며 말했다. 준서는 시동을 걸고는 랭글러를 앞으로 이동시켰다. 백상은 차 키를 빼서 자신의 주머니에 넣었다. 그러고는 앞에 주차된 BMW로 다가갔다. BMW 운전석에 앉은 백상이 신음하면서 얼굴을 찡그렸다. 박한서에게 맞아 부러진 갈비뼈가 거동을 방해했다. 랭글러에 묶여 있는 준서가 그 모습을 물끄러미 바라보았다.

시동을 건 백상은 BMW의 뒷부분이 랭글러 뒤쪽에 거의 닿을 정도로 후진시켰다. 그리고 선반에 있는 160센티미터짜리 철심이 박힌 낚시가방을 내려 전동대차 위에 올리고는 박한서를 그 속에 넣었다. 스위치로 전동대차의 선반을 기울이자 낚시가방이 경사면을 타고 BMW 트렁크 속으로 빨려 들어갔다.

백상은 손에 든 핸드폰 속 메시지와 사진 그리고 텔레그램에서 준서와 상대방이 주고받은 메시지를 다시 살펴보았다.

"사준서, 이 짓을 몇 번이나 한 거지?"

핸드폰에서 시선을 뗀 백상이 준서를 보며 물었다.

"왜, 네가 한 것보다 많을까 봐서 겁나나?"

그 말에 백상은 큰 소리로 웃었지만 금세 얼굴이 일그러졌다. 그는 통증 때문에 마음 놓고 웃지 못했다.

"어차피 다 말하게 될 거야."

대꾸를 마친 백상은 준서의 핸드폰 텔레그램 속 상대에게 메시지를 보냈다.

―강화천교 아래 내일 오전 5시.

*

준우는 야구장을 벗어나 큰길 옆 인도를 걸었다. 강화천교의 반대 방향으로 가는 중에도 유기된 시신을 확인하고픈 욕구가

족쇄처럼 계속 발목을 잡았다. 새벽 4시가 되어가고 있었다.

준우는 갑자기 발길을 돌려 강화천교 쪽으로 뛰었다. 도로에 승용차 대여섯 대와 승합차 두 대가 자신과 같은 방향으로 지나갔다. 차량들은 약속이라도 한 듯 사거리 앞에서 산개했다. 정차된 승용차 한 대에서 사람이 내렸다. 모든 것에서 기시감이 느껴졌다. 녹색 소나타.

준우는 왼쪽에 있는 편의점으로 들어간 뒤 냉장고에서 생수를 집어 들었다.

"하, 시발 환장하겠네. 여기 화장실 키 좀 줘봐요."

뒤에서 딸랑하는 소리와 함께 누군가 급하게 편의점으로 들어왔다. 이상하게도 목소리가 낯설지 않았다.

"화장실은 제공하고 있지 않……."

편의점 직원은 그가 손에 든 무언가를 보더니 말을 멈추고 즉시 화장실 열쇠를 건넸다. 그가 편의점을 나갈 때 얼굴 옆면이 드러났다. 피스리버에 박한서와 함께 왔던 형사였다. 김남기.

준우는 생수를 계산하고는 잰걸음으로 편의점을 빠져나왔다. 김남기가 자신을 알아보지 못하길 바라며.

놈은 시신을 유기하자마자 경찰에 신고했을 터였다. 신고를 받은 경찰은 강화천교 주변으로 병력을 쏟아붓고 있었다. 알 수 없는 감정이 북받쳤다. 조금 전까지만 심장을 터질 듯 뛰게 했던 불안함이 분노와 허탈감으로 바뀌었다. 진실을 말해 줄 사람은 이제 아무도 없었다. 길을 따라 걸었다. 지평선에서 어스름히 푸른 하늘을 뱉어내고 있었다. 붉은 버스들이 지나다녔다. 손을 드니 그중 하나가 정차했다.

"좋은 아침입니다."

기사가 준우에게 인사했다. 기계적인 인사말조차 준우의 신경을 곤두세웠다. 준우는 말없이 고개를 숙이고는 뒷좌석으로 가 앉았다. 승객은 자신을 포함하여 셋뿐이었다.

정신을 차리고 나니 타는 듯한 갈증이 느껴졌다. 준우는 편의점에서 사 온 물부터 들이켰다.

시간은 5시를 향하고 있었다. 경찰들이 강화천교에서 자신을 기다리고 있을 시간이다. 그들은 지나가는 모든 사람을 조사할 테지만 준우는 처음부터 시체를 수거할 계획이 없었다. 그가 간과한 부분은 준우 역시 하천에 시체를 유기한 적이 있다는 사실이었다.

—네가 박한서를 죽였나.

준우가 텔레그램 메시지를 보냈다. 잠시 후 준우가 보낸 메시지가 사라졌다. 메시지가 존재하는 시간이 더욱 단축되어 있었다. 이윽고 답장이 도착했다.

—아직 경찰에게 잡히지 않는 모양이네. 하지만 시간문제야.

곧 전국에 수배될 테니까 열심히 도망쳐 보라고.

전국에 수배된다고? 자신도 모르는 자신의 정보가 그의 핸드폰에 들어 있을지도 몰랐다. 안치호를 죽였다는 증거를 경찰에 넘겼을까. 그래서 그렇게 느긋했던 것인가.

준우의 손에 들린 생수병이 소리를 내며 우그러졌다. 머리가 분노로 들끓었다.

준우는 핸드폰 위치추적 앱을 띄웠다. BMW가 움직인 경로가 붉은 선으로 표시되었다. 붉은 점은 사나래마을이라는 곳에서 머물러 있었다.

―잡히지 않아 널 죽이기 전에는.

준우는 메시지를 보낸 다음 핸드폰의 유심 카드를 빼고 비행기모드로 변경했다. 정말 수배된다면 통화를 하거나, 자동차를 쓰는 순간 경찰에 위치가 기록될 터였다.

시간은 흐를수록 준우에게 불리했다.

교통방송 교통정보입니다. 서울경찰청 김희진 순경입니다. 새벽 5시 10분 현재, 서울 주요 간선도로 전 구간 소통이 원활하게 이루어지고 있습니다. 다만, 강화천로부터 김포한강로 일대에 검문검색과 통제가 이루어지고 있어 이 부근 잠시 정체되겠습니다.

버스 스피커에서 교통방송이 흘러나왔다. 준우는 하차벨을 눌렀다.

기회는 지금뿐이었다.

*

한강 하류에서 발견된 40대 남성 시신의 신원이 경찰로 밝혀져 충격을 주고 있습니다.

북인천경찰서는 오늘 오전 5시경 강화천과 한강 합류부에서 박 모 형사의 시신이 발견됐다고 밝혔습니다. 경찰은 신고를 받고 한강으로 출동했는데, 신고가 들어온 번호는 놀랍게도 숨진 박 모 형사의 것과 동일했습니다.

경찰은 자살과 타살 두 가지 가능성을 모두 염두에 두고 있습니다.

한편 숨진 박 모 형사에게 지급된 총기가 발견되지 않아, 경찰은 경찰특공대를 동원해 인근 지역의 수색을 벌이고 있습니다.

준우는 서울역에 도착해 역 화장실에서 세수를 하고 손을 씻었다. 거울에 비친 얼굴은 말라비틀어져 있었다. 눈은 벌겋게 충혈되었고 티셔츠는 땀에 젖어 치덕거렸다. 젖은 셔츠를 가방 속에 있는 셔츠로 갈아입고는 대기실로 나왔다. 출근하는 사람들이 빠르게 눈앞으로 지나다녔다. 그들 뒤로 커다란 TV가 빛을 내뿜고 있었다.

TV에서는 뉴스 속보가 흘러나왔다. 아나운서가 박한서의 사망 소식을 전하고 있었다. 시간이 얼마 지나지 않아서인지 자세한 내용은 보도하고 있지 않았다. 하지만 박한서가 자살했을 가능성을 염두에 두고 수사한다는 말이 거짓임은 확실했다. 가방에 담긴 시체를 보고 자살이라 여길 사람은 아무도 없다.

경찰은 철저히 농락당하고 있다는 사실을 밝히기 싫은 것이다. 경찰이 살해당한 뒤 총까지 탈취당했다는 사실은 그들에게 엄청난 치욕이자 불명예일 터였다. 그러니 전 병력을 동원해 수색을 벌이고 있다는 것만은 사실이었다. 그들은 분노와 복수에 눈이 먼 채로 나를 찾아다닐 것이다.

지명수배 소식은 없었다. 아직은.

준우는 서울역 광장으로 나왔다. 7시도 채 되지 않은 시각이었지만 많은 식당이 새벽부터 영업을 시작했다. 배고픔은 느껴지지 않았지만 배는 채워야 했다. 준우는 대로변에 있는 죽집에 들어가 소고기죽을 주문했다. 죽은 준비해 놓은 듯 곧바로 나왔다. 죽을 먹으면서 생각을 가라앉혔다. 어째선지 마음은 잔잔한 호수처럼 평온했다. 해야 할 일은 명확했다. 물을 두 컵 들이켜고는 결제를 한 뒤 자리에서 일어섰다.

경의중앙선을 타고 삼패역에서 내렸다. 삼패역은 사나래마을
을 받치고 있는 산의 반대쪽인 삼패신도시로 뚫린 역이었다. 준
우는 동서로 길게 이어진 산의 중앙을 가로질러 올라갔다. 꼭대
기에서 내려다보니 남쪽 아래로 고급주택들이 늘어서 있었다.

준우는 핸드폰을 꺼냈다. 비행기모드였지만 캡처했던 사진
으로 위치를 확인하는 데에는 문제없었다. 목적지는 바로 앞이
었다. GPS가 가리켰던 위치는 능선에서 가장 가까이 붙어 있는
회색 건물이었다. 경사지를 깎아 세운 집이었는데 밖으로 드러
난 창이 없어 얼핏 거대한 바위처럼 보였다. 남쪽을 향해 나 있
는 차고 문만이 그것이 건물임을 나타냈다. 집 옆의 경사로에서
는 그마저도 보이지 않았다.

차고 문 앞에 BMW가 세워져 있었다. 새벽에 봤던 그 7시리
즈였다.

놈의 집이 왜 저런 식으로 지어졌는지 금세 추측할 수 있었
다. 안에서 무슨 짓을 벌이고 있을까.

준우는 차고 문과 현관문이 보이는 산기슭에 엎드려 집과 주
변을 관찰했다. 그런 와중에도 와이파이 신호가 잡혔다. '국가
대표유격수'라는 이름의 와이파이였고 비밀번호도 설정되어 있
지 않았다. 산 아래에서도 강한 신호가 잡히는 것이 의외였다.

사나래마을을 돌던 택배 차가 멈추었다. 기사가 물건을 현관 앞에 가져다 놓았다. 꽤 큰 박스였다. 쌍안경으로 확대해 보니 골판지 박스에는 가방 제조사 상표가 인쇄되어 있었다. 잠시 후 현관문이 열리면서 왼쪽 귀에 하얀 거즈를 붙인 남자가 나왔다. 준우는 침을 꿀꺽 삼켰다.

그는 허리를 굽히기 귀찮은지 드리블하듯 박스를 툭툭 차서 문 앞으로 몰고 갔다. 그러고는 주머니에서 핸드폰을 꺼내서 도어락에 갖다 댔다. 하지만 어째서인지 문은 열리지 않았다. 그는 핸드폰을 들어서 확인해 보더니 주머니에 넣고는 숫자패드에 손가락을 갖다 대었다. 그가 손에 든 핸드폰이 왠지 낯익었다. 준우는 쌍안경 줌을 최대로 당겼다.

2, 5, 1, 4, 2, 6.

문이 열리자 그는 박스를 발로 차서 안으로 넣고 자신도 따라 들어갔다. 9시 15분이 되자, 문이 다시 열렸다. 그는 차고로 걸어가 앞에 세워진 BMW를 몰고 빠르게 마을을 벗어났다.

왜 차를 차고에 두지 않았을까. 녀석은 어디로 가는 중일까. 준우는 핸드폰의 VPN 앱을 실행해 와이파이를 연결한 다음, 위치추적 앱을 실행시켰다. 차는 강변북로를 타고 서쪽으로 움직이고 있었다.

준우는 산기슭에서 내려와 곧바로 현관문 옆에 섰다. 그러고는 잠시 멈춰 주변을 둘러보았다. 운이 좋았다. 현관문은 산기 슭에서만 보일 뿐 다른 방향에서는 볼 수가 없었다. 부촌이지만 그 흔한 캡스 같은 사설경비업체 스티커도 붙지 않았다. 자신의 범죄를 들키지 않기 위함일까.

준우는 번호들을 잊지 않으려 계속 중얼댔다.

"이오일사이육, 이오일사이육⋯⋯."

키패드에 손을 대니 숫자판이 나타났다. 번호를 누르자 문이 열렸다. 수상하리만큼 쉽게 들어갈 수 있었다. 앞으로 높고 긴 통로가 뻗어 있었다. 통로는 구부러진 나선형이었다. 준우는 통로를 따라 올라갔다. 밖에서는 아무것도 보이지 않았지만 안에서는 밖의 풍경이 보였다. 창문 앞에 구멍이 뚫린 벽돌로 마감을 한 까닭이었다.

넓은 거실 가운데엔 기다란 가죽소파가 놓여 있었고 맞은편엔 서울역 대기실에 있는 것보다 두 배는 큰 TV가 걸려 있었다. 벽에는 이름 모를 그림과 이 집의 사진이 걸려 있고, 한쪽에는 기념품들이 진열된 선반이 있었다.

감사패 (주)삼우화학 백상.

백상. 모든 감사패와 트로피에 그 두 글자가 새겨져 있었다.

준우는 선반을 지나쳐 나선형 통로를 걸었다. 준우는 집을 살펴면서도 앱으로 백상의 위치를 체크했다. 백상은 침실의 한 병원 건물에 머물러 있었다.

3층으로 올라가니 문이 여러 개 보였다. 개중 가장 뒤쪽에 보이는 문을 열었다. 피스리버에서는 입구에서 가장 먼 곳이 자신의 방이기 때문이었다. 문을 여니 네 개의 모니터가 벽에 펼쳐져 있었다. 모니터는 집 주변의 모습을 실시간으로 보여주고 있었다. 책상 위에는 볼펜과 메모지 외에 아무것도 놓여 있지 않았다.

책상 아래 서랍을 여니 지퍼락에 든 핸드폰 대여섯 개가 나왔다. 개중 하나를 건드렸더니 불이 들어왔다. 뒤에 스마일 이모티콘 그립톡이 붙어 있었다. 핸드폰은 잠겨 있지 않았다. 사진첩에는 백상과 같이 찍은 사진들이 수없이 저장되어 있었다. 사용자 정보를 터치했다. 윤대수. 1999년생. 그는 누구일까.

'내가 다른 경찰 통해서 이런 소식을 들어야겠어?'

화성경찰서에서 준서가 자신에게 했던 말이 생각났다. 준우는 준서에게 메시지를 보냈다.

─누나 990413 - 1243785 윤대수, 조회해 줄 수 있어?

영겁과 같은 기다림의 시간이 흘렀다.

─너 어디니?

잠시 후 답장이 왔다. 준우는 침을 삼키며 답장을 입력했다.

─누나, 누가 뭐라든 날 믿어줘.

준우는 발견한 핸드폰들을 늘어놓은 뒤 핸드폰들과 그 속에 있는 사진을 찍어 전송했다.

─그 사람 한 달 전에 실종된 사람이야. 한강에서 시체로 발견됐어. 대체 무슨 일이야?

1분 정도 지났을까, 메시지가 도착했다. 책상 위에 놓인 핸드폰 진동으로 인해 검었던 컴퓨터 화면에 불이 켜졌다. 준우의 눈은 화면에 빨려 들어가듯 고정되었다.

─전화할게.

준우는 준서에게 답장을 보내고는 백상의 위치를 살폈다. 백상의 차량은 잠실에서 움직이지 않고 있었다.

"이게 뭐야……."

화면을 보던 준우가 중얼거렸다.

*

백상은 강변북로를 벗어나 잠실대교로 방향을 틀었다. 집을 떠난 지 20분이 지났을 때, 백상은 컵홀더에 꽂힌 핸드폰 전원 버튼을 눌렀다. 부팅이 끝나자 핸드폰이 진동하면서 밀린 문자들을 쏟아냈다.

병원 주차장에 도착한 백상은 메시지들을 훑었다. 경찰들이 보낸 것으로 보이는 문자가 대부분이었다. 소통보다는 사건의 진행 상황을 공유하는 메시지들이었다. 핸드폰의 주인이 평소 답장을 안 하는 편이었는지, '답장 좀 해'라는 문자도 있었다. 보는 사이 다시 한번 핸드폰이 울렸다.

―누나 990413‑1243785 윤대수, 조회해 줄 수 있어?

'동생'이라고 쓰여 있었다. 병원 입구로 들어서던 백상은 발걸음을 멈추었다. 백상은 대기실 의자에 앉아 1분 정도 생각에 잠겼다. 형사의 동생이 윤대수를 어떻게 알고 있을까. 혹시 동생도 형사일까.

―너 어디니?

답장을 보냈다. 잠시 후 사진과 함께 메시지가 도착했다.

―누나, 누가 뭐라든 날 믿어줘.

그가 보낸 사진에는 자신의 집 책상이 찍혀 있었다. 사진을 본 백상은 핸드폰에 눈을 고정한 채 굳었다. 형사의 동생이라는 자가 자신의 집에 들어와 있었다.

"누가 뭐라든 날 믿어줘…… 믿어줘. 믿어줘라니……."

백상은 준우가 쓴 문자 메시지를 되새김질을 하듯 중얼거렸다. 잠시 후, 백상은 미소를 짓나 싶더니 하얀 이를 드러내며 큰 소리로 웃었다. 갈비뼈가 울리면서 전해지는 끔찍한 고통에도 웃음을 멈추지 않았다.

"이놈이 사준서의 동업자였나."

백상은 해답을 찾은 듯 중얼거리고는 윤대수에 대한 정보를 답장으로 보냈다. 그런 다음 곧바로 병원의 주차장으로 내려가 자신의 차 운전석에 앉았다. 그러고는 시동 버튼을 향해 손가락을 뻗었지만 순간 어떤 생각이 떠오른 듯 손을 멈추고는 손톱으로 시동 버튼 위를 톡톡 두드렸다.

얼마 후, 백상은 차 수납함에서 플래시를 꺼내 들고 밖으로 나와 차의 바퀴와 하부를 비췄다. 무언가를 발견한 그는 쓰읍 소리를 내더니, 백팩에 수납함에 있는 리볼버와 플래시를 쓸어 담았다. 다시 지상으로 올라온 백상은 병원 입구를 돌아 나가는 택시들을 보더니 맨 앞에 있는 택시로 다가가 뒷자리 문을 열었다. 그리고 지폐 두 장을 내밀며 말했다.

"여기 10만 원 먼저 드릴게요. 사나래마을 입구로 가주세요."

*

백상의 컴퓨터 화면에는 클라우드 폴더가 펼쳐져 있었다. 방향키를 누르니 사진이 하나씩 바뀌었다. 한강을 찍은 사진이 수백 장이었다. 산타페 한 대가 강물에 떠내려와 있었다. 방향키를 계속 누르니 이번에는 산이 나타났다. 오른쪽 방향키를 연타

하던 손이 급작스럽게 멈췄다. 화면에는 자신이 화장한 황덕창의 생전 사진이 있었다.

그제야 클라우드 폴더의 주인이 누구인지 깨달았다. 클라우드 폴더는 백상의 것이 아니었다. 백상은 박한서의 클라우드를 뒤져보던 중이었다. 준우는 완전히 확신했다. 텔레그램으로 준우에게 명령을 내리던 이는 박한서였다고. 그리고 박한서의 핸드폰을 손에 넣은 백상이 준우에게 다시 명령을 했다는 사실이 명확해졌다. 폴더들은 연도별로 모아져 있었다. 최초의 폴더는 2012년이었다. 준우는 그 이전의 폴더가 없는 것이 스마트폰의 도입 시기와 관련이 있을 거라 생각했다. 2012년을 클릭했다.

순간, 갑자기 심해에 빠진 것 같은 먹먹함이 밀려들었다. 준우는 눈을 감았다가 천천히 떴다.

2012년 폴더의 내용물은 준우도 법정에서 본 사진들이었다. 엄마가 최초 발견됐을 때의 사진, 불에 탄 펜션 사진, 그리고 엄마를 부검한 사진⋯⋯.

12년간 유예되었던 감정이 핀이 뽑힌 수류탄처럼 하나씩 터져 나갔다. 다리가 풀려 비틀거렸다. 그제야 깨달았다. 충격은 방어기제에 의해 억눌려 있을 뿐이었다는 것을. 그러면서도 손을 멈출 수 없었다. 준우는 책상에 양손을 짚고는 마우스를 계속 움직였다. 모르는 사진이 있었다. 누군가의 글씨, 아니 일기를 찍은 사진이었다. 그것은 아버지의 영농수첩 사이에 끼워져 있던 메모의 글씨체와 같았다. 쿵쿵 울리는 심장이 손가락을 계속 움직였다.

2011년 7월 16일

남편이 내 펜션에 처음 찾아왔을 때, 나는 손님 시체를 옮기느라 낑낑대고 있었다. 상황이 좋지 않았다. 103호실 손님이었던 남자를 내가 죽였다고 인정했다. 그가 날 범하려 했기 때문이었다. 난 거짓말을 하지 않았다. 사광욱에게는 단 한 번도 거짓말을 한 적이 없다. 그를 사랑하기 때문이다.

울고 싶었다. 오면 온다고 전화라도 했다면 이런 일은 없었을 텐데! 그의 원래 목적은 무엇이었을까. 내가 보고 싶어서 왔을 수도 있었을 텐데!

그는 시체를 자신의 차에 싣고 가버렸다. 말릴 새도 없었다. 그는 왜 그런 수고를 한 걸까. 돌에 묶어 그냥 바다에 던지면 되는데. 펜션 앞이 바다잖아.

2011년 8월 21일

덥다. 손님이 많다. 정말 성수기가 싫다. 뭘 할 수가 없다.

해경이 찾아와서 내 보트를 살펴보고 갔다. 무허가 보트가 많다고 했다. 보트에 달린 작은 도르래를 보더니 물었다.

그물이라도 끌어 올리냐며. 물속에 유물이라도 있으면 건져 올리려고 설치했다고 말했더니 웃었다.

냉커피를 내어줬더니 단숨에 들이켰다. 그러더니 그들은 5분도 머물지 않고 다른 펜션 쪽으로 이동했다. 내 보트로는 18킬로미터 밖까지 나가면 불법이라는 경고도 잊지 않았다.

2011년 9월 5일

남편을 다시 찾아갔을 때, 그이의 혈색은 그가 기르던 돼지들의 낯빛과 비슷했다. 영혼 없는 눈에 창백한 얼굴. 늘 힘차고 활기찼던 사광욱은 어디 가고 병든 돼지 같은 몰골을 하고 다닌단 말인가. 그는 나를 보자마자 화를 버럭 냈다. 왜 자신의 눈앞에 다시 나타났느냐며.

나는 단지 토프졸이 필요했을 뿐이었다. 전에 가져온 약이 다 떨어졌기 때문에.

그가 창고로 간 사이 나는 그가 돼지 약을 보관했었던 냉장고를 열어 보았다. 그러나 그는 더 이상 냉장고에 의약품을 보관하지 않았다.

내가 냉장고를 뒤지는 모습을 그가 본 것 같았다. 왜 그렇게 보냐고, 돼지 마취제를 좀 얻으러 왔다고 말하고 싶었지만, 차마 그럴 수는 없었다. 그가 무섭게 화를 냈기 때문이다. 그는 내 손에 지포라이터를 쥐여주며 다시는 찾아오지 말라고 했다. 시체의 주머니에서 나왔다고 했다. 죽은 녀석이 내 라이터를 훔쳤던 모양이다. 시체는 어떻게 했는지 묻지는 않았다. 아마 돼지들과 함께 묻었겠지.

그는 내가 무섭다고 했다. 헤비급의 체구인 그가 왜 그런 이야길 하는 것일까.

그는 집으로 향하는 내 등에 대고 말했다. 준서에게 무슨 일이 생기면 내가 당신을 죽이러 갈 거라고.

그는 나를 죽인다고 했지만, 그는 사람을 죽일 수 없는 사람이었다. 오히려 그는 나를, 두려워했다. 사랑한다고도 했다. 하지만 헤어지자고 했다. 준우를 위해서라고 했다.

슬펐다. 나를 이해할 수 있는 사람은 이제 준서뿐이다.

마우스 휠을 돌리던 준우의 손가락은 거기서 멈췄다. 머리도 돌아가지 않았다. 몸은 일기 내용을 받아들이길 거부하고 있었다. 그저 간신히 서 있을 뿐이었다.

벽에 붙어 있는 CCTV 속 모니터에 무언가가 지나가고 있었다. 움직임을 감지한 모니터 테두리에 붉은빛이 점멸했다. 멍하니 서 있던 준우는 붉은빛에 정신을 차리고 테두리 안을 주시했다. 움직임은 계속되지 않았다. 준우는 서재를 빠져나와 인터폰이 있는 거실로 향했다. 인터폰 옆의 모니터가 밝게 빛났다. 인터폰에 달린 모니터는 박살이 나 있어 카메라가 비추는 것을 담아내지 못했다. 누구일까. 택배기사인지도 몰랐다. 핸드폰을 들어 위치추적 앱을 띄웠다. 백상의 차는 아직도 잠실에 머물러 있었다. 준우는 다시 백상의 서재로 발걸음을 돌렸다. 위치추적 앱을 닫으니 준서와 나눴던 채팅창이 앞으로 튀어나왔다.

　—그 사람 한 달 전에 실종된 사람이야. 한강에서 시체로 발견됐어. 대체 무슨 일이야?

　준서의 문자를 다시 확인했을 때, 등 뒤의 인터폰에서 단발의 기계음이 울렸다.

*

　백상이 탄 택시는 18분 만에 붉은 지붕이 얹힌 집 뒤편에 도착했다. 자신의 집에서는 보이지 않는 면이었다. 택시에서 내린 백상은 자신의 집 현관을 향해 조용히 걸어갔다. 현관의 정문에선 그는 그대로 돌아 정면을 바라봤다. 산기슭에서 산 아래까지 갈색 선이 이어져 있었다. 누군가 미끄러져 내려오면서 생긴 흔적이었다.

　백상은 가방에서 권총을 꺼내려다 주위를 한 번 둘러본 뒤 도로 집어넣었다. 마을에 산책을 나온 사람 몇이 눈에 들어왔다. 폴딩 나이프와 손전등을 꺼낸 다음 가방을 둘러멨다. 폴딩 나이프는 주머니에 넣고 손전등은 왼손에 든 채로 현관문에 자신의 핸드폰을 갖다 댔다. 소리 없이 문이 열렸다. 그는 잠금장치가 풀리자마자 빠른 걸음으로 집 안에 들어갔다.

백상은 나선형 복도가 아닌 좁은 계단을 통해 거실로 올라갔다. 그가 거실 바닥을 디뎠을 때 나선형 복도를 향해 서 있는 남자가 보였다. 백상이 나이프를 꺼내든 순간, 인기척을 느낀 준우가 뒤를 돌았다. 백상은 기다렸다는 듯 손전등을 준우의 얼굴에 들이밀었다. 10만 루멘의 빛줄기가 준우의 눈을 강타하면서 집의 한 면이 산화한 것처럼 하얘졌다. 준우가 눈을 찡그리자 백상의 나이프가 준우의 옆구리를 향해 돌진했다.

"이 새끼."

준우가 중얼거렸다. 준우의 카운터가 백상의 턱에 먼저 꽂혔다. 나이프는 준우의 셔츠를 뚫었지만 몸통에 닿지 않았다. 체중이 실린 펀치를 맞은 백상은 준우의 몸에 손도 대지 못한 채 계단 아래로 굴렀다. 주인을 잃은 손전등이 바닥에서 등대처럼 회전하며 불을 밝혔다. 준우는 틈을 주지 않고 뛰어 내려가 백상의 배를 밟았다.

"한강 토막 시신은 얼굴도, 지문도 없어서 이름을 몰라. 죽인 사람 외에는."

준우가 중얼대며 발로 백상의 배를 짓이겼다. 백상이 비명을

지르며 쥐고 있던 나이프를 준우의 종아리에 박아 넣었다. 준우의 얼굴이 분노로 일그러졌다.

"우리 누나 어딨어, 이 새끼야!"

준우가 종아리에 박힌 나이프를 빼내며 외쳤다.

백상은 준우가 발을 들어 올린 틈을 타 다시 계단 아래로 미끄러져 내려갔다. 발이 바닥에 닿자 그는 비틀거리면서도 온 힘을 다해 복도 끝에 있는 문을 열고 들어갔다. 준우는 그를 뒤쫓았다. 넓은 방이 펼쳐졌다.

방 가운데 누군가 앉아 있었다.

"누나."

준우가 그 사람이 준서임을 깨달았을 때, 굉음과 함께 옆구리에 충격이 전해졌다. 몸이 자신의 의지와 상관없이 앞으로 고꾸라졌다. 문 옆에 붙어 있던 백상이 다가와 엎어진 준우에게 사커킥을 날렸다. 사커킥을 얼굴로 받아낸 준우는 바닥에 등을 대고 널브러졌다.

"일어나서 의자에 앉아. 안 그러면 네 누나가 죽어."

백상이 리볼버를 준서에게 겨누며 준우에게 명령했다.

"이게 어떻게 된 거야……."

준우는 백상과 준서를 번갈아 보며 뜨거운 입김을 내뿜었다.

준우는 철제 의자에 뒷짐을 진 자세로 준서와 나란히 묶였다. 양손에는 수갑이 의자의 등받이를 가로질러 채워져 있었다. 지하실 바닥은 붉은 카펫이 깔려 있고 벽면은 굴곡진 흡음벽으로 시공되어 있었다. 백상의 옆에는 피스리버에서 쓰는 것과 비슷한 크기의 서랍이 있었다. 백상은 서랍 위에 리볼버와 수갑 열쇠, 나이프, 전지가위, 손전등을 늘어놓았다.

백상이 준우의 핸드폰을 들여다보며 말했다.

"이 핸드폰은 잠겨 있네."

준우는 고개를 숙인 채 거친 숨을 몰아쉬었다. 총을 맞은 골반 아래에서 피가 흘러나왔다. 백상이 준우의 턱을 손가락으로 들어 올렸다.

"있잖아. 네 누나가 그러는데, 손가락을 잘라서 갖다 대면 핸드폰 안 풀린대. 내가 아는 건 조금 다른데."

"누나가 그렇다면 그런 거야."

"싱싱한 손가락이라면 얘기가 다르지."

준우는 백상의 얼굴에 침을 뱉었다. 피 섞인 침이 백상의 얼굴이 흩뿌려졌다. 준서는 꼿꼿하게 앉아 그 광경을 지켜보고 있었다.

백상이 휴지로 얼굴을 닦더니 전지가위를 들고 준우가 앉은 의자 뒤에 섰다. 준우의 왼손 중지가 백상을 향해 뻗어 있었다.

"어디까지 반항할 수 있나 볼까?"

백상의 입꼬리가 올라갔다.

"그 손가락이라고, 새끼야."

준우는 질 생각이 없었다. 백상이 뻗어 있는 중지에 액정을 갖다 댔다. 준우의 말이 거짓은 아니었다. 잠금이 풀리자 백상의 표정에 웃음기가 완전히 사라졌다. 백상은 준우의 핸드폰을 준우의 눈앞에 들이댄 다음 버튼을 눌러 다시 잠갔다. 준우의 손이 미세하게 떨렸다.

"어디 해볼까."

백상은 준우의 뒤로 가서 가운뎃손가락을 꺾더니 전지가위의 날 사이에 넣고 손잡이를 움켜쥐었다. 준우의 입에서 흘러나온 침이 허벅지까지 길게 늘어졌다. 준우의 입에서 터져 나온 비명은 흡음벽이 모조리 빨아들이면서 퍼지지 못했다.

백상이 다시 준우의 턱을 들어 올리고는 핸드폰을 준우 눈앞에 들이댔다. 준우의 입에서 뜨거운 숨이 뿜어져 나왔다. 백상을 바라보는 눈동자가 흔들렸다. 백상이 준우의 몸에서 분리된 손가락을 핸드폰 액정에 갖다 대자 잠금이 풀렸다. 백상은 역할을 다한 손가락을 집어 던졌다.

"네 누나는 거짓말쟁이야."

손가락은 음악감상실 구석으로 내동댕이쳐졌다. 손가락이 잘린 부위에서 피가 주르륵 흘러내렸다. 준우의 눈은 고통으로 뒤집힌 채 흰자만 드러나 있었다. 백상의 시선은 이제 준서에게로 옮겨졌다.

"너 때문에 네 동생 손가락이 잘린 거야."

"……"

준서가 분에 찬 숨소리로 대답을 대신했다.

"네가 두려워하는 게 뭘까?"

그는 생수를 준우의 얼굴에 끼얹었다. 정신을 차린 준우가 길게 절규했다. 백상은 서랍 위에 놓인 리볼버를 들어서 탄창을 옆으로 빼고 차르륵 소리 나게 돌린 후에 다시 끼웠다.

"러시안룰렛이라는 거 해보고 싶었지. 덕분에 오늘 기회가 생겼어."

총구는 준우 쪽으로 먼저 겨눠졌다.

"하고 싶은 말 있으면 해봐."

준우의 숨이 더욱 가빠졌다. 그것을 의식한 준우가 크게 숨을 들이켰다가 내뱉고는 입을 열었다.

"안치호는 누가 죽였을까?"

준우는 다시 한번 물었다.

"네가 죽였다면서?"

그의 대답 역시 텔레그램에서와 똑같았다. 하지만 지금은 진실을 알고 있다는 점이 달랐다. 그의 이죽거리는 표정이 그것을 말해 주고 있었다.

"증거도 없잖아."

준우가 힘겹게 말을 토했다.

"맞아. 그런 증거 없어, 준우야. 지명수배될 거라고 저놈이 한 말도 거짓이야."

준서가 대신 대답했다.

순간, 손가락이 잘릴 때만큼의 충격이 준우의 머리통을 울렸다. 증거가 없다는 사실을 누나가 어떻게 알지? 누나가 박한서와 한패였을까. 그러나 백상은 생각을 할 틈도 주지 않았다.

"그래, 너부터 시작하자."

리볼버의 총구는 준서의 머리 옆으로 옮겨졌다. 준서는 총을 겨눈 백상을 노려보고 있었다. 방아쇠에 힘을 주자 공이가 천천히 뒤로 당겨졌다. 공이가 소리를 내며 빈 약실을 때렸다.

"그만하라고, 이 새끼야."

준우는 거의 흐느끼고 있었다.

"알았어. 빨리 보내줄게."

백상은 총구를 준우의 이마로 향했다. 준우의 눈은 바닥을 향하고 있었다.

"나를 봐. 안 보면 네 누나 손가락 다 자른다."

누나라는 말에 준우가 천천히 머리를 들었다. 백상은 준우와 눈이 마주치자마자 방아쇠를 빠르게 당겼다.

철컥.

준우의 눈알이 빠질 것처럼 충혈됐다.

다시 한번 철컥.

준우의 비명이 3초간 이어졌다.

"한 번만 당긴다고는 안 했잖아?"

백상은 총구로 준우의 볼을 툭 건드리며 귀찮다는 듯한 표정으로 중얼댔다.

"이 개 씨발 새끼야, 장난치지 말고 그냥 죽여."

준우는 숨을 몰아쉬더니 웃는 것처럼 표정이 변했다.

"그런데, 네 옆에 있는 사람이 누나는 맞아? 어떻게 된 게 눈 하나 깜짝 안 하는군."

준우의 두 눈이 붉어졌다.

"게임 안 해?"

준서의 말이 끝나자마자 백상은 그 말을 명령이라고 여긴 사람처럼 방아쇠를 당겼다. 화약이 폭발하는 소리와 함께 준서의 왼쪽 귀에서 피가 흘렀다.

"이제 겨우 비긴 거야."

백상이 인상을 쓰며 말했다. 리볼버의 반동이 갈비뼈를 울린

탓이었다.

"아니야, 넌 졌어."

준서가 고개를 들어 백상을 다시 쳐다봤다.

"넌 대체 어떤 부류야?"

백상은 이해할 수 없다는 표정으로 고개를 갸웃댔다. 그때 준우가 의자에서 일어나면서 머리로 백상의 몸통을 들이받았다. 백상은 2미터 정도 뒤로 밀려나면서 바닥 위로 굴렀다. 늑골에 폐를 뚫린 백상이 입에서 쇳소리를 쏟아냈다.

중지가 없는 손을 비틀어 수갑에서 빼낸 준우가 피를 줄줄 흘리며 수갑 열쇠가 있는 서랍 쪽으로 걸어갔다.

"나라면 마지막 총알을 그렇게 쓰진 않았을 텐데."

준서가 중얼거렸다.

준우가 준서의 수갑을 푸는 사이 백상은 비틀거리며 음악감상실을 빠져나갔다. 그는 주차장으로 향했다.

준우가 백상을 따라 주차장에 들어섰을 때 차고 문이 서서히 올라가고 있었다. 랭글러의 엔진 소리가 들렸다. 백상이 준서의 랭글러 운전석에 앉아 있었다. 준우는 랭글러를 향해 도움닫기를 했으나 다리를 헛디디며 바닥에 그대로 주저앉았다. 총을 맞은 골반에 힘이 들어가지 않았다.

고개를 든 준우가 손을 땅에 짚고 다시 일어섰을 때, 랭글러의 바퀴가 움찔하더니 엔진이 멈췄다. 준우는 다리를 절룩거리며 다시 랭글러를 향해 걸어갔다.

"랭글러 안 타봤지?"

준우가 시동을 꺼뜨린 백상을 비아냥댔다. 백상은 운전석에 엎어져 거친 숨을 쉬고 있었다. 준우가 조수석에 올라타 차 키를 빼기 위해 허리를 굽혔다. 백상의 전지가위가 준우의 얼굴로 향했다. 준우는 눈을 질끈 감은 채 머리를 뒤로 젖혔다. 금속이 살을 뚫는 소리가 공기를 갈랐다.

그리고 같은 소리가 계속 이어졌다. 한 번, 두 번, 세 번…….

준우는 눈을 떴다. 전지가위는 백상의 손에서 벗어나 힘없이 땅으로 떨어져 있었다.

운전석 옆에 준서가 서 있었다. 백상은 다시 운전석에 엎어졌다. 자신의 나이프에 목을 찔린 채로.

"스틱도 못 하는 놈이……."

준서가 중얼거렸다.

준서는 그제야 웃는 것 같았다.

에필로그

여러분 안녕하십니까. 오늘 9시 뉴스는 저희 TSS 취재팀 단독 보도로 시작합니다.

작년부터 한강과 아라뱃길에서 토막 시신이 다섯 차례에 걸쳐 발견되었던 사건 기억하시지요. 그 사건의 용의자가 붙잡힌 사실이 확인되었습니다. 용의자는 오늘 오전 강화천교에서 숨진 채로 발견된 박 모 형사를 살해한 범인으로 밝혀졌습니다.

수원동부경찰서에 나가 있는 심우 기자 연결해 자세한 소식 알아보겠습니다.

네, 최근 계속된 한강 시신유기사건을 수사하던 북인천경찰서와 수원동부경찰서는 1년이 넘는 집요한 수사 끝에 용의자를 찾아냈습니다. 수원동부경찰서 사 모 경장은 범인의 집까지 추격한 끝에 격투를 벌였습니다. 이 과정에서 범인은 숨진 박 형사에게서 탈취한 총을 쏘며 필사적으로 저항하다 치명상을 입어 사망했습니다. 범인과 대치한 사 모 경장과 경장의 동생도 중상을 입고 병원에서 치료 중인 것으로 전해졌습니다.

한편, 범인의 집에서는 한강 시신유기사건 피해자들의 것으로 보이는 핸드폰과 혈흔이 발견되었습니다.

*

아침저녁으로 선선한 바람이 분다.

1층 창고에 붉은 조명을 사다 켜둔 것만으로도 암실 같은 분위기가 제법 느껴졌다. 인화를 위해 반드시 암실이 필요한 건 아니었지만, 제대로 하고 싶었다. 붉은 등을 켜 놓으니 제법 그럴듯했다.

스테인리스 수조에 담긴 물에 수비드기계를 집어넣고 수온을 39도로 세팅했다. 왼손으로 인화액통을 잡아 쥐었다. 왼손의 감각은 아직도 낯설다.

총에 맞은 것치곤 회복이 빨랐다. 골반 윗부분이 부서졌지만 걷고 뛰는 데는 지장이 없다. 이어 붙인 왼손 가운뎃손가락에도 점점 힘이 붙었다. 조금 있으면 손가락 욕을 하지 않고도 지낼 수 있을 것 같다. 손가락이 깔끔하게 잘린 덕에 접합수술 경과가 좋다는 말을 들었다.

입원해 있는 동안 거의 매일 기자들이 찾아왔고, 그 사건에 대한 보도도 조금씩 바뀌었다. 처음엔 경찰들의 집요한 수사로 백상을 잡았다는 기사가 나더니, 나중에는 경찰들은 손 놓고 있었다는 기사로 바뀌었다. 경찰의 대대적인 조직 개편이 단행됐다는 소식도 들려왔다. 백상에 대해서는 어린 시절부터 죽기 전까지의 기록을 파헤치는 방송이 한 달 내내 이어졌다. 내년쯤이면 놈의 위인전이 나올 것 같다.

기자들이 사실에 대해 잘못 전달하는 건 어찌 보면 당연한지도 모른다. 나도 나를 모르고 살았으니까.

아버지의 말처럼 어떤 일은 죽어야 끝났다. 백상이 죽음으로써 깨달았다. 그리고 어떤 일은 아버지의 말처럼 덮고 또 덮어야 했다. 아버지의 세포로 이루어진 나는 아버지의 말을 나도 모르게 충실히 이행하고 있었을지도 모른다. 때로 그것은 아버지의 머리에서 나온 말이 아니라 신이 아버지에게 내린 계시처럼 나를 단단히 옭아매고 있는 것처럼 느껴졌다.

나의 무의식은 누나가 왜 그때 그곳에 묶여 있었는지, 박한서와는 어떤 관계인지 묻고자 하는 나의 입을 강하게 통제했다.

내가 안치호를 죽인 증거가 없다는 말은, 누나가 나를 보호하기 위해 그냥 내지른 말일 수도 있었다. 사실이 어떻든 지금 바뀌는 건 없었다.

넌 대체 어떤 부류야.

307

아직도 누나를 바라보는 백상의 흔들리던 눈빛이 떠오른다. 나는 그의 말을 영원히 이해할 수 없을지도 모른다. 확실히 알게 된 건, 나는 그가 말하는 부류 밖에 있다는 사실이다. 아버지도 나와 같은 부류의 사람이었을 것이다.

이제 더는 아버지도 돼지도 꿈속에 등장하지 않는다.

"누나는 내가 죽을 상황에서도 눈 하나 깜짝하지 않던데."

내 병상에 찾아온 누나에게 말했다.

"네가 죽지 않는다는 걸 알고 있었어."

"어떻게?"

"마지막 남은 총알은 내 차지였잖아."

누나의 말에 따르면 박한서와 자신에게 지급된 실탄은 각 세 발씩 총 여섯 발이었으며, 총격전에서 네 발을 소진했다. 그리고 나를 붙잡은 뒤, 옆구리에 한 발을 쏘았기 때문에 남은 총알은 단 한 발이었다. 총을 겨눌 때 비어 있지 않은 약실이 보였기 때문에 총알이 발사될 순서 역시 알았다고 했다.

"녀석이 나한테는 방아쇠를 두 번 당겼잖아."

나는 인상을 썼다.

"근데 안 죽었잖아."

"그것도 알았어?"

누나가 바나나를 먹으며 대답했다.

"그건 몰랐고 네가 날 구해줄 거라는 건 알았지. 녀석이 방아쇠를 한 번만 당겼어도 결과는 같아. 네가 손 아파서 꽥꽥대면서도 수갑에서 손을 빼내고 있었으니까."

"거짓말. 그건 놈이 누나한테 총 쏜 다음이었잖아."

"네가 그 전에 빨리 빼낼 줄 알았지."

누나의 심드렁한 표정이 짜증을 불러왔다.

"짜증 난다."

한 대 패주고 싶은 심정이었다.

"준우야."

누나가 정색하며 내 이름을 불렀다. 이런 상황은 겪을 때마다 불안하고 어색했다.

"나 특진했어. 그리고 내일부터 휴가야. 네 얼굴 보고 가려고 왔어."

"경사네 그럼. 이제부터 앞으로 읽어도 사 경사, 뒤로 읽어도 사 경사네."

나는 잘했다며 웃었지만 이유 모를 쓸쓸함이 여운처럼 이어졌다.

"근데 누나."

나는 병실을 나가는 누나를 불러 세웠다.

"어."

누나가 고개를 옆으로 돌렸다.

"지포라이터 그거 어떻게 누나가 갖고 있어?"

입을 여는 내 입술이 떨려 왔다. 병실 안의 시간은 멈추어 있었다. 직선이었던 누나의 입은 천천히 구부러지면서 곡선이 되었다.

"내가 안치호의 집에 찾아갔다고 했잖아. 안치호가 그간 갖고 있었던 거야."

누나가 코웃음을 치며 대답했다.

"어?"

"바보냐?"

누나는 놀란 나를 두고 그대로 병실을 나섰다. 그리고 두 달이 지난 지금 누나는 아직도 돌아오지 않았다. 전화도 꺼져 있다. 특진까지 했으면서.

스퀴즈로 물기를 짠 필름을 널어 말렸다. 필름에 아버지가 찍은 사물들이 갈색 얼룩처럼 드러났다. 마른 필름을 LED패드에 잘라 펼쳤다.

죽기 전의 아버지의 모습이 담겨 있었다. 꼬맹이 시절의 내 모습도 있었다. 아버지가 나를 목마에 태운 모습, 새끼 돼지들,

그리고 랭글러.

다른 통에서는 엄마 사진도 나왔다. 아버지, 누나, 그리고 배가 부풀어 오른 엄마. 셋은 나란히 서 있었다. 누나는 유치원 명찰을 차고 있다. 사진을 확대했더니 글자가 보였다.

양하늬.

누나는 사준서가 아니었다. 누나는 사광욱이 아닌, 오로지 공예지의 자식이었다. 양하늬라는 이름은 누나와 사광욱이 아무런 관계가 없음을 다시금 일깨워 주고 있었다. 내 홀가분함의 근원은 여기에서 온 것일까.

세 번째 통에서 나온 필름을 패드에 올렸다. 엄마가 누나를 안고 카메라를 든 채 찍은 사진이 있었다. 엄마와 누나의 팔이 앞쪽으로 뻗어 있었다. 둘 중 하나가 셔터를 누른 듯했다. 엄마와 누나가 찍은 셀카였다. 그 옆의 것은 풍경 사진 같았다. 확대경을 갖다 댔다. 축사가 불타는 사진이었다. 아버지의 축사는 아니었지만 왠지 모르게 익숙했다. 마 씨의 축사였다. 옆에 누군가 서 있었다. 어린 누나였다. 누나의 손은 막대기를 꼭 쥐고 있었다. 불이 붙어 있는 막대기였다.

손이 떨렸다. 스캐너로 옮기기 위해 패드 위의 필름을 집으려 했지만, 손가락에 힘이 들어가지 않았다. 필름이 바닥으로 떨어졌다.

준우는 가스레인지 쪽으로 걸어가 불을 켰다. 그러고는 기다
란 핀셋으로 바닥의 필름을 집어 화구 위에 올려놓았다.

작가의 말

공모전에 가장 먼저 응모한 소설은 '돼지'라는 이름의 단편이었다. 이듬해, 심사평을 읽고는 「돼지」가 최종심에 올랐다는 사실을 알게 되었다. 당선되지는 못했지만 심사위원들에게 인정받았다는 사실이 큰 기쁨을 주었다. (동명의 다른 소설일 수도 있지만, 그것이 내가 쓴 소설이라 믿었다.) 첫 단편이 이런 성과를 내다니 내가 글 쓰는 데 소질이 있나 보다, 그런 착각 속에 매년 글을 썼다. 다행인지 불행인지 모르지만 그 착각이 글을 쓰는 동력이 된 셈이다.

몇 년이 지나서 「돼지」를 꺼내 다시 읽었다. 이후로 한동안 불행했던 어린 시절을 반추하면서 괴로워했다. 그것은 내 자전적 소설이었기 때문이다. 나는 돼지를 키우는 가난한 부모의 막내로 태어났다.

『돼지의 피』는 내 첫 단편소설의 앞부분을 변주하여 쓴 소설이다. 당연하지만, 준우가 돼지를 키우는 집의 자식이라는 설정을 제외하면 모두 허구의 이야기이다. 소설 속 준우와는 달리 나는 핏줄, 운명, 환경 같은 것에 의지하지 않는다.

만약 내가 준우와 비슷한 성격이었다면 이 소설을 쓸 수 없었을 것이다. 난 소설을 쓸 사람으로 태어나지 않았던 까닭이다.

운명이라는 게 존재한다면 존재 이유는 깨지기 위해서일 것이다. 주어진 어려운 환경을 딛고 일어서려는 모든 사람들을 응원한다.

내가 그랬기 때문이다.

돼지의 피

초판 1쇄 발행 2024년 10월 17일

지은이 나연만
펴낸이 안병현 김상훈
본부장 이승은 총괄 박동옥 편집장 박윤희
책임편집 김보성 디자인 박지은
마케팅 신대섭 배태욱 김수연 김하은 제작 조화연
2차저작권 문의 문주영

펴낸곳 주식회사 교보문고
등록 제406-2008-000090호(2008년 12월 5일)
주소 경기도 파주시 문발로 249
전화 대표전화 1544-1900 주문 02)3156-3665 팩스 0502)987-5725

ISBN 979-11-7061-196-7 (03810)
책값은 표지에 있습니다.